梦想，随爱一起飞

张 燕◎著

民主与建设出版社
·北京·

© 民主与建设出版社，2023

图书在版编目 (CIP) 数据

梦想，随爱一起飞 / 张燕著 . — 北京：民主与建设出版社，2023.10
 ISBN 978-7-5139-4411-3

Ⅰ.①梦… Ⅱ.①张… Ⅲ.①散文集－中国－当代 Ⅳ.① I267

中国国家版本馆 CIP 数据核字（2023）第 209796 号

梦想，随爱一起飞
MENGXIANG SUI AI YIQI FEI

著　　者	张　燕
责任编辑	周佩芳
封面设计	张淑萍
出版发行	民主与建设出版社有限责任公司
电　　话	（010）59417747　59419778
社　　址	北京市海淀区西三环中路 10 号望海楼 E 座 7 层
邮　　编	100142
印　　刷	三河市中晟雅豪印务有限公司
版　　次	2023 年 10 月第 1 版
印　　次	2023 年 10 月第 1 次印刷
开　　本	710 毫米 ×1000 毫米　1/16
印　　张	17
字　　数	220 千字
书　　号	ISBN 978-7-5139-4411-3
定　　价	79.80 元

注：如有印、装质量问题，请与出版社联系。

当数学老师爱上写作（代序）

也许是因为自己对教育写作有点偏爱，也许是在我看来，教师的专业成长离不开专业写作，于是，每逢和一些熟识的年轻教师闲聊时，便不时劝他们写点东西，让教育生命有更多的可能。

然而，许多时候，他们常常这样回答："我可没有写作基础呀！"抑或："你知道我是个理科老师呀！"总之，一些朋友总喜欢"自我设限"，而不是"自我挑战"。我们可以想象得到，这样的结果，只会使自我发展之路变得日益狭窄。

令人高兴的是，作为教数学的张燕老师，并没有这样地"自我设限"。在一篇文章里，张燕老师谈道，2012年，她开始在意写作，有一次和一位同学聊天，这位同窗好友无意间说了这样一句话："你选错科目了，不应该教数学，应该教语文，因为语文老师有写作的'专利'。"

在张燕老师看来，"一个数学老师的写作，不怕起点低，就怕后天不努力。作为数学教师，我们课堂上有很多东西值得去写，就看你是否用心去发现"。"用文字记录教学中的得与失，通过自己的行动去影响身边的人学习，摘掉'机械数学'的'帽子'。"

果然，这一写，便让数学课和作为数学老师的张燕，有了更多的可能，也有了无限的精彩。比如，在教授"方向与位置"时，张燕老师用《西游记》的故事来导入，并适时设问，西天是什么地方？除了西方，在生活中你还知道哪些方向？在教授"七的乘法口诀"时，她用古诗《赠汪伦》——"李白乘舟将欲行，忽闻岸上踏歌声。桃花潭水深千尺，不及汪伦送我情。"——来设问："你能用什么简便的方法数出这首诗的字数？"

显然，这样的数学课是很能吸引学生的，也是很能让学生掌握知识并获得快乐的。

更让人感到敬佩的是，在2020年疫情防控期间，张燕老师一边线上教学，一边探索这种新形态下的数学教学规律，并因此形成了《激发学生在线学习兴趣的实践探索》《让线上教学更有温度》等，让2020年给人的特殊感悟，以文章的形式记录下来。

因为爱上写作，张燕老师在班级、学校的德育课程建设上，颇有建树。她秉承着"以德育人，以情优教"的育人理念，像一泓清泉，没有孩子们惧怕的威严和气势，有的只是细致的呵护和耐心的教导。她的班级教室干净整洁，学生们能做到站如松、坐如钟、行如风。她像一个神奇的万花筒和魔术师，各种活动创意无限，总是可以变出许多惊喜送给孩子们。她用人格培养人格，用上进带动上进，用爱心传递爱心，塑造了一个班风正、学风浓的优秀中队。

大概也是因为爱上写作，张燕老师对教育便有了更为丰富的理解。比如，张燕老师提出"不是所有的教育都能立竿见影""培养班级助手不妨以'放风筝式'""不妨让孩子骄傲一会儿""教育需要一些善意的谎言"等观点，或针砭时弊，或别出心裁，让她班上的学生有了更多的快乐和幸福。

大概也是因为爱上写作，张燕老师收获了更多的职业幸福感。这里，笔者不妨直接引用张老师的一些充满爱和智慧的文字吧：

> 教师的职业激情与幸福感从来都是握在自己手里的。只要自己心中有阳光，抱着积极、平和的心态，把生活当成恋人，钟爱一生，把工作当成享受，为教书而活。
>
> 教育的终极目标是成就幸福人生，在成就学生的同时，也书写着教师自身的生命传奇。而我，所追求的生命传奇就是"与学生一起看风景，也与他们成为风景"。这是我一生最美的期许。

看上去教育写作困难重重，关键是自己还没有踏出写作的第一步。直到现在，我依然清楚地记得，我的《爱，要有智慧》一文刊发后，那种无以言表的兴奋与激动，让我品味着只有做教师才能品味的幸福。这是一种分享，一种幸福的分享，且只有教育写作才能带来的幸福分享。所以，教育写作应成为一线教师最应有的精神生活，用教育写作抵达精神之乡。

行文至此，我想化用冰心先生的几句诗与张燕老师共勉：

"教育在左，读写在右，在生命的两旁，随时撒种，随时开花，将这一径长途点缀得花香弥漫……"

（作者为湖北省特级教师）

目 录

第一辑 爱教育

微笑的魅力　002

用有情感的教育　涵养有情义的学生　004

善意的谎言　013

多观察学习以外的东西　018

我闻到了朗读的芳香　020

做最好的自己　023

传统节日应回归"传统味"　025

让校园绽放礼仪之花　027

营造礼仪教育的氛围　034

感恩教育，让孩子心中充满爱　036

经典诵读，浸润孩子心灵　039

致燕子班的孩子们一封信　041

不是所有的教育都能立竿见影　043

培养班级助手不妨"放风筝"　045

站在学生立场，让教育变得更鲜活　047

浅谈干预小学生逆反心理　056

同理心视角下培养低年级学生交往能力
的实践与思考　060

刚柔并济，用心呵护
——关于辅导一个小学生走出叛逆的案例　065

以德育人，以情优教　070
我的"一亩三分地"
　　——203班燕子中队日志节选　075

第二辑　爱学习

培养小学生数学语言的表达能力　126
自习课不自习，怎么办　132
让学生信心满满地学习数学　134
让线上教学更有温度　136
在追问中学会数学语言表达　139
激发学生在线学习兴趣的实践探索　141
低年级学生数学语言表达能力的策略研究　143
生活化的数学课　148
让数学课堂更有"形"　150
提高小学生数学计算能力策略研究　152
数学小医生　159
在具体的情景中解决数学问题　162
在生活中学数学　164
精彩导入，营造趣味数学课堂　166
心靠言传　言为心声　174
培养低年级学生数学语言表达能力　177
求异即是求真　184

心中有"数" 186
小学数学简约教学的策略研究 188
教育需要等待 195
"双减"背景下小学低年级
　数学开放性作业设计 201

第三辑　爱生活

一路教育一路歌 208
有爱，梦想才会飞翔 212
爱不是虚拟的文字 215
初心如磐，不负韶华 217
老师，为何不快乐 219
教师应为哪般模样 221
做一个很"炫"的老师 223
做一个激情四射的老师 226
幸福，永远在路上 229
爱出者爱返 231
用文字分享喜悦 232
我生命中的重要人物——李镇西 234
今天，我们不妨像李镇西一样做教师 237
教师要有自己的精神宇宙 240
阅读是一次次修身养性 242
争做研究型的老师 244

摘掉"机械数学"的帽子 247
校长乃"老师的老师" 248
老师亦是家长，家长亦是老师 252
我的未来不是梦 255
诀　别 257

后记　从心出发　呵护成长 259

第一辑　爱教育

没有爱，就没有教育。爱学生，不是挂在嘴上的口号。爱学生需要教师用自身的一言一行来表达。因此，爱学生就必须善于走进学生的精神世界，善于去感受他们的喜怒哀乐。

微笑的魅力

我是一个爱笑的人,带着美好的憧憬走上了教师的岗位。到校后,我成了一名班主任。刚走上工作岗位的我,只知道要盯紧学生、要严肃、要严格。于是,爱笑的我开始板起脸,像警察一样盯着学生,像老虎一样威胁着学生。虽然学生老实了,纪律好了,但是我慢慢地觉察到,学生远远地瞅见我便噤若寒蝉,没有一位学生愿意和我说心里话。学生无意间的一句话却触动了我的心弦。有一次,班上一个调皮的小男孩神秘地对我说:"老师,原来你也是会笑的哦!"

是呀,我是会笑的,更是爱笑的。为什么在学生面前这么冷漠、这么严肃?我陷入了深深的纠结中:难道教育就是纪律和成绩?难道只有严肃才能管好班、教好学?我应该改变什么?什么样的教育才是真正的教育?

记得自己还是学生时,满面春风的老师一走进教室,往往便立刻"晴转多云",有时还伴有"雷阵雨"。那时的我多么希望老师能微笑着对待我们。我曾暗下决心:"假如有一天我当老师,我会让我的学生理解微笑、享受微笑式学习生活。"可如今,为什么我忘却了幼时懵懂的心愿?

恍惚间我明白了。当我走进教室那一刻,有多少双祈盼的眼睛在盯着我,希望看到我"微笑"的关注,看到我"微笑"的理解,看到我"微笑"的认可……课堂上,我用"微笑"营造出孩子们舒心的学习环境;管理中,我用"微笑"给孩子以自由探索的空间;下课后,我用"微笑"面对每一位敞开心扉的学生,与他们一起分享成长与生活……

我知道,老师要能微笑着对待教育,不仅仅是一个表情,更需要我们内心的自豪；需要我们善于发现孩子的闪光点，善于接纳孩子的每一个表现；需要我们读书、思考、充实自己。

记得有一个叫小强的学生，不爱写作业，经常上交空白的作业本。于是，我每次发作业本的时候总是面带真诚的微笑送到他的手上。一开始他用疑惑不解的眼神看着我，慢慢地，他看到我的微笑而脸红，感到不好意思。时间久了，他终于被我的微笑感动、折服，渐渐地，他的作业本上出现了认真、整洁的字迹。

当师爱长出了微笑的翅膀，教育，就会真正成为一种我们梦寐以求的"师生和谐之乐，教师善教之乐，学生爱学之乐"的事业。微笑让我享受着孩子们快乐的笑脸，聆听着孩子们的心声；分享着孩子们的成长，品味着做老师的幸福……原来，教育也可以是轻松、快乐的。

让我们用微笑，艺术地表达师爱，让学生理解师爱，感受师爱，这样就会增强教育效果。因为教师的微笑是学生改正错误、克服困难的力量，是最美丽、最动人的语言。美学家说，微笑的形象最美。愿每位老师都能用微笑陪伴孩子的每一天，让孩子们在愉悦的氛围中，自然地拔节、生长。

用有情感的教育　涵养有情义的学生

教师与其他职业的重要区别在于工作对象的不同，教育的工作对象是人，是一个个鲜活的、有思想、有情感的学生。加强学生情感的培养，及时、有效地处理和排除学生的心理障碍，培养学生积极阳光的心态，既是社会进步的要求，也是加强未成年人思想道德教育，全面实施素质教育的重要内容之一。因此，教育的过程不可能不关涉学生的情，没有触动学生情的教育很难产生好的教育效果。笔者从以下五个方面谈培养孩子的"情"。

一、了解不同情绪，培养学生自我教育

北京大学心理与认知科学领域专家孟昭兰教授在《人类情绪》中指出："情绪情感是认识自我的镜子。"情绪是人的心理活动的重要表现，它产生于人的内心需要是否得到满足。人的情绪在某种程度上，还反映了人对外界事物的态度。从这个意义上，情绪是人的内心世界的"窗口"。小学生处于认识自我、认识他人、认识社会的重要时期，但是对情绪的认知和掌控尚未成熟。小学生一般情况下面对问题时，会采用哭闹或者沉默的方式来表达感受。现在的小学生自我意识增强，学习压力比较大，对社会的认识不够深入。

如果一个人遇事能"三思而后行"，控制好自己的情绪；事后能"日三省吾身"，能认真反思，这将是一个人体现出的较高素养。关注学生的精神世界，让学生感受到幸福与快乐是教育永恒的追求。好的情绪能营造

出积极、快乐的氛围，反之，坏的情绪能营造出暴躁、悲伤的氛围。作为教师，我们首先要有良好的情绪面对学生。如微笑着走进教室，微笑着问好，微笑着讲道理；放学时微笑着与学生道一声再见。学生每天看见微笑的教师，心中自然会产生愉悦的情感。

在班级中，学生情绪不稳定的情况时有发生。或是因为学习成绩不理想，或是与同学间闹小矛盾，或是因为睡眠质量不佳，或是……不论是什么原因导致情绪不稳定，教师最重要的工作是要教育学生学会认识自己的情绪、情感，知道情绪反应路径。让学生学会观察自己的情绪，并且能了解情绪感受的前因后果，时时自省，增强自我认知的能力，这是调控情绪的基础。让学生能根据情境及自我需求，有意识地调控情绪。

让学生明白，控制情绪并不是简单地压抑、抑制自身的情绪，而是有很多疏导自己情绪的方法，例如闭上眼睛深呼吸、默默地数数、听听音乐、运动一下、分散注意力或者向他人倾诉自己的感受。班会课是教师与学生教育交流互动的主阵地，教师可以利用班会课的形式，针对班集体中近期出现的一些现象，利用班会课来医"心"、育"心"。

我在这里分享一个真实的班会课案例：班会课伊始，先组织学生玩一个游戏。游戏规则：一人表演，另一人根据表演猜有关情绪的成语（愁眉苦脸、欢天喜地、忧心忡忡、怒气冲天、激动万分、咬牙切齿、眉开眼笑），表演者不能讲出与要猜的成语有关的字或读音，只能用面部表情、肢体语言等来表现。现场采访学生，参与游戏时你有什么感受？猜不出来时有什么感受？（同学在参与过程中有不同的情绪体验。）

在学生玩游戏的时候，教师要做个有"心"人，现场抓拍学生不同情绪的照片。然后，让学生仔细看看这些情绪表达的样子，进而让学生想到自己不同情绪表达的样子。紧接着让学生回忆在过去的生活中，遇到哪些引起消极情绪的事，在小组内进行分享。再进行师生小结：刚才同学们在小组间分享了自己失败的事情、受委屈的事情、和同学闹别扭的事情……其实生活中经常会遇到让自己不快乐的事情，不快乐是一种不良的情绪体验。如果我们能把不快乐变成快乐那该多好呀！下面为大家分享一个故事，希望同学们能从故事中受到启发。

从前，有一个老奶奶，她有两个儿子，大儿子卖雨伞，小儿子卖草帽。雨天的时候，她愁小儿子的草帽卖不出去；晴天的时候，她又愁大儿子的雨伞卖不出去，于是老奶奶天天不快乐。同学们，你能让老奶奶开心起来吗？晴天的时候，小儿子的草帽销量好，雨天的时候大儿子的雨伞销量好。只要换一种心态，就会换一种心情，快乐与不快乐只是一念之差。

此时学生对情绪有所认识。紧接着让学生将不快乐的事写在纸飞机上。四人小组讨论，对纸飞机上写的烦恼提出你是如何想的，如何对待的，把快乐带给同学。

让学生在班集体轻松、愉快、自由的气氛中学习，正确地认识自我表现，调整自己的心态，提高抗挫折能力和社会适应能力。通过班会活动，让同学们有种轻松愉悦的感觉。使有些平时不怎么说话的同学也积极地参与进来，整体效果还不错。关注学生的情绪，让学生每天快乐上学、开心回家是我们教育者的最大工作目标。

二、培养学生感恩之情

习近平总书记在 2015 年六一儿童节时寄语少年儿童"从小学习做人、从小学习立志、从小学习创造"。孝顺父母是做人的根本，也是中华民族的传统美德。百善孝为先，学习孝亲是学习做人的首要任务。《少先队活动课程指导纲要（试行）》中也提出要培养少年儿童做一个好人，有品德、有知识、有责任，坚持品德为先。懂得感恩，知晓回报，孝顺父母，尊敬师长……这些都是少年儿童应该具备的良好品德，也是社会主义核心价值观的具体体现。在我国，独生子女缺乏关爱意识的现实使"恩情体验"显得更为重要。家庭关系中"儿童中心主义"的情形使老人、长辈日益得不到子女的关心，儿童甚至缺乏基本的孝敬父母的责任心。

在学生的心里播下善良、知恩的种子，让学生感受到他人对自己的关心和爱护。首先，我们要让学生知道每个人目前在享受的幸福生活是别人的付出所带来的。比如，让他们明白：父母在外辛辛苦苦地打工是为了挣钱供他们读书；老师在讲台上挥洒汗水、在灯下批改作业是为了他们的成长……让他们发现别人给予自己的爱，从而由内心萌发出感激之情。其次，我们要教育他们"吃水不忘挖井人"，永不忘记别人的帮助之恩，不辜负父母和老师的养育教导之恩。我们知道，当孩子感谢他人的善行时，第一反应常常是今后自己也应该这样做，这就给孩子一种行为上的暗示，让他们从小知道爱别人、帮助别人。

情感的产生来自个体的情感体验，而情感体验离不开实践活动。"感恩"是永恒的话题。为了让孩子获得"爱"与"被爱"的双重体验，体验父母照顾宝宝的辛苦，表达对父母的感恩之情，并养成认真负责的好习惯，笔者设计了这样的教育活动：

在母亲节到来之际，开展主题为"护蛋之情、感恩之心"的护蛋活动。孩子们是"蛋宝宝"的"蛋妈妈"和"蛋爸爸"，护送蛋宝宝从家到学校。在学校的一日生活中一直将"蛋宝宝"带在身边，和"蛋宝宝"一起做操、上课、午餐、睡午觉……孩子们像大人照顾小孩一样小心地呵护着"蛋宝宝"，一刻也不离开，动手动脑想方设法完成"护蛋"任务。

在护蛋过程中，时而传来小朋友间相互提醒的鼓励声，时而有因为疏忽而让"蛋宝宝"破碎的叹息声，当然也有成功完成护蛋任务的欢呼声，各种各样的声音汇成了一曲跌宕起伏的护蛋曲。家长、老师和孩子都全身心投入其中。每一个孩子都时刻关注着自己的"蛋宝宝"，小心呵护着它们。护蛋过程中的点点滴滴，让孩子们感悟到了生命的可贵、父母养育自己的艰辛，学会了成长！

感恩教育还可以通过完成感恩卡，即绘感恩画、说感恩话、读感恩诗、唱感恩歌、做感恩事，进一步表达对父母的感恩之情。将感恩教育与学校开展的活动有机结合在一起，而且在实践活动中特别注重切入学生的心理世界，激发他们心灵的共鸣，使他们产生深刻的情感体验，强化他们的感恩意识，培养他们健康高尚的道德情操，从而发展和升华他们的道德情感。

三、说有情感的话，培养学生的表达能力

在班级中，我发现有些学生存在会做阅读题也会写作文，但是说话交流时语言不够流畅、有些结巴的问题。"想说"是欲望，"敢说"是基础，"能说"是要求，"会说"才是目标之所在。因此，从全面提高学生的语言表达能力的角度出发，贯彻"人本"精神，此乃当务之急。教师必须注意引导学生，让学生学会体贴宽容，学会互谅互让，学会换位思考问题，站在他人角度去理解、思考并形成话语，达到和谐交流的效果。

首先要让学生理解逻辑关系词语，能把"因为……所以……""不但……而且……""虽然……但是……""上、下、左、右、前、后"等放在句子中完整地表达出来。同时，还可以把"首先""其次""第三"等序数词放在讲述当中。慢慢地习惯用关联词或者序数词之后，学生对问题就能表述清楚些。在教学中也可以培养学生的表达能力，比如数学应用题、语文的阅读题比较灵活，需要通过思考才能做出来时，可以让学生讲一讲对这个题目的解题思路和理解。当学生能够清晰地说出解题思路时，这种方式就是培养他的逻辑思维表达能力。

提升学生的表达能力之后逐渐让学生说有情感、有温度的语言。正所谓言传身教，语言是教师传递教育信息、影响感染学生并与之谈心交流的主要手段。语言素养的高低，往往直接影响到教育效果的好坏和教育质量的优劣，有时甚至会产生"一言以兴人"或"一言以丧人"的作用。再者，说话的快慢、急缓与表达的语意关系密切，喜、怒、哀、乐，各有所异，说话对象不同、内容不同，语速更应有异。

在教育教学中，教师多引导学生进行自我批评，对其自省行为进行

赞扬。每个学期教师对学生的评价语言就是很好的情感语言示范。如果发觉学生最近有些沉闷，老师可以说"孩子，老师和同学们都需要你的热情"；如果发觉学生在课堂上发言时比较紧张，老师可以说"说错了没关系，我会帮助你"；如果学生提出一些不可思议的问题，老师可以说"孩子，你提的问题很有思考价值，以后我们共同研究一下"。如果学生作业不认真、字迹潦草，多次指正也没有用，你不妨试试，指着他的作业或卷面说："我很喜欢你的'狂草''你的字龙飞凤舞''有书法家的风范'，但我要求你写的不是书法作品，你能认真书写吗？"以后这类学生可能会认真练字的。巧妙的话语既给学生台阶下，又达到了教育的目的，更重要的是，赢得了学生的信任。

在班级中引导学生每天与老师、与同学互相关心问候。"你昨天晚上睡得好吗？""你今天运动了吗？""你今天心情好吗？"这三句日常问候是一种礼节、一种仪式。因此，说话的时候要面带微笑，看着对方的眼睛。学生在分享情绪时，老师要悉心观察每一位学生，及时发现他们的情绪变化，引导学生近距离认识情绪。如一个学生有些不开心，老师就可以说："王同学，你问问你的同桌是不是还没有吃早餐就来上学了，好吗？"当学生知道老师可以观察到他们的情绪时，学生也会学着去观察别人的情绪。当王同学问候同桌的时候，旁边的其他同学也会跟着询问同桌同样的问题。这时老师要马上表扬他们的行为，强化同理心，让孩子在积极的暗示中懂得"为他人着想"的重要性。

长此以往，习惯成自然，最终把自己的话语变得有情感、有温度。营造一个互相关心对方的温馨氛围。在课堂上，同学之间多用赞美的话评价对方。当同学的课堂回答错误时，为同学积极回答问题的勇气点赞；当同学的计算出错时，夸夸同学认真书写的好习惯；当同学代表小组竞赛失败时，感谢同学为小组英勇奋战。

"良言一句三冬暖"，古人之训也。温馨的话，令人愉悦；鼓励的话，令人感激；赞赏的话，令人振奋。在教育教学中，最重要的就是要培养学生说让对方能领会又让人舒服的话语。因为口头表达能力是一个人的知识、能力、智力的综合体现，它需要高尚的情操、渊博的知识、牢固的记忆能力、丰富的想象力、缜密的思维能力以及出色的表现力。

四、做有情感的事，培养学生关爱他人

教育家蔡元培先生说过："要有良好的社会，必先有良好的个人。要有良好的个人，必先有良好的教育。"而教育绝不仅仅是知识的传授，还必须塑造健康、丰满的人性与人格。所谓的学会做有情感的事，不是教学生如何圆滑，而是教学生在学会做人的基础上通过个人良好的行为感染他人。

例如，如果班级有同学身体不适呕吐了，有的同学会主动带他去医务室，有的同学会主动拿起拖把清扫呕吐物。不怕脏、不怕累的精神感染着班级中的每一位成员，每一位学生也都很珍惜同学之间的友谊。

每个人的生日都具有特别的意义，我担任班主任多年来从未间断给学生送生日礼物。对我来说，能参与学生的生日就是一场生命的盛行。每个学期根据班级花名册中学生的出生日期按月份送出一张充满祝福的贺卡以及随机小礼物，全班甜蜜蜜地唱着"生日快乐歌"已经成了我们班的小幸福。孩子们深深地感受到祝福他人就是祝福自己。

我依然清晰地记得，那是国庆假期后的第一天，我和往常一样早早地走向教室。刚走到教室门口，小可爱文文拦住了我，笑着说："张老师，你能闭上眼睛走进教室吗？"我好奇地想："这是为什么呢？难道有什么花样？"看着他急切的眼神，我还是照做了。睁开眼睛的一刹那，孩子们齐唱："祝您生日快乐，祝您生日快乐……"

顿时，孩子们纯真动听的歌声响彻教室，望着那一张张纯真的笑脸，再转身看到黑板上一条条祝福语以及集体签名。刹那间，幸福如丝如缕绕满心房。

还有，教师节，办公桌上那一束束鲜花，让我心潮澎湃；还有，大年初一，收到一条条学生的新春祝福，让我激动不已；还有，当我生病请假时，学生纷纷打电话问候。那句"张老师，您辛苦了，希望您快点好起来！"稚嫩而又真诚的话语，让我热泪盈眶。这是只有做教师才能收获的感动。

这就是爱出者爱返的真理。在这个人工智能的时代，教师传授给学生的一些课本上的知识可能会被遗忘，但是师生的情感互动故事不会被遗忘。

五、培养学生的共情能力

在人际交往中，既要能理解和接纳他人，又要能将这种对他人的感受以温暖尊重的方式表达出来。人本主义教育家罗杰斯基于学生的立场认为共情"是对当事人的内心世界有准确以至于有如亲身体验的了解，要感受当事人的内心世界，如感受自己的一样"。人在儿童时总是以自我为中心，随着年龄的增长，人开始了解个体与他人的关系，渐渐摆脱自我中心。但是，中国的独生子女们由于自小所受到的关注、照顾和呵护太多，不少学生的心理年龄与其生理年龄没有同步发展。

有一次，班上有两个学生因一点小事而互相争吵，谁也不理谁。心理学告诉我们，青少年更希望得到同年伙伴的理解，共情理解在倾听朋辈群体的诉说中更容易发生。这时，我并没有马上对两个学生讲一番同学之间应该和睦相处，互相理解体谅的道理，而是给学生提供和创设适宜的环境，让学生将自己的心理感受表达出来。先让一个人说完自己的理由，然后让他们面对面地说说自己的理由。此时，教师只需要做一个静静的倾听者，让学生互相听听对方内心的声音，去分享学生内在的想法和感受。仅仅是这种分享，就让学生感到一种释放，感到一种被接受和被关注。这时候，两个学生的声音越来越低，表情也越来越不好意思。最后两个学生都对我说："老师，我们俩都有错，现在我们知道自己错在哪里了。"这样一来，这两个学生的心结就慢慢地解开了。

  作为教师，只要勤于观察、善于观察，就能及时给学生进行疏导。同理心的基础是平等和尊重。疏导学生情绪的时候，教师尽量不做评价，不去评价事情本身的对错，让学生感到被充分地尊重。

  总之，班主任一定要重视情在教学和班务工作中的地位和作用。在努力探寻培养学生情的途径与方法的过程中，班主任也要不断提高自身的情，不断以教育者的人格力量和情感力量影响学生，不断总结与反思学生情培养的效果，开发学生的潜能，为社会培养出更多更好的高素质、高情商、高技能的人才。

善意的谎言

在现实生活中，人们往往对谎言有着习惯性的贬义。然而，当我们面对那些心智尚未成熟的小学生，他们往往对自我缺乏正确的认识和自信。教师如果将这些事实客观真实地呈现给他们，往往会使他们陷入无尽的痛苦和失望中，甚至无形中会给学生贴上不良的标签，进而影响他们的健康成长。因此，面对小学生非原则性的过失或错误，不妨用善意的"谎言"，让他们在缓和的氛围中逐渐认识到自己的不足，进而不断自觉弥补不足。

一、维护自尊，不妨以善意谎言之名

其实，小学生明白"偷拿"是一种错误行为，不过由于他们抵抗诱惑的能力较差，所以当他们面对一些喜欢的物品，或许会选择"偷拿"的方式。而当教师对他们进行教育时，有意贴上"小偷"的标签，会无形中让他们生活在被排斥的环境中。那么，面对学生的偶尔"偷拿"行为，教师不妨用善意的谎言维护他们的自尊。

那天体育课后，小怡哭丧着脸走到我跟前，说："老师，我的笔记本丢了，今天刚买的呢！"我心想，怎么会这样？接这个班以来，在我印象中丢东西的事情还是第一次。于是，我在班上安慰这个孩子说："不会丢的，你再找找看，其他的同学也帮忙找一找。"而我心里是清楚的，当然也能猜出是谁拿的。因为，我知道，小华中途回过教室，然后又慌慌张张地"钻"到队伍里。当时以为他是回教室喝水呢，所以就没有在意。

于是，中午放学后，我把小华叫到办公室，心平气和地和他聊起了"家常"，并不时暗示他如果有什么小心愿，老师和同学们都会伸出援助之手。看得出，小华有些紧张，只见他轻轻地摇了摇头，很不自在，低声说："我没有什么困难需要大家帮忙的，谢谢张老师！""老师记得，在老师和你年龄相仿的时候，曾多次把同桌的笔记本错装到自己的书包里。因此，拿错笔记本自然不足为奇了，问题是拿错了就要及时归还，很多时候只是一时马虎做了错事，改正了照样是好学生。"我始终笑着对他说。我望着低头的小华，偌大的办公室里，空气似乎凝固了，他开始抽泣起来。我趁热打铁向他讲述了应该光明磊落做人的道理。终于，小华抬起头来，泪水在眼里打转，然后吞吞吐吐地说出了实情，并表示："我等一会儿就把笔记本放回小怡书包里面。"

下午上课前，小怡高兴地叫起来："我的笔记本找到了！"我趁机对全班同学说："我们班上的同学都是好孩子，不会有人拿别人东西的，同学们说对吗？"孩子们异口同声地说："对！"我笑了。然而，更让我意想不到的是，小华的作业本上赫然写着这样一句话："请张老师相信我，今后我一定会改正的，谢谢您！"看着"谢谢您！"几个字我高兴地笑了。

我虽然没有严厉地批评小华，但从那以后，他再也没有偷拿过别人的东西。我想，这关键在于用"拿错"这一善意的谎言维护了学生的自尊心，最终改变了学生的不良行为，起到了严厉批评所达不到的效果。

二、转移注意力，不妨以善意谎言之名

在教育教学过程中，随时都会有一些教师不曾预料到的、意想不到的突发事件，必然会影响正常的教学活动。面对这种情况，教师往往采取控制、严厉批评的方式，也许能控制事端，但是，当事人往往不服，甚至影响到当事人之间的感情。而教师巧用一些善意的谎言，转移学生的注意力，往往会出现另一种情形。

一次课间，小寒和小航在玩耍中"上火"了，小寒哭哭啼啼地跑到办公室向我告状。小航被"请"进了办公室。我没有急切地评价他们的行为，而是微笑着听他们说完冲突的过程。看着互相指责对方的他们，我微笑着说："老师正要找你们呢！听说昨天你们俩值日工作做得非常棒，政教主任都表扬我们班啦！"瞬间，两个学生都露出了笑容……在这里，正是这一美丽的"谎言"化解了学生之间的小矛盾，及时调整了学生的不良情绪。

学生身心发展不成熟，自我控制能力尚不足，常常会因外界的某些因素而引起突发事件，对此，教师不是不处理，而是要采取有效的方式。处理突发事件是一个灵活、复杂的过程，一切从学生的发展出发，理解和接纳学生的需求，就会平息事件，不能因突发事件影响了教学和学生之间的感情。

三、树立自信，不妨以善意谎言之名

班级中总有学习上的后进生，绝大多数是由于心理习惯等原因造成的，这些学生往往缺乏成就感和学习上的自信心。因此，面对学业不良的学生，越是客观地评价，学生越难自信起来。对此，不妨用一些善意的谎言，让学生看到自己的潜力。

那是一个早读课，同学们都在认真读书，来找我背书的同学也排了好几个，我惊喜地发现小洁也排在了几个成绩优秀且性格活泼的同学后面，我的目光自然落在她的脸上，只见她低着头，两只手不停地摆弄着书，显得很不自在，看来她是鼓足勇气才迈出了这一步。我暗自高兴，看来前几天的谈心还是起到了一定效果。一个同学背完了，我再抬起头时，却发现她正准备往座位上走，这是怎么啦？不行，不能让她刚迈出一小步就退回去了，于是，我对排在前面的几个同学说："老师有点事，你们就到刚才已背过的同学那儿背吧，老师信得过你们。"这几个同学欢呼雀跃地走了。我径直走到小洁面前，思考着怎样不让她感到紧张的办法，我灵机一动说："小洁，你来考我背书吧？"她有点疑惑，又有点吃惊地望着我，我微笑着解释："老师觉得这篇课文特美，把这课读了好几遍，不知背得对不对，你来帮我看看吧？"小洁愉快地接过书，我大声地背着，她认真地听着，我故意背错了好几个地方，她都一一给我指出了，书背完了，我让她在我的书上签了个"背"字，然后我又问道："你会背这篇课文了吗？"她自信地点点头，我亲切地摸了摸她的头："那好，就在我这儿背背看。"

如今，望着跳跃在我眼前的活泼开朗、学习进步很大的小洁，我心中总充满着快乐。教育的意义就是帮助孩子成长，靠的不是力气，而是发自内心的爱，用爱去叩启心灵的大门。

四、改变观念，不妨以善意谎言之名

在平时的教育中，老师面对暂时表现不佳的孩子，总是习惯直接指出学生的错误，似乎这样就能让学生认识到不足，进而改正不足。其实，当学生失去了自信，不能正确认识自己时，学生未必就会自觉做好正确的事情。因此，面对这些学生，不妨用一些善意的谎言，改变他们的固有观念。

学校的操场旁边有个漂亮的花坛，每到花开的时候总会有学生在放学后来偷花。学校不知警告了多少遍，甚至惩罚也无济于事。一天下午，我正欣赏着姹紫嫣红的鲜花，却发现了一个小男孩躲在墙角探头探脑地看着我。我叫住了他："你为什么还不回家？有什么事吗？""我……我想把……那枝花带回家！""你想要哪枝？"我拉着小男孩的手走近花坛。小男孩看了一会儿，指了指一枝很艳的喇叭花。"哇，你和这枝花心有灵犀，它就是为你而开的。"小男孩露出了喜悦。"但是你准备怎么办呢？如果把花留在这里，它能开好几天，其他同学也可以来看；如果现在就摘下它,你就只能玩一会儿了。"小男孩想了想说:"我把它留在这里,明天我再来看它。""嗯,好的,明天我们一起来看它!"说完,就高高兴兴地回家了。

面对学生的摘花行为,老师可能会生气,可能会采取惩罚措施,但是在教育中,不是所有的堵截、所有的惩罚都是有效的,关注孩子的心理需求,把孩子心中的花留下,把集体的花变成属于学生自己的花,就给了孩子一个管理的责任,是这份责任最终改变了学生摘花的不良行为。生活中离不开花,人们也愿意欣赏花,花的存在,使我们的这个世界变得更加绚烂多彩。我们应该把孩子当作"花朵"倍加呵护。

善意的谎言是美丽的,当教师为了学生的健康成长而使用善意的谎言时,谎言即变为理解、尊重和宽容,具有神奇的力量。"谎言"只有在心灵深处爱着学生的教师的心窝里才能流淌出来,其如甘露、似琼浆,彰显着教师高尚的人格魅力,汇集着教师精湛的教育技艺,成为师生心灵沟通的纽带,那是真正的"爱"的教育。梁启超曾说:"我生平最受用的有两句话:一是'责任心',二是'趣味'。"想来:教育中"趣味"与"谎言"亦有异曲同工之妙,教育也正因为肩负这种责任心和趣味变得神圣而高尚。

多观察学习以外的东西

美学家蒋勋有次问工程师:"你们在这里工作五年了,有没有人可以告诉我,公司门口那一排树是什么树?"没有一个人能回答上来。美学家朱光潜在课堂上问学生:"你们有没有人观察过,校园那片芍药是怎么盛开的?"没有一个人能回答上来。我们活得太粗糙,丢失了慢的能力。当航班因天气延误,我们无比焦躁,没有耐心坐下来静静地去读一本书。当汽车被堵时,我们不停地按喇叭,没有闲情去看路边夕阳下美丽的稻浪。

旅行,就是在行走,要在行走中获得快乐,是一个慢慢用心去体验和感受的过程,但如果我们一味"只争朝夕""只求结果",结果只剩下了毫无快乐的"赶景点"。为什么我们觉得休闲很累?因为我们丢失了慢的能力。正如人们所说的那样:"大多数人在追求快乐时急得上气不接下气,以至于和快乐擦肩而过。"慢,才是休闲的应有境界。只有慢下来,我们才能深深投入主动式休闲之中。很喜欢民国老课本里那篇文章,讲三只牛和两只羊吃草的故事:"三只牛吃草,一只羊也吃草,一只羊不吃草,它看着花。"我们,不一定老是要赶着去吃草,不妨慢下来,成为那只看花的羊。我们越慢,得到的快乐就越多。

教育者最需要的专业精神是宽容、理解与忍耐,老师与家长自身也有很多缺点,我们在小的时候也曾贪玩,也曾缺乏毅力,也有很多知识搞不懂,只要孩子愿意努力,我们尽力陪伴与帮助他们就好!

教师除了上课,什么兴趣、爱好都没有,也不符合现代教育的要求。真正合格的教师,要在培养学生的过程中发现自己,在更好地培养学生的过程中更好地提升自己。我向来认为,对一名教师而言,教书,是芝麻般的小事;做人,才是西瓜般的大事。真正的"好课",都是由真正的"好人"完成的。一堂完美的课,或许能照耀学生一时;但是,教师完善的人格,却足以照耀孩子一世。

我闻到了朗读的芳香

朗读，是一种出声的阅读方式，它是我们每个人完成阅读起点的基本功；就语言学习而言，无论是中文还是英文或任何语言学习，朗读都是最重要的。《朗读者》是央视推出的一档大型文化节目，旨在让喧嚣忙碌的现代人在"读"和"听"中感受到美好和诗意。观看完节目后，喜爱朗读的我，成了一个忠实的"朗粉"。

看他人的精彩节目，想自己的表达方式。在邱校长和唐主任的引领下，我们成立了《馨艺朗读》团队。由起初只有几个人，慢慢地吸引了更多的老师加入。根据主题朗读自己喜欢的文章或者自己的原创，在会议室朗读、在办公室朗读、在报告厅朗读、在喜马拉雅 App 朗读。朗读者倾情朗读，彼此之间用心地聆听，使朗读氛围越来越浓厚。朗读沙龙活动已经开展到了第六季。

停课不停学，停课不停教。既然老师们的朗读氛围这么好，那么带入班级中也一样可以收获美好。在我的教育观里，教育就是教学生带得走的东西，教学生一生有用的东西。于是，燕子班的"朗读者"活动在 2020 年的特殊寒假里也开始啦。

起初，我先按花名册反复甄选有朗读潜力，家长也有文化基础的学生。君博同学的成绩比较优异，妈妈对他的教育也是非常有耐心的。然后我就选了一篇《你好吗》，这篇文章是以学生的角度来写的爱国短文。对于君博来说这是人生中第一次朗读。我首先教会君博的妈妈下载喜马拉雅 App，教会她如何朗读、配乐。他的妈妈很快就学会了，然后还兴致勃勃地帮孩子修改文章，指认生字。把文章解析了一遍，再抄写了一遍之后，孩子渐渐理解了文章的含义。仅用了两天的时间，君博妈妈就从喜马拉雅App里转发了孩子的朗读链接。如此高效，让我很是感动。我反复聆听之后，再提了一些语句和朗读技巧的建议，君博马上继续自己的朗读练习。

到了第三天，终于等到了彼此都比较满意的朗读作品，我把它转发到学校的朗读群、各个班级群、朋友圈，收获了很多赞美以及肯定。此时我明白了，所谓的教育不仅存在于厚重的书本里，也散落在生活中。燕子班"朗读者"活动，也让孩子们知道了，父母把爱和期许融进了他们的成长，这将温暖地伴他们走过幸福人生。

接下来，我以生命教育为契机，让榆濠同学朗读《生命的感悟》。榆濠同学的爸爸妈妈、爷爷奶奶全都在一旁指导，或者这就是家长和孩子共成长的美好情景。由于中途练习太多，孩子的声音有些沙哑，兴趣也降低了。孩子的妈妈私下和我说要过两天再完成。我说没关系，这是提升孩子的朗读水平，不做硬性要求。功夫不负有心人，周日就收到了榆濠同学的朗读作品。我同样地把朗读作品转发到学校的朗读群、各个班级群、朋友圈，收获了很多赞美以及肯定。并把截图发给孩子们看，他们心中很是欢喜。

前两位都是男生朗读，接下来我想找女生朗读。首先是铱涵同学，我以三八妇女节为教育契机，让她朗读《我的妈妈》。我先发一篇范文，让她们母女结合自己的实际情况进行修改，然后朗读。但没有前两个朗读者完成得那么顺利。铱涵看到这么多文字内心有些畏惧，妈妈做了很久的思想工作都以失败告终。最后，我和铱涵微信视频聊天鼓励她，才慢慢地完成。她的朗读作品还被选为三八妇女节班会课的展示内容。

班会课之后很多孩子对朗读开始跃跃欲试。在这漫长的寒假里，我们有更多机会与孩子们相处，听听他们的心里话。我就以朗读的学习任务拉近亲子关系。馨怡妈妈平时工作很忙，果不其然，馨怡妈妈为了指导孩子朗读，反复打印朗读稿，练习到深夜。用自己的普通话陪孩子成长，这是我最欣赏的亲子教育。

接下来，曦婷、家嘉、睿哲、梦琪……主动加入班级的朗读行列，满满的收获，满满的幸福，快乐还在每天延续。"朗读者"活动擦亮了和孩子们共度的每一个日子。这个活动也带动了家长们的积极性，他们不仅是热心的观众，还鼓励着每一个孩子，每次对作品的评价语更是诗情飞扬。读着家长们一句句发自肺腑的话语、一段段精彩的点评、一声声真诚的鼓励，我一次次感动着，深深地震撼着，默默地坚持着。

弹指一挥间，我在三尺讲台上站了十几年。经过十几年岁月的洗礼，特别是成为母亲之后，我更深切地懂得了用爱呵护每一颗幼小的心灵。教育不是重复枯燥的历程，而是应该让每一个日子都富有意义。"朗读者"这一活动，触动了很多同学和家长的心弦，从一见钟情到欣喜相拥，让我和孩子们都遇见了更好的自己。用爱行走，有爱相随，我的脚步将越来越坚定，用爱让自己开出一朵花，整个世界都会闻到你的芳香！

做最好的自己

"后进生"往往是老师们最头疼的,而对"后进生"的定义大多局限在学习成绩上。其实,每个孩子都不希望自己被称为"后进生",作为一个老师,也不要轻易地将这样的词汇加在他们身上。因为,他们只是在学习上暂时遇到困难而已。他们身上的闪光点,远远比考试分数上的不足更让人欣赏,更让人感动。

小颖是我班上的一名女生,学习很认真,有时下课后还待在教室复习,放学回家忘不了做家庭作业。尽管如此,她的数学成绩还是没有提高,得不到高分数。

每次我评讲作业,都是她最忙碌的时候,因为错误太多,她要逐题一一订正。遇到不理解的题,她会抬头看看黑板,又若有所思地赶紧低下头去……待她订正完毕,常常又是几节课过去了。作业订正对她来说,无疑是一场漫长的煎熬。可是,她对待学习的认真劲儿,让我对这个后进生不但毫无头痛之感,反而疼爱有加。因为,我明白态度决定一切,她的成绩不用太担心,她一定会进步的,并且空间无限。

有一次,我生病请假了,意外地收到了一条短信:"张老师,您好。我是您的学生小颖,听说您生病了,特意发来短信问候您,您不用担心我们,我们都很乖。希望您早日康复……"读了这则短信,我不由得心头一热,那种说不出的感动让我更加怜惜这个所谓的"后进生"。

其实,班级里这样的孩子还有很多。比如说那个男孩小宇吧,他倒是一个天真、乖巧、懂事的孩子,可是,就是学习成绩不理想。每次发试卷,他都要拿着卷子挡住自己的脸,然后,用力地把自己的错题擦去。

因为他的体形偏胖,大家都叫他胖墩。他对此不气不恼不怒,反而欣然接受。他似乎知道,同学们并无恶意,这只是同学间的小玩笑小情趣而已。他也乐于给大家带来欢笑。午餐时,他还经常从家里带来自己的美食与同学们分享。看到他端着自己的美食一点一点地夹到同学饭碗里的幸福样子,让人理解了"与身边的人分享快乐最重要"的深刻内涵。

他们这样一天天地长大,将来也许就是一个极其普通甚至平庸的人。但又有什么关系呢?他们时时刻刻在做最好的自己!

曾经读过这样一句话:上帝如果给你关上了一扇门,那一定会给你打开一扇窗。这个句子用在我们班杨吉缘同学身上,再合适不过了。

那天,一张错误百出的试卷让我眉头一皱,再细看试卷主人时,我又无法生气——小吉,一个活泼好动、乐观开朗的小男孩,同时也是我们班的开心果。也许,学习上他是一个永远长不大的孩子,但作为老师的得力助手来说,却非常了不得。

他每天总是最早到校,也总能看见他忙碌的身影。擦门窗、摆桌椅、倒垃圾……小家伙累得满头是汗,脸上也一直绽放着灿烂的笑容。课间,他是"卫生巡查员",只见他猫着腰,一个座位一个座位地巡视。他瞪着一双犀利的眼睛,绝不逊色于一个出色的侦探。孩子乐此不疲,沉浸在自己的世界里。我相信,他一定把这项工作当成一个光荣的使命,也正是他这样的使命感,总会让我陷入深深的感动。我会忘了他不尽如人意的作业,也会忘了他老是落在后面的成绩。因为,这些并不是最重要的。

有人说过:"如果你不能成为大道,那就当一条小路;如果你不能成为太阳,那就当一颗星星。决定成败的不是尺寸的大小,而在于每天都要做一个最好的自己。"做最好的自己,就是要让自己的今天比昨天做得更好,明天比今天做得更好。

愿他们天天做无愧于生活的人,天天都做最好的自己!

传统节日应回归"传统味"

众所周知,传统节日是人类生活的精华,是人类生活中值得纪念的重要日子;传统节日文化则是在历史长期发展过程中积淀凝聚的,它承载着一个国家、一个民族共同的记忆。不难看出,传统节日文化蕴含着丰富的教育内容和巨大的教育价值,是学校教育不可忽视的宝贵资源。因此,传统节日唯有回归"传统味",才能更好地传承传统节日文化,从而浸润学生心灵。

随着物质文化的不断丰富,人们的生活水平也越来越好,坊间有关传统节日氛围"浓"还是"淡"的话题也渐渐多了起来,许多人感觉中秋节与其他传统节日一样,味道在变淡,气氛在变淡。随着人们的生活方式在变,传统节日渐渐被注入越来越多的商业味道。比如,中秋节不断被娱乐化,不少人以为看场晚会、吃几块月饼、逛逛商场、聚餐大吃大喝,就算是过中秋节了,完全不理解中秋节的传统意义。如果仅仅把中秋节理解为一个吃喝玩乐的"月饼节",或是国家的法定假日,休闲放松身心,则抽去了中秋节的灵魂,味道不淡才是怪事!与此相联系的是对节日物质性的思考,在计划经济时代,物资极度匮乏,生活非常单调,但人们过节,忙忙碌碌,很热闹,气氛也浓烈。在当下的现代社会里,人们学习、工作节奏快,不少人平时很少回家看望父母,与其他家人之间缺少沟通和交流,使得家庭成员之间呈现比较松散、疏离的关系,还有些家庭因生活琐事或矛盾纠纷,家庭氛围并不和睦。我们不妨借助中秋节这个契机,让平时松散不和睦的家庭关系得以调和,由此感受亲情,增强家庭意识和对家庭的责任感,而不是把节日的传统歪曲和物质化。

说起中秋节，古人把圆月视为团圆的象征，因此，又称八月十五为"团圆节"。古往今来，"独在异乡为异客，每逢佳节倍思亲。""举头望明月，低头思故乡。""共看明月应垂泪，一夜乡心五处同。"这些诗句都是人们对团圆的向往。人世间总是离多聚少，流浪天涯的哀愁与人生的失意总是难以避免，因此，追求团圆不仅是一种现实的需要，还是人的一种心理需要。我积极倡导家长晒合影，上有老、下有小的一家人，更应该合家欢聚，让老人与孩子亲密相处，享受天伦之乐。对于家庭成员四处分散的家庭，好不容易在假期聚在一起，可以一起出去玩，多交流，增进彼此之间的亲情。身在异乡的人，如果条件允许，最好回趟老家与父母亲友团聚，即使不能回家，也可以通过电话、视频报个平安，道声节日快乐，表达自己对亲人的思念。在班级里，我相继开展了"中秋寄语"互动活动，尤其是借助"互联网+"的方式鼓励学生为远在他乡的亲人打一次问候祝福的电话，帮助长辈做家务，制作一张祝福卡片；开展了"中秋日记"活动，让学生用眼睛、用心灵、用笔记录下中秋节的点点滴滴，分享节日的快乐。系列活动的开展，使同学们对传统佳节及传统文化有了更深层次的了解，懂得感恩回报，从而激发他们去努力学习，报答父母、老师的恩情。

其实，节日教育的过程也是教师、家长受教育的过程。家校的有效配合和良性互动，使教师、家长进一步认识到传统节日教育的价值，丰富自己的知识和情感，满足高层次的精神需求，增强精神力量。当然，对于像中秋节这样的传统节日，我们最应本着让传统节日回归"传统味"的理念，通过追根溯源，师生共同探寻传统节日背后的故事，让学生明白传统节日的形成过程；以主题班会为载体，让学生通过演绎生活中的亲情故事，体悟传统节日的真正内涵。

让校园绽放礼仪之花

每天早上，学校门口那群衣着整齐划一的孩子鞠躬喊出的"您好"以及一拨拨笑靥如花的孩子点头道出的"谢谢"，会让行人驻足良久；课间十分钟，踢毽子的、跳绳的、讲故事的……正如一个家长开完家长会给班主任的留言："没有想到孩子变化这么快，课堂上老师的一举手、一投足、一句话，甚至一个表情，无不影响着孩子，孩子两年前转到康艺学校就读是我最正确的选择！"奥秘何在？完全得益于学校一以贯之的"礼仪校园"创建活动。

缘起："礼仪校园"创建的现实意义

其一，我们知道，早在2500多年前的孔子就十分注重礼仪教育，他要求学生衣冠整洁，走有走的样子，坐有坐的姿势，为人处世要彬彬有礼，温文尔雅；我们也知道，春秋时期的"曾子避席"，战国时期的"廉蔺交好"，后汉的"孔融让梨"，三国时期的"三顾茅庐"以及"张良纳履""程门立雪"等，都是文明礼仪的佳话；我们更知道，毛泽东主席，他回家乡时，邀请亲友中的老人们吃饭，恭恭敬敬给老人们敬酒时连声说："敬老尊贤，应当！应当！"周恩来总理，但凡与他接触过的中外人士无不为他的礼仪风范所倾倒，他们是每个人学习的楷模。

其二，礼仪教育才是创建文明校园的有效载体，自然是学校文化建设中一个不可或缺的重要组成部分，尤为重要的是，礼仪教育是传承民族文化、弘扬民族精神和构建和谐社会的重要举措。

其三，应该是十年前，我无意中看过这样一幅漫画，画的是一个既没有修养也不懂礼貌的男青年，他在路上遇到一位老人，大大咧咧地喊道："老头子，到前庄还有多远？"老人笑着看了他一眼，反抬起手里的拐杖说："还有三'丈'！"男青年一听，傻呵呵地笑了，说："道路是论'里'的，你怎么论'丈'呢？"老人说："论礼？论礼你该叫我爷爷了，我打你三杖才能告诉你。"这个故事告诉我们，说话不讲礼貌，连简单的问路也会碰钉子。

基于以上认识，从2008年起，康艺学校便开始了"礼仪校园"创建活动。

实践："礼仪校园"涵养儒雅师生

1. 礼仪氛围——营造高雅校园文化

其实，礼仪教育的第一要务是在学校营造一种讲究礼仪的氛围，进而让学生在家庭中接触懂礼仪的家长，在学校里接触懂礼仪的老师，在社会上接触懂礼仪的朋友，这样，学生才能成为知礼守礼的人。为此，学校以国学为基，礼仪为途，在学校营造礼仪教育氛围，倾力打造礼仪特色校园文化，力求做到"每一面墙壁、每一个角落都成为学生的无声导师"。一是本着"教育性、实用性和美观性为一体"的原则，新建校园公共书吧——梦想书吧，在书吧张贴名人名言、伟人的读书故事、身边的读书小明星等激励学生"沐浴书香，快乐成长"。二是新建花园并种上白玉兰、黄皂树、麦龙冬等花草树木，并在花园里竖立醒目的礼仪标语和警示牌，时时提醒学生知礼、守礼。三是在墙壁上张贴《三字经》《弟子规》等国学经典字画，图文并茂传承经典，吸引学生闲暇之余看一看、读一读、记一记、学一学，让国学、文明和礼仪走进每个学生的心中。四是在食堂、水龙头旁、操场边、楼道上到处张贴文明标语，教育学生养成节约用水、爱惜粮食、轻走慢行等好习惯。五是在操场、楼道和办公室、公共区等区域，放置美观实用的垃圾桶，从而帮助学生自觉养成让垃圾回"家"的好习惯。

通过打造"礼仪校园"文化，营造了浓厚的礼仪氛围，真正发挥了环境育人的作用，并潜移默化地熏陶和感染着学生，从而使文明礼仪在每一个康艺人心中悄然开花结果。

2. 礼仪课程——培养气质儒雅学生

一直以来，我校存在这样一种现象：学生对知识性的社会道德规范知道较多，却不知道应该如何把社会普遍提倡的道德规范，具体地转化为个人的道德行为。在很大程度上，"知"与"行"的转化存在着一定的障碍。为此，学校把开发礼仪课程纳入教育教学工作的重中之重，以"家庭礼仪"（一、二年级）、"校园礼仪"（三、四年级）和"社会礼仪"（五年级）为主要内容，对学生进行系统的文明礼仪教育，有目的、有计划地将学生带入良好人际关系的殿堂。同时，每周坚持开设一节礼仪课，让学生在学习、生活实践中，养成文明礼貌、讲卫生、讲秩序、爱劳动的好习惯。系列礼仪课程的开发，培养了一大批尊重他人、崇尚责任、知书达礼的新一代康艺人。目前，"知书达礼，尚礼致和，和而不同，其乐融融"的礼仪教育课程体系已初步形成。

3. 礼仪课题——引领特色礼仪文化

针对学生礼仪培养的现状，学校开设"立足教研，提升素养，构建特色，引领文化"为主线的《学校文明礼仪培养》课题研究，全体教师都积极参与到课题研究中，在教育实践中不断探索"怎样有效地传承礼仪文化"，将礼仪规范的要求逐步内化为学生自己的主动需求，从而养成了良好行为规范。几年来，课题组结合课题研究开展了丰富多彩的礼仪教育实践活动，在"研究—实践—改进—提高—总结"的过程中，不断摸索，总结出了培养学生良好礼仪习惯的方法和途径，为"礼仪校园"的创建起到了积极引领和理论支撑作用。

4. 礼仪活动——内化学生良好品格

一是开展了"学习礼仪知识，争做文明康艺人"专题教育活动，让学生学习了形象礼仪、课堂礼仪、课间礼仪、活动礼仪、集会礼仪、交往礼仪等知识，并引导学生懂礼、行礼，在校做文明学生，在家做文明孩子，在社会做文明公民。通过开展学生个人文明礼仪达标活动，调动了学生学习文明礼仪的积极性。二是开展了"规范文明言行，从我做起，向我看齐"专题教育活动。要求学生从细节做起，从我做起，做到"嘴甜手巧脚正"——管住自己的嘴，不乱说脏话；管住自己的手，不随地乱扔；管住自己的脚，不乱踏乱行。三是把文明礼仪列入班级考核，开展了"礼仪标兵""礼仪班级"评选工作，通过树立典型，激励学生成长。

5. 礼仪教师——塑造完美教师形象

完美教师应该不仅是一个胸怀理想、充满激情和诗意的教师，更应该是一个注重礼仪的教师。为此，学校每年都举行"六个一"活动：举行一次教师礼仪大赛，四月份，开展以"我的学生我的班"为主题的教师文明礼仪大赛活动；举行一次教师礼仪演讲比赛，五月份，开展以"争做文明礼仪好教师"为主题的演讲比赛；举办一次教师礼仪培训，九月份，邀请深圳航空公司的乘务长对教师进行礼仪知识培训；举行一次教师礼仪学习，把十月份确定为"教师礼仪月"，每周进行一次教师礼仪专题学习，或观看文明礼仪教学片，或学习《中小学教师文明礼仪常规》《中小学教师职业道德规范》等；上一节教师礼仪观摩课，十一月份，组织40岁以下的年轻教师上一节教师礼仪观摩课；举行一次礼仪教师评选活动，十二月份，评选康艺"十大最帅"男教师和"十大最靓"女教师。

通过在全体教师中深入开展"六个一"活动，教师从服饰、语言、行为上自觉严格要求自己，从而打造了一支服饰得体、整洁大方、语言文明、态度和蔼、行为举止为人师表的完美教师队伍。

6. 礼仪学生——打造思想道德高地

为了更好地推进"礼仪校园"创建活动，学校依托深圳市文明办提出的"八礼四仪"要求，结合我校学生的年龄特点，组织编写了《康艺学生礼赞》的评价手册。在这本手册里，针对"八礼"，根据学生行为礼仪举止，进行学生自评、同学互评、家长评价和老师评价，督促激励他们做得更好。值得一提的是，这本手册里，还有一项"我眼中的'八礼'父母"，由孩子评价父母，表扬或指出父母的不足，让家长陪伴孩子成长，也让彼此共同进步。

附：八礼是什么？

一礼，仪表之礼：勤洗头、洗澡，头发、身体无异味；指甲里无污垢；不当众挖鼻孔、掏耳朵；勤换衣服、鞋袜，保持仪表整洁；坐立姿态端正，在公共场合不东倒西歪；保持书包和个人物品整洁；公共场合不脱鞋；站立时抬头挺胸。

二礼，餐饮之礼：吃饭时不咂嘴，不口含食物说话；夹菜时不在盘中挑拣；等候家人一起吃饭；在公共场所就餐时不追逐嬉闹。

三礼，言谈之礼：对师长不直呼其名，使用敬语；接听电话先说"您好"，通话结束说完"再见"，再挂电话；不用带侮辱性的绰号称呼别人；在校园和公共场所讲普通话；不说脏话谎话。

四礼，待人之礼：记住爸爸妈妈的生日并表示祝福；尊重老师劳动，上课认真听讲；遇人面带微笑；进别人房间先敲门，得到应允再进入；用他人的东西，应先征得他人同意，用后及时归还并致谢；用零花钱帮助有困难的小朋友。

五礼，行走之礼：认识交通标志，遵守交通规则；上学放学时走规定路线；乘车有序排队，不拥挤、不插队；上下楼梯靠右行，不上跑、不下跳，不并排前行，不推挤他人；乘自动扶梯靠右站立，空出左侧通道；不乱按电梯的按钮。

六礼，观赏之礼：提前入场，对号入座；不随意走动，不高声讲话；瓜皮果壳放入垃圾袋，自觉带离场馆或送入垃圾箱中；不站立和在通道观看；观看结束有序离场，不拥堵通道、出口。

七礼，游览之礼：便后及时冲水，不随地大小便；不触摸文物，在景物上不乱写、不刻画；不追、捉、打、喂动物；不攀爬景区设施；带走自己的所有垃圾。

八礼，仪式之礼：升国旗时脱帽、注视国旗行队礼，唱国歌声音响亮；参加入学仪式、成长仪式、入队仪式、毕业仪式等活动时，着装整洁，少先队员佩戴红领巾或队徽；仪式活动中按规行礼，肃立倾听，不随意交流、走动；春节向师长拜年；清明祭扫不穿鲜艳衣服。

"八礼"评价，在一定程度上让学生站在礼仪教育的舞台中央，成为礼仪教育活动的设计师，成为礼仪教育的主人，时时处处受到"礼"文化的浸润和熏陶，让学生心中扎下了礼仪的根，从而打造出一方"思想教育新高地"。

效果："礼仪校园"浸润生命成长

无论何时，你置身于康艺学校，你会惊喜地发现，操场上没有了追逐打闹，楼道里没有了喧哗争吵，课堂上没有了叽叽喳喳，取而代之的是，随处可见弯腰捡起垃圾的背影，主动打招呼的声音此起彼伏，飘荡教室上空琅琅的读书声，食堂餐桌上洁净如一的餐盘……学习生活中的小事，已逐渐形成了一种文明的氛围，无时无刻不在浸润着学生的灵魂，陶冶着学生的情操，从而促进了学生全面健康成长。如今，"知书达礼，和己乐群"的礼仪之花开满校园，灿烂而芬芳。礼仪教育真真切切落于师生的点滴生活中，正所谓让学生"目之所及，情为之动，心向往之"，久而久之，方能习惯成自然。

"长风破浪会有时,直挂云帆济沧海。"虽然我们在"礼仪校园"创建活动中取得了一定的成果,但我们深知,在这宽阔而深厚的领域中,我们依然任重道远,还有太多的工作需要去做、去研究。"路漫漫其修远兮,吾将上下而求索。"我们将继续努力,坚定不移地把"礼仪校园"创建继续推向深入,把学校打造成学生快乐成长、教师幸福生活的乐园。

营造礼仪教育的氛围

文明礼仪教育是一个孩子的成长需要。一个注重自身修养，重礼仪的人才可能成为优秀的人、有用的人、品行兼优的人。优化校园环境是养成教育中的一个重要外部条件，创立一个整洁、优美、文明的氛围，给学生以一种良好的环境，对陶冶学生的道德情操，具有很强的潜移默化的作用。我校在礼仪养成教育中十分重视校园环境建设。

校园的墙面上社会主义核心价值观24字特别醒目，校园楼梯的标语时刻提醒学生要文明说话、文明做事、文明做人。各楼层的《弟子规》形成了亮丽的走廊文化。学校精心设计布置校园内的橱窗，以礼仪小故事、礼仪格言、节日礼仪等形式，图文并茂地展示家庭礼仪、学校礼仪、社会礼仪，使礼仪内容更加丰富，礼仪知识更加具体地呈现在校园环境中，让中小学生在无形中受到熏陶与感染。在各班教室的黑板报上，展示了每班同学在学习文明礼仪、实践文明礼仪活动中的独特感受，同时学校的"红领巾"广播站每天都会定期向同学们介绍文明礼仪知识，并表扬在文明礼仪活动中涌现出来的好人好事。还开设了礼仪教育栏目，随时报道学校开展的礼仪活动，展示各班的礼仪教育成果，表彰礼仪标兵或礼仪之星等，营造"人人讲文明、人人知礼仪"的氛围。

在小学生礼仪教育中，不仅要做好学校内的礼仪教育，还要利用媒体和互联网的导向作用，引导全社会关注小学生的礼仪教育。可以利用广播、电视、报纸等媒体，在力所能及的范围内，通过刊登一些小学生礼仪教育的内容和要求，以及小学生礼仪教育的良好事迹，发动和鼓励社会力量在小学生礼仪教育中尽一分力。同时，可以与当地政府协商，适时地评出一些"优秀少年""文明家庭"，让当地媒体在宣传小学生的礼仪教育中发挥作用。

感恩教育，让孩子心中充满爱

古人说："滴水之恩，当涌泉相报。"感恩，是我们中华民族的传统美德；感恩，是一种生活态度，是一种品德，是一片肺腑之言，是一种真诚的举动。在小学教育教学中，弘扬和倡导感恩文化，引导学生学会知恩、感恩、报恩，是培养学生形成积极情感，构建良好的健康人格和品格的重要途径，更是新课程标准下学生的重要教育内容。我们结合学生行为习惯养成教育对学生进行感恩教育，充分利用各种教育契机和周围环境中的资源，有目的、有计划地开展了一系列丰富多彩的感恩活动。

一、抓住节日教育契机

我国有很多带有感恩色彩的重大节日，每年的"三八节""教师节""母亲节""父亲节""重阳节""国庆节"……是我们开展感恩教育良好的时机。我们不断挖掘节日内涵，在国庆节让学生了解祖国的大事、喜事，进而萌发热爱祖国的情感；在教师节，让学生学会表达感谢师恩；在重阳节，教孩子亲自动手做一些感恩卡片送给全家人，一起为爷爷奶奶送温暖，给爷爷奶奶捶背；三八节，让孩子了解妈妈的职业，讲一讲妈妈哺育孩子的经历，知道妈妈在他的成长过程中所付出的爱与辛苦；让孩子深深地体验爱，并发自内心地想付出爱，对妈妈说一句祝福的话或者给妈妈唱首歌……激发孩子对生活的美好情感，使每个学生都成为一个富有爱心的人。

二、利用节日主题班会

每个学期初根据节日定好班会主题。例如"母亲节""父亲节"让学生认识到感恩父母的重要性,先进行了宣传发动,召开了一次节日班会的主题班会。联系了班级里几位后进生的家长,取得了他们的支持,收集了这几位学生家长的日常工作照片,利用多媒体制成了一组幻灯片,并将这几位家长的照片插入其中,配上了筷子兄弟的《父亲》或者《世上只有妈妈好》等背景音乐,做到了影音声色俱全,让同学看到自己父母的照片后心中为之一振。"感恩父母,感受人间真情"主题班会为感恩教育做了很好的宣传启动。再让学生利用课下时间给父母写一封情真意切的感恩信,表达对父母的感激之情。多层面的活动,使学生在活动中体验感悟,升华情感,从而形成道德认同,增强爱心行动,建树完整的人格,实现了由"人要我学好"到"我要我学好"的转化。

三、用心构建爱的氛围

对于孩子的感恩教育来说,移情训练是非常重要的一环。我们借助于电视、图书等媒介的力量,引导孩子观看以关爱、善良、正义等内容为主题的作品,给孩子读一些以互助友爱为主题的童话故事,还把孩子身边发生的事编成故事讲给孩子听,熏陶培养孩子的感恩之情。随着孩子认知能力的增强和视野的扩大,还引导孩子将感恩之情从熟悉的人迁移到一些陌生的人身上。比如,引导孩子关心贫困地区儿童的生活,尝试用零花钱给灾区人民捐款,在车上给老人让座,主动帮助有困难的人等,培养孩子感恩万物的品质。

感恩,是生命潜能的催化剂。当一个人拥有感恩之心时,他会因为别人为自己的付出而感动,感动之余,他会以实际行动来报答。学生时感恩老师,他就会加倍努力学习以此来回报老师,成绩就会好起来。在受到老师表扬后,学生更加感恩,成绩就会突飞猛进。在感恩教育中,我们使社会、学校、家庭三者联动起来,让教育形成合力,让学生懂得回报父母的养育之恩,回报老师的授业解惑之情,回报伟大祖国的培养之爱。

经典诵读，浸润孩子心灵

"经典是中国的文化之根，民族之魂。经典所传承的人文精神，是涵养民族主体意识之根基，是维系民族精神命脉之源泉。"引领学生作为中国人走近国学，触摸生生不息的文化脉络，感受中华民族泱泱大国的魂之所在，极大提升了学生的品性和道德境界。

一、在课堂教学中引导

用育灵童教材进行经典诵读教学。教给学生诵读的方法，引导学生在诵读国学经典中感悟深刻的道理。另外，经常创设教学情境，引导学生在诵读中想象，体会经典的意境。

二、在环境氛围中渗透

学校通过校园网、宣传橱窗、黑板报、校园广播、主题班会等多种途径，对国学教育进行大力宣传，让学生感受到国学经典诵读教学无处不在。首先，为了营造诵读的氛围，语文教师采取"见缝插针"的方式，在每节课的前几分钟开展"课前一吟"，让学生能够做到天天接触，天天吟唱，天天复习。其次，我们让每一面墙和每一块黑板都会说话，让学生自己收集一些国学经典诵读的内容写上去，充分发挥了环境育人的功能。最后，成立班级图书角，拓宽学生国学经典阅读的空间，提高学生的阅读量。

三、在活动中内化

经典诵读的活动很多，比如：各个班级定期举行国学经典诵读比赛，鼓励先进，激励后进；学校利用校广播站，开辟"国学经典诵读"专栏，利用上午和中午上课之前的十五分钟进行广播；组织学生编写国学经典内容方面的手抄报，激发学生学习国学经典的热情；学校把国学经典诵读内容植入学校的艺术活动中，让学生在诵、背、书、唱、画、演中感受经典文化的魅力；以自己的实际行动，为下班的父母端上一杯茶，吃完饭主动收拾碗筷；等等。国学经典诵读教学贵在引导，重在环境氛围下的渗透，并通过大量的活动实践，让国学经典诵读的教学内容在学生的心里得到内化，这样国学经典诵读教学才有效果。

学校开展国学经典诵读教学，让学生在经典诵读的熏陶下，心灵得到净化，在新的历史时期，赋予经典诵读新的内涵。

致燕子班的孩子们一封信

亲爱的孩子们：

你们好！

循着秋天的气息，迎着朝霞，迈着轻盈的步伐，当你走进康艺学校的大门，踏入一年级四班时，就告别了幼儿园的生活，成为一名小学生了！张老师由衷地祝贺你，并热情地欢迎你！

从你那明亮而透彻的眼神里，张老师看到了你对新学校、新班级、新老师、新同学充满了好奇，兴奋不已。你的爸爸妈妈说，你上一年级，比他们当初高考还要激动，也看到了你的爸爸妈妈在班级微信群里分享你在幼儿园的照片……可以这样说，张老师用活泼、机灵、美丽、帅气等来形容你，都难以表达出我对你们的欣赏。

进入了小学阶段，你的生活中将多一件快乐的事情，那就是学习。在你的身上，寄托着爸爸、妈妈，还有老师的殷切期望，我们都希望你能成为一个自信、快乐、勤奋、独立的孩子。虽然我和你刚刚认识，但我已经从你自信的眼睛中，看得出你是一个聪明、爱学习的好孩子。作为你的大朋友，借此想对你提出几点希望：

1. 每天，都要面带微笑对待身边的人和事，做一个阳光自信的孩子。

2. 时刻记住老师和爸爸妈妈就是你的坚强后盾，如果有什么不开心的事情一定要说出来，不要委屈自己。

3. 与人交流时，小眼睛一定要看着对方，小脑袋一定要跟着动起来。在别人说完以后，可以发表自己的看法。

4. 今后你们要减少玩游戏、看动画片的时间。因为小学生的上学时间是比较长的，所以需要把精力投入学习中才会有更大的收获。

5. 上课大胆举手发言，说出自己的想法。每节课后，都要迅速为下一节课做好准备。

6. 今日事，今日毕。按时按质完成各科作业，如遇不懂的问题，尽量做到不懂就问。

7. 礼貌待人，见到长辈、老师、同学主动打招呼。不骂人、不打架、不说脏话，不乱给他人取外号。

8. 时刻讲究自己的个人卫生和个人形象。

9. 自己的事情自己做。学习身边做得好的同学，争取做最好的自己。

亲爱的，知道咱们班为什么叫"燕子班"吗？燕妈妈告诉你，在老师、家长的呵护下，希望你能像小燕子一样自由地向着光明翱翔，每天都进步，天天有惊喜，最后都收获饱满的果实！那就让我们一起加油，加油，加油！！！好吗？

永远爱你的大燕子老师

不是所有的教育都能立竿见影

我喜欢当班主任，因为每带一届学生都可以看作我新一轮教育的美好开始。霍懋征老师说："我们的教育不可能使每个学生都成为专家、学者、司长、部长，可我们应该把学生都培养成对社会有用的好工人、好农民、好公民。"对待不同的学生，教育者需要讲究方法，不求他和别人比，只是希望他能成为最好的自己。

一天午饭过后。"张老师，我可以去上厕所吗？"汉斯焦急的神情看着我低声说。看着他蹑手蹑脚地向我走来，我脱口说了一句："可以的。"他有些吃惊，睁大那双水汪汪的眼睛，惊讶地说："您不是说中午……"

"怎么，没听清楚吗？我都说可以出去了，难道你不想上厕所吗？"他听出来我话里的意思，脸上忽然有了笑意，不那么拘谨了，还有些腼腆地说："哦，不，不，我现在很想上厕所。"话还没说完就像一只久关在笼子里的小鸟飞一般地蹿出教室。

透过教室的玻璃我看见他在外面和同学玩得不亦乐乎，像个活泼的小兔子，和在教室里的他截然不同。我放下手里的工作，就这样静静地看着他在走廊里开心地玩。

我不禁想起英语邓老师对我说的："你班的汉斯啊，上课不认真，总是爱和同学交头接耳，动来动去。罚他抄单词很快抄好。罚他背诵单词也很快就会背。"听了这话，办公室里的同事都笑了。旁边同事还打趣地对我说，"你看看，学生们很享受这种惩罚哦"。其实我深知他不是真的要上厕所，而是想要出去放松一下。一年级的孩子刚刚从色彩斑斓的幼儿园转到小学，暂时不适应小学枯燥的学习生活。但是小学阶段需要静下心来学习，才能把基础打牢固，我不想班里的任何一个孩子掉队。

汉斯很懂事，班级各项活动只要有他参与就能增添不少欢乐。他能说会道，幽默风趣的潜质似乎是与生俱来的，小嘴每天都像抹了蜂蜜一样给同学制造快乐。可是，上课期间他也像下课一样和同桌讲话。尤其是他有什么问题要问的时候，立刻下座位走到讲台上或者直接大声说出来。

时间一晃就到了十二时三十分，在走廊上打扫卫生的同学陆续回到教室。汉斯一头汗气喘吁吁地也回到教室里休息。出乎我所料的是，下午放学后他主动把昨天的作业送给我批改，数学题做对了好几道。我表扬了他，有进步。他略带幽默地说："能不好嘛，我就是热爱学习的好孩子呀。"说完不好意思地笑了笑。我趁热打铁，和他心平气和地谈了一会儿，最后说："以后课堂上能做到有问题先举手再发言吗？"他连忙点头说道："当然可以呀！"汉斯可爱的笑脸和认真的眼神，让我欢喜不已，尽管他未必能真正做到。

静下心来反思自己的教育行为。幼儿园的课程都是以丰富多彩的活动为主，然而，小学阶段都是以课堂教学为主。孩子们的小学生活还不到两个月，是否应该给孩子们多一些轻松愉悦的时刻？我们常常说，一切为了学生，为了学生的一切，为了一切学生，是我们教师的最大心愿。好的教育方法就如同一缕新鲜的空气，可以给人活力，为孩子们松绑，让他们呼吸新鲜空气，抖擞起精气神。回归童年的质朴是我们老师家长学生共同的期盼。

作为教师，我深刻地认识到，不是所有的教育都能立竿见影。在对待问题学生时一定要讲究方法，让学生从心里接受我们的教育，从而让他们爱上学习、爱上学校。爱学生并不是虚拟的文字，需要我们用心去对待不同的学生，让他们都能快乐地成长！学生们一个比一个可爱，他们的成长促使我也不断地成长。

培养班级助手不妨"放风筝"

刚接手这个班时,我就认识"老牌班长"炜苑。她机灵、大方,还有些许男孩气质,做任何事情雷厉风行、一丝不苟。几天的观察,印证了我的看法,她有一种"女强人"精神。班级里的作业、卫生、纪律等在她的管理下状况都很不错,也得到了其他科老师的高度赞扬。作为班主任的我,打心底为有这样得力的助手感到高兴、骄傲,从此,班中的事务我全部放手让她做。

可是没过多久,期望值慢慢地偏离了我的预期。一天,一位学生写纸条告诉我说:班长管纪律时有人顶嘴!看了这张纸条之后我才得知,因为她的好朋友犯了错她都特别袒护,导致同学们都不服从她的管理了。为此,她很气愤,有时候还大声地斥责其他同学,在同学们心目中的威信也慢慢减退。如此一来,班级里就乱了。

我决定要彻底搞清楚事情的来龙去脉。经过多方面的调查验证,孩子们反映的情况属实,我马上找她谈话。我认真地问道:"我的好班长,近期班级管理得怎么样呀?"

"张老师,同学们越来越不服从我的管理了,有些同学总是和我唱反调,我的好朋友有时候也不支持我。"她一脸委屈地说,"我不想干班长了!"眼里的泪水滑落下来。

听了她的哭诉,我表扬她一段时间以来为班集体争了不少荣誉,帮同学更帮老师也做了不少工作。我抚摸了一下她的头,轻轻拭去她腮边的泪水,笑着问她:"你有想过同学们为什么会有这样的变化吗?回想一下你自己的管理方式、态度还有公平性……"我故意拉长了语调。

她抬头看了我一眼，想了想说："老师，我只是觉得我的好朋友很重要，所以我要多照顾他们的感受。我也只是偶尔自私一下。"

我故作镇静了一下，严肃地说："你说得有道理，每个人都会有私心。但是你应该考虑的是，班长的职责是什么？是为好朋友'谋利益'，还是为全班同学服务？如果只是为了自己而损害大部分同学的利益，试问，又有谁会认同你？其结果呢？肯定会引起同学们的反感和不屑。"她听了之后一言不发，满脸通红。

此时的我，内心无比震惊。我陷入了沉思：才十岁的年纪啊！已经会利用权力这种东西了。谁之过？孩子毕竟是孩子！这么做也不完全是孩子的责任，我们的社会有责任，教师更有责任！

我语重心长地说："老师相信，你以后肯定会重新得到同学们认可的，加油哦！"

她使劲地点点头，声音有些哽咽，说："张老师，请您再给我一次机会，我一定会好好干的，相信我，好吗？"

我看着她期待的眼神，笑着说："好吧，那你马上叫其他班干部来，我们开个会。"

她快步跑回教室，把所有的班干部都叫到了办公室。他们进行了批评与自我批评，我也再次明确了他们各自的职责。孩子们通过这件事情成长了许多。接下来的日子，班级在各项评比活动中都取得了可喜可贺的成绩。

作为班主任，不光要努力培养他们的独立工作能力，还应对班级工作负全部责任，教他们怎样做人，涉及的是人的细致微妙的内心世界，是在学生的心灵世界中耕耘、播种。学会心理管理，从心理上激励人，从情感上感召人，有效地达到管理目标，炜苑的成长过程就是一个很好的例子。对班干部的"放手"并不等于"放任"，班干部首先是一个普通学生，并不是学生贵族。因此，班主任工作放手去让孩子管理的同时也要站在背后加以"指点"。班干部的培养是多方面的，不是孤立地进行的，而是相辅相成、相互联系的。我们只有抓好班委会的建设，才能抓好班风、学风、校风建设，提高学生的整体素质。

站在学生立场，让教育变得更鲜活

顾名思义，学生立场就是站在学生视角。只有站在学生视角，才能走进学生心灵，教育才能成为学生心灵得以栖息的温暖港湾，所以，真正的教育应从学生立场出发。有目共睹，当下的教育，是一种错位的教育，即教育立场的错位——教师习惯以成年人的思维，把成年人的需求当作学生的需求，以成人的兴趣代替学生的兴趣，最终却以牺牲学生的身心健康和兴趣爱好为代价，去实现预定的教育意愿和目标。教育立场的错位导致了教育功利化，教育功利化又使教育失去了本来的面目——真。基于此，我的班级管理工作始终立于学生立场，教育生活也因此变得鲜活。

一、发现学生：成就独一无二的"我"——成人

教育应以学生为本，让每个学生都能得到不同的发展。正如德国教育学家斯普朗格认为的："教育的最终目的不是传授已有东西，而是把人的创造力诱导出来，将生命感、价值感唤醒。"那么，班主任必须把"诱导每个学生的创造力"作为班级工作的第一要务，从而发现学生。

（一）陪伴成长，发现最美。陪伴是最好的教育，班主任只有深情陪伴学生走过成长的岁月，才能识见他们特有的美丽身姿。

陪伴是让全体学生都参与到课堂教学中。课堂上，我总是想方设法让学生举手发言，对于那些从不举手发言的学生，我私下与他们达成"契约"：某个问题，如果不会就举左手，会的则举右手。只要举起右手，我一定给他们发言的机会。全体学生参与的课堂，是最好的课堂，也是最温

暖的师生陪伴。

陪伴是与学生始终保持"零距离"。操场边,有我与学生跑步、踢毽子、跳大绳的身影;教室的窗台边,有我与学生低头笑谈的背影;午休时间,我走进教室,和学生围坐在一起,谈天说地……班主任只有与学生始终保持"零距离",才会用生命影响生命,从而走进学生的心灵。

那些"后进生",更需要班主任的陪伴。因为他们只有在班主任的深情陪伴下,走过人生中最美好的一段时光,才能成全最好的自己,绽放人生的精彩。对于他们,我未曾言弃,而是努力寻求教育的突破口,一点一点去唤醒他们,这就是最深情的陪伴。

(二)找寻优点,发现最优。"我们教育的人,不管他是个多么'没有希望'和'不可救药'的钉子学生,他的心灵里也总有点滴的优点。"苏霍姆林斯基说,"只有集体和教师首先看到学生优点的地方,学生才能产生上进心。"显然,班主任要把发现学生的优点,挖掘学生的潜能作为班级工作的一项极其重要的工作。

1.一项"特殊"作业。每学期的开学第一课,我都给学生布置一项"特殊"的作业:找出自己的十大优点。当我给出这项"特殊"作业时,很多学生特别是"后进生"则表现出疑惑的目光,继而嚷嚷着:我哪有这么多优点?我没有发现自己的优点呀?我都是缺点,哪有足以挂齿的优点呢……面对此情此景,我们需要想方设法让他们发现自己的"优点"。比如,今年的开学第一课,我给他们讲了这样一个故事:有一个人去某个公司应聘,前面去应聘的几个人学历都比他高。当他走到总经理的办公室里,看到地面上有一片纸,于是他弯腰捡起,并把它扔到废纸篓里。就是因为这件小事、这个细节,他被录用了。

"是什么让这个人被录用?"我适机问。

"主动弯腰捡起地上的废纸""细节"……学生们七嘴八舌。

"是呀,看似简单的一个举动,却成就了一个人。他的这个细微的举动就是优点!"

同学们若有所悟，优点逐一被挖掘出来。

2. 一次"特别"班会。当学生找出自己的优点后，我会趁热打铁，于第二周召开一次以"我眼中特别的'Ta'"为主题的"特别"班会，让同学之间相互找优点，同学眼中"Ta"的优点也全部被发现。

被一一发现的优点，犹如一股强大的力量，会促使学生慢慢改变身上的缺点，这是教育的真正力量。一个学生在日记中这样写道：真的没有想到老师和同学们眼中的我还有这么多优点，好惭愧呢！其实，我还有太多的缺点。请相信，我一定会努力向优秀看齐的！

（三）认识自我，发现最好。在班级的壁报栏里，我开辟了"优点秀秀吧"——秀"自己的十大优点""同学眼中'Ta'的优点""优点再发现"，以寇宁宁（化名）为例，"优点秀秀吧"设计如下：

周次 项目	第一周	第二周	第三周（优点再发现）	第四周（优点再发现）	第五周（优点再发现）
我发现	1. 按时完成作业。 2. 喜欢读《三国演义》。 3. 每天早到至少5分钟。 ……		周二的语文家庭作业受到老师表扬。	相信下周做得更好！	……
"Ta"发现		1. 见到我总是微笑。 2. 一次下雨天，曾扶起一个摔倒的小同学。 3. 上数学课时回答问题积极。 ……	周三，帮我捡起了掉在地上的钢笔。 ……	加油！	……

第三周，如果又发现了自己的优点，就写在相对应的"我发现"一栏；如果暂时没有发现，就给自己写上一句鼓励的话语。如果发现了其他人的优点，就在相对应的"'Ta'发现"一栏写上发现的优点；如果暂时

没有发现，就给"Ta"写一句鼓励的话语。第四周、第五周、第六周……依次类推，一学期下来，学生在不断的自我肯定和同学们的认可中，发现了自己优美的身姿。例如，一个"迟到老赖"，在"'Ta'发现"一栏看到了同学们鼓励的话语："你真棒！今天早到了三分钟。""祝贺你，今天最后一个进教室的不是你！""早来晚走是一个学生的美德。"……此后，他再也没有迟到过，一个"迟到老赖"做到了最好的自己。

教育，乃是发现、创造、享受幸福生活的艺术。这就需要教师认识并善于发现学生，让每个学生都能成为独一无二的"我"——大写的人。这是教育的第一使命。

二、引领学生：铺就自主探索"路"——成长

教育的本质是让学生成为他自己。从这个意义上讲，教师应引领每个学生铺就一条属于自己的幸福人生路。那么，班主任应把引领学生"追求幸福、健康生活"作为终极目标，引领学生走向幸福生活的本质上来，从而让每个学生都得到最好的成长。

（一）下水文，引领学生打开心灵天窗。真正的教育就是唤醒学生心中那个沉睡的巨人。如何唤醒学生心中那个沉睡的巨人，从而打开学生心灵天窗，对于班主任来说，是一项值得不断探索与思考的课题。

长期的班级管理实践证明，以优点为写作素材，为学生量体裁衣写下水文，不失一个好方法。小强，一个说谎成性的孩子，经常编造各种理由不交作业，即使催促上交，也是潦潦草草。一次，当我催促他交作业时，他流着眼泪告诉我：昨天晚上爸爸心脏病复发被送往医院，独自在家的他因为担心爸爸，就没有写作业。和小强妈妈电话沟通得知，小强说的是真的。于是，我就以小强"也有诚实"为题材写下了《诚实的力量》。我在文中有这样一段话："你今天虽然没有交作业，但张老师为你点赞，因为你是诚实的孩子；更为你祝贺！是你的诚实让爸爸很快康复，张老师期待着你

做得更好!"小强看到这篇文章后,在日记中这样写道:"没有想到张老师眼中的我还有诚实,我以后一定不再说谎,请张老师相信我!"

还有,《将读书进行到底》让一个被认为不可救药、软硬不吃的"坏小子",渐渐喜欢上了读书……篇篇下水文,叩开了一个个学生尘封已久的心扉,引领着迷失方向的他们逐步走出人生的阴霾。

(二)故事汇,引领学生品味五味生活。教育,应该引领学生学会品味五味生活。爱听故事是学生的天性,因此,巧用故事汇是引领学生品味五味生活的有效途径。

1. 家长的"我的故事我讲述"。做清洁工的妈妈,深情讲述了在烈日下劳动的经过,让同学们潸然泪下;做饭店老板的爸爸,讲述了从端盘子做起,起早贪黑,艰苦创业的故事,让同学们懂得了奋斗的意义;做建筑工人的爸爸,播放了在井下作业的画面,让同学们愕然不已……

2. 学生的"经典故事我演绎"。小强讲述的《土拨鼠哪里去了》,启示着学生在人生路上一定要时时提醒自己——土拨鼠哪里去了,不要忘记自己最初的人生目标;小宇、小芳联袂表演的话剧《老鼠和青蛙》,启发着学生——人要讲信义;小涛和小星表演的双簧《瞎子和瘸子》,启迪着学生——互相帮助,既利人又利己……

3. 教师的"学生故事我书写"。每个学生都是一个故事:一天,我看见经常做恶作剧的小立主动捡起被丢弃的奶盒,写下了《做最好的自己》;六一庆祝会上,一向沉默寡言的小微,和同桌演唱了《小苹果》,我写下了《你的微笑,真甜》;一次和家人逛商场,被冠以"外号一哥"的小飞神不知鬼不觉地站在我眼前,立正大声喊道"张老师好",幸福的泪水夺眶而出,我写下了《幸福来敲门》……

一个个"故事",培育了学生的健康人格,洗涤了学生的灵魂,培养了学生的责任意识,引领着学生幸福快乐地成长。

(三)微微笑,引领学生纵享阳光灿烂。微笑是送给自己最好的礼物,更是送给别人最美的风景。基于以"微微笑——让班级的每个角落都充满微笑"为主题的班级文化建设，我把班级命名为"微笑班级"，提出了"我微笑、我努力、我出色、我成功"的班级愿景。

1. 在教室醒目位置开辟"微笑你我他成长足迹"专栏，定期展示学生的优秀作品，督促学生向更优秀的别人看齐，引领自己不断努力向前。

2. 召开"微笑，最美的天使"主题班会，让学生明白"人生最可贵的东西就是微笑，人人都应面带微笑，笑对他人，笑对生活，笑对人生"。

3. 捡拾微笑，重温童真。课堂上，讲到激情处，我与学生开怀大笑；课间十分钟，我与学生踢毽子、捉迷藏，笑声溢满校园；下雪的操场上，我与学生堆雪人、砸雪球，笑声此起彼伏。

每天，学生带着微笑上路，便会纵享阳光灿烂，人生路将是鲜花遍地、芳香四溢。

（四）教扶放，引领学生学会自我成长。每接手一个新的班级，我首先利用最多两周的时间，给学生灌输班级实施"自我管理"的必要性，让学生知道，个人行为不仅对自己负责，也对同学负责，还对班级负责。更让学生明白，在"自我管理"中，要"人人有事干，事事有人管"。这是"教"的阶段。

此后两个月的时间，我重点帮助学生完成由"他律"到"自律"的转变。比如，全班同学商议制定的《微笑班级自律公约》，让每个同学都做到了自我约束；又比如，由我选定组长，组长选定副组长，组长和副组长共同选定成员的"四人小组"，使小组成员之间做到了自我监督；还比如，让学生根据自身实际情况确定学习目标，不断激励他们一次次超越目标，让学生学会自我激励；等等。这是"扶"的阶段。

经历了近两个月的"教"和"扶"，我放手让学生自我管理。例如，"四人小组"的某个成员违反了《微笑班级自律公约》，关于如何惩罚的问题，是叫家长，还是写保证书，或是罚抄生字词，等等，则由组长和副组长商议，经本人认可后决定。这是"放"的阶段。

班级管理的最高境界就是自我管理。班级管理经历了教、扶、放三个阶段，学生便真正成了班级的主人，并在自我约束、自我监督、自我激励中，找到了实现自我成长的机会，也能自信满满地去迎接青春的挑战。

苏霍姆林斯基说："儿童就其天性来讲，是富有探索精神的探索者，是世界的发现者。"由此看来，教育就是引领学生去自主探索。这才是真正的学生立场。

三、成就学生：练就大爱大智"力"——成才

教育需要大爱，更需要大智慧。教师，作为已"长大的学生"，当学生尤其是"后进生"身上存在这样那样的问题时，教师以学生视角，站在学生立场上，用学生喜欢的方式帮他们解决，方能创造最圣洁的教育，成就学生的人生精彩——成为一个"完整的人"，一个有用之才。

（一）欣赏，成就学生最好的自己。小颖是我班的一名女生，学习特认真——课堂上，有她专注听课的身影；课间，有她独自待在教室埋头苦学的背影；放学路上，有她边走边读的足迹。然而尽管如此，令她十分苦恼的是，每次数学测验总是成绩平平，不能遂愿。

我每次讲评数学作业，都是她最忙碌的时候，由于错误太多，她要逐题一一更正。遇到不理解的题，她目不转睛地盯着黑板，然后若有所思地赶紧低下头去认真书写。作业纠错对于她来说，无疑是一场漫长的煎熬。正是她对待学习的韧劲，让我对她没有丝毫的反感，反而刮目相看，越来越喜欢她了。我始终坚信，她的成绩，一定会进步的，并且有很大的提升空间。

于是，每天下午，我都把她留在办公室里，特意"开小灶"——把当天课堂上的知识点，再次细细讲解。一学期下来，她掌握了数学的学习方法，成绩也有了很大的提高。期末考试，数学竟然得了89分，她也第一次露出了笑容。

有一次，我生病请假了，意外地收到了一条短信，是小颖用爸爸的手机发来的，这样写道："亲爱的张老师，您好！我是您的学生小颖。听说您生病了，特意给您发来短信。我悄悄地告诉您，您要好好养病，照顾好自己，不要担心我们，我们表现得都很乖。全班同学都期待您早日康复，快快回到我们身边……借这个机会，我还要向您表示衷心感谢，谢谢您一学期对我的特别关爱！"看着短信，心头不由得一热，感动与幸福的泪水瞬间模糊了我的视线。刹那间，我愈加对她产生了一种怜悯之情，多么富有情感的一个孩子啊！她的善良与真诚彻底打动了我，她的举动彻底温暖了我的心，在我心里刻下了深深的烙印。作为教师，我那颗柔弱的心也随之受到了很大触动，由衷地感到欣慰。

教育，应为了每一个学生在爱的滋润下都能茁壮成长，也应要用无私的胸怀和博大的爱心去拥抱每一个单纯而敏感的生命，更应坚信每个孩子都是含苞待放的花蕾。教师只要用心呵护，不同花期的孩子都能迎来鲜花绽放，为成就他们幸福的人生而呈现出一道道最亮丽的风景。

（二）信任，成就学生最美的姿态。那天，教室里嚷嚷声一浪高过一浪。从班长那里了解得知，上完体育课回到教室，很多同学的东西被盗，同学们都断定是小恪所为，因为他是上课前最后一个离开教室，下课后又最早一个跑进教室的。我示意同学们下课后再处理这件事。上课期间，我瞥见一向活泼的小恪双手托着下巴，呆呆地望着桌面，眼里噙满了泪水。下课后，我约小恪去操场走走，还没等我说话，小恪抽泣着说："张老师，相信我，我真的没有偷东西！""张老师一直没有说你偷东西，当然相信你啦！"小恪还告诉我，上体育课时，他正是担心同学们的东西被盗，打了上课铃才最后一个离开教室，下课后又匆忙最早一个跑进教室。那么，既然教室的门没有锁上，盗贼到底是谁就不得而知了。于是，我根据小恪统计的被盗清单，买了相似的物品"归还"失主。这样，一起被盗事件画上了圆满的句号。

前年春节前的一天，已考入高校的小恪在QQ上给我留言：张老师，您还记得吗？在我转学时，您托一个同学送给我一本笔记本。我至今仍完好地保存着，没有舍得写一个字。特别是扉页上的那句"张老师永远相信你！"时刻让我感动着。是您信任的力量让我重新找回自信，成为我人生努力拼搏的永恒动力。毫不夸张地说，如果没有您的"张老师永远相信你！"就没有我的今天。

教师对学生的尊重和信任，是学生成长的阳光雨露。从这个意义上讲，教师的大爱大智就体现在对学生的充分尊重和信任上，这样，教育才能成就学生成为最好的自己。

因此，教师只有从学生立场出发，发现学生，引领学生，成就学生，才能演绎师生之间最动人的故事，从而缔造震撼心灵的生命传奇，铸就最鲜活、最生动的教育。

本文发表于《新班主任》2017年10月

浅谈干预小学生逆反心理

从心理学的角度来说，逆反心理是在一定条件下个体对他人提出的要求和愿望采取负向的态度，并且会形成一种与别人期望截然相反的态度和行为，作为逆反心理的研究者，首先要对逆反心理进行相应的定义，在班级中能够针对相应的现象，找到解决办法，这样才能够发挥教师的作用。同时教师要对学生逆反心理形成的原因进行分析，对小学生的主观原因和客观原因进行分析，深入地了解学生的心理，才能够解决学生的心理问题。教师要从学生生活和学习的方方面面入手，不断地对学生的心理进行观察和反馈，在干预逆反心理过程中不断地反思和改进，这样才能够真正地对小学生的逆反心理起到相应的作用。

一、分析小学生逆反心理的表现

首先，小学生的逆反心理表现为拒绝认同的反向思维。部分小学生对于学校领导和教师的思想观念并不认同，对于社会上的一些不良现象并不能够正确地进行分析，没有形成相对正确的思想观念，当面对学校领导和教师的正面宣传时，采取全面否定的态度。其次，小学生因认知水平所限会对榜样和先进人物进行否定。在教育过程中，家长和教师通常会采用树典型的方法来教育和感染学生，但是取得的效果恰巧适得其反。一些小学生认为某些人物并不具备真实性，是家长和教师有意创造出来的，就会否定榜样和先进人物，甚至会嘲笑身边的榜样。最后，还会表现在对不良倾向产生情感上的认同。小学生在面对一些社会不良现象时，会做出错误的判断,加之一些动画片的不正确引导,导致其对于一些不良的行为并没有正确的判断,进而会产生一些不良的倾向。教师要及时观察学生的心理表现并且进行正确的引导。

二、探究干预小学生逆反心理的有效措施

1. 充分利用"期待效应"

期待是需要师生双方进行体验的反映,是一种教育方法和教育艺术,同时也是教师的责任心和事业心的反映。皮格马利翁效应说明了教师需要对学生拥有真挚热情的期待,这样才能够调动起学生的积极性,让学生能够对学习活动和生活充满着热情。作为教师要在课上和课下都对学生抱有期待,这样学生才能够尽力地完成教师的期待。教师要通过鼓励的话语来帮助学生进行自我教育和发展,对学生的期待心理越强,就越能够激发学生的奋发向上的主动性,还能够帮助学生增强自身的自信心和自尊心。教师的期待也成为学生学习的动力,这样就可以完成教师的教学目标,也可以顺利消除学生的逆反心理。教师在课上课下也要及时了解学生的期待心理,尊重学生的想法,让学生能够顺利完成自身的期待,也是教师教学的目标。这样双向期待的方式,也能够让学生和教师共同进步、共同成长。

例如,在进行北师大版小学数学二年级上册第一单元"加与减"的教学时,教师就可以利用期待效应来降低学生的逆反心理。首先在课程开始之前,教师要明确本课程的学习目标,要让学生知道自己需要通过本节课程学习到哪些,掌握哪些能力,也就是教师要明确期待的过程。教师可以对学生说:"小朋友们,今天我们学习'加与减',老师希望你们通过这节课掌握加减法,并且能够拥有基本的计算能力,当然在掌握本单元学习知识的基础上,你们也可以进行更深层次的加减法的探索。"接着教师就可以问学生:"你对于本单元学习的期待在哪儿?"这时教师可以让不

同的学生回答问题，就可以收集到不同学生的想法，就可以明确学生的期待，在上课过程中就可以很好地激励学生完成自己的期待。教师也要尽力地完成自己的期待，就能够很好地避免学生产生逆反心理，也能够增强学生的课堂参与感。在课程结束之后，教师可以对课程进行总结，和学生说没有完成自己的期待，对完成期待的过程进行反思。然后教师就可以问学生有没有完成自己对课程的期待，这样就可以让学生在教师的引导下完成相应的思考，从而能够让学生朝着目标去努力。

2. 充分利用暗示效应

暗示需要教师通过语言、行为和环境对学生的心理产生影响。教育更加需要潜在的影响，让学生尽量感觉不到教育的意图，就能够很好地消除学生学习过程中的逆反心理。教师在教学过程中要秉持三多三少的原则，多表扬、少批评、多鼓励、少指责、多帮助、少埋怨。这样就能够让学生在教师的引导下更好地完成学习任务，同时也能够养成正确的心理。在教学过程中，教师要善于通过语言来暗示，有步骤地向学生提供新知识。在启发学生思考的过程中，要注意设置悬念，并且要主动地培养学生的思考能力，为学生创设具体的教学情境，让学生能够通过具体的事物来感知学习的知识，从而避免学生抽象思维的缺陷。当然，在教学过程中，教师要注重对学生情感的激发，通过动作和表情激发学生的情感；注重对学生情感的暗示，采用微笑、允许等神态动作来加强语言的情感，这样能够达到良好的效果，同时还能考虑到学生的心理承受能力。当然，教师在进行课堂教学时，也要善于利用环境来进行暗示，注重教室的布置，能够将教学内容隐藏在多种多样的环境中，能够让学生更加愉快地进行知识的获取，能够很好地避免学生的逆反心理。

例如，在进行北师大版小学数学二年级上册第八单元"6—9的乘法口诀"的教学时，可以利用暗示效应来帮助学生掌握相应的知识。在进行教室布置时可以粘贴一张乘法口诀表，学生在看到口诀表时就会产生好奇心理，会主动地进行相应的探索和学习，也能得心应手。同时在进行本单元教学的过程中，要给学生创设一个具体的情境，而不是简单地进行普通讲解，否则学生容易产生逆反心理，同时也会对数学失去相应的兴趣。可以通过多媒体的动画情境来进行乘法口诀的展示，让学生能够对乘法口诀有相应的了解。与此同时，还要注重对学生的启发，让学生能够举一反三，对学会的知识进行相应的思考。这时还可以对乘法口诀进行逆向的问答，改变学生传统的顺向思维，能够不断地提升学生的课堂注意力，同时也可以激发学生的挑战心理，让学生能够主动地学习并掌握相应的知识。在课堂教学时，如果学生出现一些走神的现象，或者是一些不正确的课堂学习行为，要利用言语或者是表情来提醒学生，不仅可以保证和谐的课堂气氛，还可以避免学生产生逆反心理。

综上所述，教育者要认识到小学生逆反心理是具有双重性的，要看到好的一面，也要看到坏的一面，要在主动了解学生心理情况的基础上进行利用，不断地在教学过程中激发学生的好奇心、好胜心、求知欲，从而让其更好地投入到日常学习生活中。

同理心视角下培养低年级学生交往能力的实践与思考

同理心是体会他人感受的一种非常关键的能力，它在人生各方面都发挥着重要的作用。在班级交往中，缺少同理心的学生往往只关注自己的感受。低年级的学生对于朋友的定位还没有成型，不知道怎样去与人交往，不懂得怎样去谦让别人，化解人际冲突。因此，对于他们的教育教学需要讲究策略。如何帮助学生构建良好的人际关系？作为一线教师，笔者尝试了如下方法。

一、交往课程，让学生视万物而怦然心动

"儿童是天生的学习者"，在课堂学习中，教师创设体验情境，引导学生积极、主动地参与课堂学习，给学生创造说的机会，激发学生交往的欲望。低年级的小学生缺乏人际交往经验，因此每周进行人际交往课程非常有必要。学习主题例如："好好说话 与爱同行""美的语言赞的人际""学会倾听你我成长""学会自我激励，让自己元气满满""有乐同享""学会交朋友"等。

与此同时，每个学生一套"情绪管理绘本"，在每周一节的阅读课上师生共读。绘本阅读课上一篇篇精彩的小故事蕴含着大智慧，让学生深入感受情绪表达在生活中的重要作用。老师和学生共同阅读，总结面对情绪问题应该遵循的原则和具体的处理技巧，共同解密情绪密码，提高解决交往问题的能力。每周一节人际交往主题绘本分享课。学生将绘本阅读完成后，再将书中故事转换成自己的语言与同学们分享。以阅读活动为契机，

让每位师生互相亲近，积极营造良好的相处氛围。以读促思、以读明理、以读释疑，提高学生的阅读质量，让每个孩子都能获得充分的阅读滋养。

二、手绘画像，让学生见自己而自信欢喜

手抄报是反映心灵的一扇窗户，通过手抄报活动，给同学们提供一个属于自己的平台。学生用手中的画笔，真实地描绘出自己好朋友的美好形象以及和自己交往的点滴感受。引导学生关心同学，热爱生活，进一步培养学生的交往能力。

叶圣陶先生主张："教师的职责与其说是教育，不如说是给予学生一定的影响，使他们有自己的思想，能自己学会活动并获得体验。"学生需要建立良好的同伴关系，这对他们提高交往能力有重要的意义。为学生创设宽松愉快的游戏环境，准备丰富且操作性强的游戏材料，使学生产生与同伴共同游戏的愿望。学生良好的合作能力和行为习惯的养成离不开合作类游戏，如学生喜欢的游戏棋、卡片翻翻乐、故事表演、掰手腕等游戏活动，学生必须和同伴商量出共同遵守的玩法、规则，才能最终完成游戏。

三、彼此评价，让学生见所美而各美其美

培养学生交往能力的教育评价是个相当重要的问题。建立完善的评价机制，有利于培养学生交往的兴趣、小组合作的兴趣，激发其参与班级活动的热情，进而提高学生的交往能力。

其一，学生对自己的评价。学生自我交往的感受，在小组内进行讨论交流，增加了学生之间的感情。其二，学生对他人的评价。学生会重视同伴对自己的肯定或批评，从而改进自己的学习态度或方法，同时也是一个学习交流与提升进步的过程。其三，教师的评价。教师要观察学生的参

与度，对学生和小组的交往能力和效果做出微观和宏观评价，并根据学生的表现，评选"最佳人气奖""个人魅力奖""最佳友爱小组"等。

四、感悟真情，让学生悟所爱而富养心灵

我们在一起的每个节日都充满着仪式感、幸福感，更是一种归属感。教师节、感恩节和孩子们一起策划给父母送小惊喜写卡片，感受自己亲手完成的成就感。父母的爱伴我们成长，需要念及亲恩；恩师的教诲伴我们前进，需要念及师恩；朋友的帮助伴我们无忧，需要念及友恩。让我们学会做一个懂得感恩的人，学会换位思考，珍惜朋友，理解父母，用真诚去体贴、关心别人。家庭是孩子的第二学校，好的家庭教育对孩子能力的培养也有着举足轻重的作用。在学校期间，可以利用课堂时间教会学生交往技巧，在家的时候，家长要尽可能地让学生自己的事情自己解决。

胃与心之间是相通的。美食带来的快乐，是无与伦比的，世界上最能治愈人的就是各种各样的美食。同学们带来自己喜欢的品种丰富的美食，有水果、牛奶、蛋糕，还有各种小零食等。孩子们在温馨快乐的分享活动中，渐渐懂得"别人的零食，我不能抢""他是我的好朋友，可以问他要零食""我可以用自己的美食交换朋友的美食"等快乐的情感体验，使孩子们更加相亲相爱，增进孩子们之间的感情，让孩子们从小懂得感恩、懂得分享，享受分享带来的快乐，增强了同学之间的社交能力和动手能力。

五、班级人脉，让学生思其行而同理共情

人脉图最关键的两个要素就是：学伴和玩伴。当然，在确定这两个要素的过程中，我们也走过不少的弯路，也尝试过其他方法和罗列更多要

素,但最后还是觉得,最简单的就是最有效的。于是,把课程和人脉调查进行了融合,即节省时间,也能达到目的,一举两得。书面调查主要针对人脉图"学伴"和"玩伴"两个要素,仅两题:1. 如果下次进行小组改编,从学习上考虑你最想和谁做同桌或组员?(最多可选2个)2. 如果下次组织秋游,你最想和谁一起结伴?(可写多个)因为是低年级的学生,所以整个问卷调查我都采取了拼音和图片的方式,对照绘制好的班级人脉图,一起来进行下一步分析。

要做好"小太阳"们的工作,要走进他们的心里,首先得摸清他们的特点,进行更细的分类。分类的标准有很多,仁者见仁智者见智,我常从思想品德、学习态度、心理行为等方面来分。值得一提的是,在我们的积极引导下,学生间的关系得以飞速调整发展,少则一月,多则半年,即可重新绘制班级人脉图。这也能帮助我们更科学地了解班级现状。

六、圆"桌"会议,让学生感所苦而热情奔赴

师生围坐成一个圈,每人轮流拿着话筒说出自己近段时间最感到烦恼或者不知道如何解决的问题。学生分享自己得到大家关心和帮助的感受,以及帮助他人的感觉,或者活动过程中的体会。最后,每个同学握手表示感谢,谢谢对方的建议和鼓励。大家很开心地结束了这个活动,虽然有些同学分享的时候话并不多,语言组织能力不是特别强。但是,有所收获也是不言而喻的,就像种子种在心里。人生每个阶段都有烦恼,感谢自己这么坚强,感谢父母和身边的朋友一直给我们支持和鼓励。最终让学生认识并接纳在社会生活中每个人必然会遇到这样或那样的烦恼这一个事实。学生认识到有些烦恼需要他人的帮助消除,有些烦恼必须自己来消除;学生应了解、掌握一些基本的解决处理烦恼的方法。学生主动帮助同学或朋友消除烦恼的意识和能力得到提升。

综上所述，从同理心视角下对学生进行交往能力的培养，使学生学会了主动与同学和老师打招呼、学会了赞美同学和老师、学会了与他人合作、学会了沟通、学会了解释和道歉等。我们相信，将来随着年龄与学龄的增长，学生人际交往能力会逐渐得到提高。

刚柔并济，用心呵护
——关于辅导一个小学生走出叛逆的案例

一、案例呈现

在一节课上，执教老师讲到精彩之处，抛出了一个很有想象空间、几乎每个学生都有话可说的题目。大家都举手了，他微笑着叫起了一个平时在每个老师看来都一无是处的学生小涛，希望其在这时也能获得成就感。可是，小涛站起来的回答却让老师后悔不已。"你让我站起来干什么，我又不会回答问题？"虽然很震惊，可毕竟是有经验的老教师，他依旧微笑着问："那么你现在可以尝试着想一想吗？老师相信你一定能回答得很漂亮。"可是小涛并没有买他的账："我很笨的，我想不出来，能有什么办法？"精彩的一堂课就因为这样一个插曲而划上了一道遗憾的痕迹。事后，我询问了相关授课教师和其他有关学生，发现小涛在班级里是一个极不受欢迎的人。上课经常自己玩，学习态度非常不端正。做作业敷衍了事，不但错误连篇而且字迹潦草。因此小涛经常受到老师的批评，有时甚至还被惩罚，在班级中的影响非常不好。

二、案例分析

结合小涛的情况，我由内而外进行了细致的分析，我认为主要原因有以下几点：

1. 主观原因：小涛自尊心极强，希望能够在同学们之间受到尊重和欢迎。但自身学习态度不端正，学习成绩一直不稳定，不善于交际等原因，使得他的人缘比较一般。思维活跃的他便用上课与老师顶嘴、抬杠等方式来吸引大家的注意力，获得内心的满足感。有时候，他预知会被老师批评、同学嘲讽，就先发制人，与老师抬杠，指责同学缺点。外在表现就是比较叛逆，不服管教。

2. 客观原因：家长工作比较忙，对他疏于管教，从小就与手机为伴。在学校，他也是天天戴着电话手表，其功能与智能手机一样，可以查资料、玩游戏等。一有空，他就玩手机游戏。家长在起始阶段没有加以控制，现在管起来也就是偶尔凶一顿，并没有任何实质性的效果。时间一长，小涛就形成了逆反心理，只要不顺着他的意思，对谁都有抵触情绪。

三、教学实践

经过观察，我挑选了一天放学时，请这位学生在教室里等我，告诉他我想请他带一封信给他母亲。当着他的面，我写了封信，随后我强调了好几遍，信是写给他妈妈的，不允许他擅自拆看，于是将信留在教室，称自己去取信封让他稍等。学生点头答应，但一脸的不情愿。走出了教室，我在教室外暗暗地观察着，没一会儿，发现他谨慎地打开我的信读了起来，脸上渐渐地露出了微笑。稍后，我进教室将信封好交给了他。其实，孩子原本认为老师带信是为了告状，却没想到老师在信中写了他很多闪光点，并肯定、表扬了他。他认识到了自身也有优点。之后的日子里，学生各方面都有了明显的改观。"人之初，性本善。""天下没有教不好的学生。"只要能够多花点心思，我们的教育工作会更好。针对小涛这样的学生，我始终相信他"性本善"，并非无药可救，缺乏的只是有效的教育措施。

（一）用心交流，热爱全体学生

于漪曾经说过："要真心实意地爱学生，热爱学生是人民教师的天职，我们要把热爱事业、热爱未来的强烈感情倾注到教育对象身上，对他们满腔热情。没有爱，可以说也就谈不上教育。"师爱是打开学生心灵大门的金钥匙，是教师智慧和教学艺术的重要源泉，师爱也是师魂。所以我经常提倡关爱每一个学生，对学生要充满爱心。教师应讲求民主创设良好氛围，体贴学生，尤其是对常犯错误的学生，更应从感情上亲近他们，从兴趣上引导他们，从学习上帮助他们，从生活上关心他们，使他们对教师的隔阂和对抗心理消除，乐意接受教育，逐渐改正自己的错误认识和不良行为。

针对小涛的现象，首先做到尊重他的人格，保护他的自尊心。比如，当他在课堂上针对我说的某一个问题进行抬杠时，我不厌恶歧视，不当众揭丑，不粗暴训斥，不冷嘲热讽，而是运用信任和赏识的方式，对他说一句："你说得不错，这是我没有想到的。但是这个问题针对性不强，如果能结合今天所学的内容再来提问，相信一定会很好的。"然后引导他重新说一下问题内容，引到学习重点上来，并带动全班同学一起为他鼓掌。这样他的抬杠行为就慢慢地转变成对课堂所学的思考。他的自尊心受到了极大的满足，在课上提的问题有了深度，很多次还能给我新的启发，迸发出课堂的新趣味。我也明白了，原来抬杠和思考之间，只隔着教师的理解与尊重。

（二）恩威并施，树立老师威信

俗话说，没有规矩不成方圆。在学生的教育上，不仅需要人文关怀，更需要规则限定。只有对学生进行规则意识的培养，才能让他们懂得行为的边界。因此，我专门为小涛制定了一个行为规范表。规范表从学习、生活、行为习惯各个方面制定了相应的细则，比如在校期间不能玩电话手表，认真完成作业等。并且，只要他能够完成相应的任务，就可以获得一定的积分奖励，积分可以兑换小小的心愿礼物。

如果教师刻意地偏袒某人，必然会引起其他学生的不满，那么作为一个教师的威信也将不复存在。因此，提醒教师在处理学生具体问题时，一是要体现公平公正，对事不对人，尽量做到"一碗水端平"。平时观察学生时要做到优生差生一视同仁，不分厚薄，不能存有"一好百好，一恶百恶"的心理，能善于发现每一个学生身上的闪光点。这样，在处理问题时才不会随心所欲，依主观印象办事。另外，对所处理的问题，一定要通过多种方法不同渠道进行调查研究，了解真相，进行客观分析，作出公正合理的结论，得到学生广泛的赞同和支持。这也可以提高教师的威信，增加学生对教师的亲近程度。

（三）家校合作，纠正学生不良心理

因为学生的"逆反"心理的形成因素很多，故要进行分析，对症下药，因势利导，纠正学生"逆反"心理。如果是因教师处理不当造成的，教师要勇于承认自己的错误，不断改进工作方法，以实际行动取信于学生，重新赢得他们的信任与支持。家校合作，是一个永恒的话题。教师、学生、家长，三方利益一致，形成合力，才能达到好的教育效果。

针对小涛在学校的表现，我特意去他家进行了家访。为了让小涛知道我的态度，我特意让他在旁边，当着家长的面表扬他，并且提出了合理的建议，希望家长也能与老师站在一起，帮助孩子获得更大的进步。家长听到孩子的进步，更加乐于配合。孩子听到了老师的表扬，更有积极性。

经过一个学期的努力，该生逐渐端正了态度，各方面有了明显转变。作业正常上交，上课不与老师抬杠，同学之间的关系融洽了许多，学习成绩也有了一定的进步。

四、效果及反思

小学生叛逆心理是一种严重的心理障碍。其成因较复杂,从主观上看是学习目的不明确,尚未形成科学的人生观,性格上活泼爱动,甚至不失聪颖和机灵,主观能动性较强,自我表现欲望强烈。客观上有社会阴暗面的影响,更有应试教育各种弊端对其精神的压抑,或极强的自尊心遭到伤害,等等。小学生叛逆心理的产生不是固有的态度对抗,而主要是教师在教育引导中某些特征诱发的结果。例如,在教育学生的活动进行过程中,学生一旦了解到教师的行为动机不是有利于他,而是另有所图,就会产生对抗心理。又如,教育时不顾及学生当时所处环境就会诱发学生的感情障碍,使学生紧闭心扉,导致学生对教师的教育采取排斥态度,从而拒绝接受本来能够接受的东西。对学生的教育无限制地重复、啰唆,致使学生产生厌烦情绪,转而形成消极的态度对抗教师的教育活动。

通过一个案例,我深感问题学生教育是一个长期的、复杂的、艰巨的工程,尤其是到了小学高年级,更需要社会、学校和家庭的密切配合。但在所有的教育方法中,情感的投入是最重要的,因为只有情感投入,才能让学生感受到被尊重、被爱,才能激发他们内心向美、向上的积极性。

以德育人，以情优教

秉承着"以德育人，以情优教"的育人理念，坚持立德树人，培育社会主义核心价值观。以老师自身的高尚情操去培养学生的良好品格，以班级师生之间的和谐相处去优化班级教育。从而培养班级学生养成良好的行为习惯和学习习惯，促进学生全面发展。

一、精细化常规活动，培育学生集体荣誉感

作为班主任，要紧随学校的步伐，借助学校特色德育课程，根据自己班级学情，结合学校每学期的德育行事历，拟订班级规划。

根据学校德育处每周布置的主题内容，提前策划，精心组织。通过学生自己当家做主的集体生活和丰富多彩的活动来育德。利用主题班队活动，提升学生综合素养，培养孩子们倾听、欣赏、表达、表演、主持等综合能力，充分调动学生的积极性、主动性和自觉性，从而形成良好的班级氛围。在班级文化的引领下，我们的班风越来越好，学风越来越正。在班级活动的过程中，学生越来越开朗、阳光、自信，他们责任心更重了，集体荣誉感更强了。班集体连续被评为周文明优秀班级。

二、采用活力管理，培育学生民主责任心

班级管理是一门艺术，艺术的前提是讲求技术，而技术的根本要求就是精细化的、规范化的操作流程和明确可见、清晰可达的行为标准和制

度要求。良好的班级管理应轻"管"重"理",充分发挥民主,培养学生的主人翁意识。

每学期,我会在充分了解学生的基础上,根据学生的学习基础和性格差异,将学生划分学习小组。在小组的基础上,引导学生制定班级规章制度、道德规范、行为准则等,让学生参与制定班规班纪,并由学生表决通过,来激发全体学生的责任感,变强制执行为自觉遵守。

为了执行起来更有可操作性,我采用班级优化大师 App 将量化细则以加减分的形式固定下来。如上课迟到扣几分、作业未按时完成扣几分、上课不遵守课堂纪律扣几分……特别是加分项,如上课积极举手回答问题、帮助同学、按时上交作业……都赋予相应加分。以班级公约为依据,在各小组组长的带领下,对小组成员各个方面的表现行为进行及时的评价,并利用积分表格来记录孩子们每日的得分情况,每月汇总一次,对优秀小组进行表彰,抽红包、刮刮卡、大转盘这些"投其所好"的抽奖方式让孩子们激动不已。在小组积分和班级公约的约束下,从上学期到现在,班里孩子的纪律明显好转,常规习惯也在逐步向好的方向加强。

三、说有情感的话,培育学生说话艺术

在班级中每天引导学生与老师、同学之间互相关心互致问候。"你昨天晚上睡得好吗?""你今天运动了吗?""你今天心情好吗?"这三句日常问候是一种礼节、一种仪式。说话的时候要面带微笑,看着对方的眼睛。学生在分享情绪时,老师要悉心观察,及时发现他们的情绪变化,引导他们近距离认识情绪。比如,一个学生有些不开心,老师就可以说:"王同学,你问问你的同桌是不是还没有吃早餐就来上学了,好吗?"当学生知道老师注意到他们的情绪时,学生也会学着去注意别人的情绪。当王同学问候同桌的时候,旁边的其他同学也会跟着询问同桌同样的问题。这时老师要马上表扬他们的行为,强化同理心,让孩子在积极的暗示中懂得

"为他人着想"的重要性。

营造一个互相关心的温馨氛围。在课堂上，同学之间多用赞美的话评价对方。当同学的课堂回答错误时，为同学积极回答问题的勇气点赞；当同学的计算出错时，夸夸同学认真书写的好习惯；当同学代表小组竞赛失败时，感谢同学为小组英勇奋战。长此以往，习惯成自然，最终把自己的话语变得有情感、有温度。

四、重视仪式感，培育学生幸福能力

仪式感是温度教育的一种，有仪式感的教育，能教会孩子更好地融入集体；有仪式感的教育让孩子学会方法应对生活的困境；有仪式感的教育能教会孩子更好地接纳自己，也能教会他们感受幸福的能力，一生有温度。

我喜欢给学生制造惊喜，这就像是我和他们之间的润滑剂。平常的我常常是严厉的代名词，学生年龄尚小，只知道畏惧，不愿和我多加亲近，而通过增加仪式感这一环节，学生明显更加亲近我了。

开学伊始，为了缓解学生的上学焦虑，营造快乐学习的氛围，让他们尽早融入学习的环境，我们同样也会设计开学初的活动，一张张整齐的桌椅，一个个洋溢着幸福的脸蛋，便是最好的证明。

在学期末的评语中，根据学生的特点为每一位学生写一首藏头诗，让学生感受到老师平时对他的关爱。爱出者爱返，更让我惊喜的是，我不仅收到了很多学生、家长的感谢，还收到了他们为我写的藏头诗。学生也学会了利用仪式感，并将仪式感运用到老师、家人的身上，让我真切感到了他们的温度。

五、善用微信群，增进家校的情感

班级微信群是家校联系的又一重要交流平台，它突破了时间、空间的局限，避开了人际交流的麻木、拘束。我们在这里传递正能量，交流育儿经验，进行朗读比赛，报道学生在校生活纪实，征求活动意向，进行重点问题实时对讲等，既有文字，又有照片和录像，更新快、参与广。不但我们班的家长、学生反响热烈，还吸引了别班家长和社会人士广泛参与，让学校、班级走出自我封闭的小圈子，融入人人都是教育者、个个参与教育的良好氛围中来。

在班级微信群中，发布孩子们在校的各种集体活动和学习劳动的照片，让家长随时了解孩子在校的基本状况；发布一些孩子们的善言善举和闪光点进行表扬；发布一些有关家庭教育的文章，潜移默化地教育家长如何关注孩子；发布一些温馨提示，比如每天定时发布天气预报，叮嘱孩子及时增添衣物、及时提醒家长督促孩子打卡；等等。结合学生表现，不定期给家长发一些孩子的学习生活照片。再通过一个温暖的表情、几句暖心的话语和一些贴心的行动去温暖家长，融化家长心中的焦虑与不安。通过主动沟通、情感输出，打好情感牌，拉近和家长的距离，取得家长的信任，从心理上给家长安慰，同时快速建立家校合作。在班级群中营造温馨的氛围，让班级群变得更有温度。

六、特色成效

现在我们班的学生都有幸福感和获得感，用他们的话说："我感觉到了上学的快乐，原来学校是一个这么有意思的地方！"孩子在一个有安全感的氛围中学习，整体思想素质有很大提高，课堂纪律、学习成绩都慢慢趋于稳定。

多彩阳光，绽放精彩，一是绽放学习光芒，做进步学生。学习是学生的主要任务，目前我们班的学习氛围很浓，孩子们热爱学习，课上总是积极主动地回答问题，一个个像小老师一样讲得淋漓尽致，课下随处可见孩子们讨论问题的身影。有一个学生竟然说我们班的学生太内卷了，竞争氛围逐步形成，孩子们的学习成绩明显上升。二是绽放个性光芒，做精彩学生。学生也懂得了爱与感恩，而我也时常被他们的一些小举动而感动。每次上课前总有人奔向我，帮我抱过怀里的书本，笑嘻嘻地对我说："大燕子老师，让我来吧！"上课时听到我的喉咙嘶哑，办公桌上就会出现各种喉宝；知道我感冒了，总在第一时间送来慰问；好吃的也总想和我分享。他们就像是精灵般的存在，总是能给我小惊喜与感动。他们不仅仅把我当作一位老师、一位班主任，更是把我当作他们的朋友和亲人。清晨，踏入校园，你听到的是孩子们一句句的老师好，走进教室，你看到的是孩子们忙碌的身影、擦黑板、擦桌子、读书等。在家中，他们又是劳动小达人，拖地、整理物品。

涓涓细流汇成海，每个孩子在为集体的发展努力着，也正是他们的这份努力，让我们燕子中队绽放了耀眼迷人的光芒。师生共同成长是教育最美好的愿景。燕子中队被评为"深圳市优秀少先队红旗中队"，作为班主任的我被评为深圳市优秀辅导员、龙岗区名班主任、龙岗区学科带头人。我一直坚持"以德育人，以情优教"的育人理念，让班级中的孩子健康快乐地成长，这些同时也得到了广大学生家长以及老师们的认可。燕子中队被《德育报》专版报道。感谢孩子们让我成为全国《德育报》"班主任之星"。

曾有人说："德育教育就像盐，必须将其溶解在各种食物之中共同摄取，看不见，却又很自然地进入了人的身体。"作为一名班主任，我始终坚持把简单的事情重复做，重复的事情用心做。苏格拉底曾说：世界上最快乐的事，莫过于为理想而奋斗。今后我会更加努力走在教育路上，唱出自己的教育欢歌。

我的"一亩三分地"
——203班燕子中队日志节选

题 记

教育家陶行知先生曾经说过一句话：教育是农业而不是工业。意思就是说，教育就像农业一样，需要一个缓慢的发展过程，需要一个很长的周期，而不能像工业一样批量生产，迅速出炉。其实，培养孩子，就得像种庄稼，浇水、施肥、驱虫，用心栽培，不能心急，不能揠苗助长。

农民在自己的"一亩三分地"里或种瓜或种豆，或种桃或种李。同是"一亩三分地"，农民们与教师却有本质的不同。相同的是工作的对象都有生命，都能自己成长，都有自己成长的规律。不同的是办教育比种庄稼复杂得多。农民们信奉"种瓜得瓜，种豆得豆"，而教师不仅要种瓜得瓜，种豆得豆，还要种下情感、态度、价值观。种庄稼只要满足庄稼生理上生长的需要就行，办教育还得给受教育者提供陶冶品德、启迪智慧、锻炼能力的种种条件，让他们能动地利用这些条件，在德智体各方面逐步发展成长，成为合格的建设社会主义的人才。

教育是长期而复杂的系统工程，学生的成长不是一蹴而就的，它不是木匠运斧，三下两下即可完工，它需要一个潜移默化的过程。所以作为教师的我们除了有雷厉风行的工作作风，还要有慢的功夫，静下心来倾听学生的心声，激发他们的潜能，培养他们的自信，学着等待他们的成长，静听竹笋破土的声音、竹子拔节的声音。

我也像老农一样守望着自己的责任田，渴盼有个好收成。希望我的学生能健康快乐地成长，成才。让我们以农民的心态，以智者的思维，在自己的"一亩三分地"里掘出金子吧！

8月31日周三　晴

春种一粒粟，秋收万颗子

九月叩门，开学虽如期而至，却遇深圳疫情一再反复，家长们"投送"失败，"神兽"重启网课时代，或台式，或笔记本，或平板，或手机，"教室"千姿百态。如何在网课期间走进每一个专属"教室"，做好班级云管理，是摆在我们面前的第一个难题。

知道要接203班以来，我一边打扫卫生布置教室，一边想象了无数种和同学们见面的场景。老师就是这样，每学年都有新的感情寄托，努力迎风奔跑着，不知道遇见怎样的学生，不知道遇见怎样的家长，也很期待遇见全新的自己，因为与家长和孩子的交往也是让教师成长的一部分。

奈何又面临因为疫情上网课的局面，这也是第三次因为疫情导致上网课。想到家长们在深圳寸土寸金的地方又要上班，又要带孩子学习，我忍不住哽咽了。家长会后，小洋妈妈告诉我，孩子在家说燕子老师一定很爱孩子，因为她像妈妈一样感性。

家长们也在群里说燕子老师的声音很好听，讲的话语很实际很暖心。这些反馈让我又增添了一份信心。我在朋友圈里还发了一条说说：春种一粒粟，秋收万颗子。疫情阻挡了我们出行，但阻挡不了学生学习的动力，阻挡不了我们前进的脚步，相信接下来的网课，我们家校携手，全力以赴，不断前进，冲破疫情雾霾，终将收获明媚的未来！

9月1日周四　晴

孩子你是我的骄傲

虽然我住在学校可以多睡一会儿,但是早上我六点钟就醒来了。躺在床上内心很期待和孩子们上网课,设想了很多与孩子们网课的互动场景。

早上8:00,小初部师生一起参加开学典礼。宝爸宝妈们分享了很多孩子们的照片。我从照片中,可以感受到孩子们十足的精气神。学校要收集孩子们的照片,我一口气分享了好几张。我想这就是做班主任的自豪感。

作为班级的燕子妈妈,除了自己上课之外,我还在教室里跟着孩子们一起按课表学习。给我感觉就是老师和同学们之间的默契十足,尤其是孩子们的反应特别快。起初,我还担心二年级的孩子不懂互动不会打字,怎料,他们的打字速度比我还快。

9月2日周五　晴

人生重要的三件事

今天的网课分享会上,我和孩子们约定从今天起做好人生重要的三件事。

一、做好自己的事。请记住,从这一天起,你要学会自理自立,自己去尝试解决遇到的问题。同时也要满怀自信和勇气,接纳自己,无论别人怎么看,你都要做好你自己。

二、能帮助别人做事。做好了自己,我们还要能够帮助他人。这世界上有无数人都与你有关。在家中你可以帮助父母,在学校可以帮助老师和同学,在社会上可以用自己的力量帮助更多人。愿你友爱且善良,给予爱也被爱包围。

三、对自己做的事负责。无论是好是坏，愿你永远拥有坦然承担的勇气。能为自己的行为负责，能为自己的选择承担后果，是你真正成熟的标志。也许你现在看不懂老师给你的话，但请你保留下它，将它作为自己从起点出发的见证。

亲爱的孩子们，愿你们在长大之后，仍能拥有此刻的笑脸！

9月5日周一　晴

性相近　习相远

周一8：00，嘹亮的国歌响起，鲜红的国旗迎风飘扬。虽然是"云升旗"仪式，但是咱班孩子们身穿礼服，佩戴红领巾，神情肃穆，斗志昂扬，脸上洋溢着喜悦与期待。

《论语》中说："性相近也，习相远也。"意思是，每个人出生时，本性是相近的，但在成长过程中，养成的习惯不同，人生亦不相同。优秀是一种习惯，向上的路从来拥挤，因为每个人都有一颗向上的心。唯有把平凡坚持到不凡，把普通雕琢到极致，才能让优秀成为一种习惯，成为攀登人生高峰的阶梯。

9月6日周二　晴

我们都是教育合伙人

短短几天时间，我已经见识到了咱们203班家长的神仙之处。尤其是家委们为班级布置教室、选开学礼物、买卡套、选书籍……每一样东西都精挑细选。家长们配合默契，反馈积极，彼此包容，彼此理解，这样的大爱真的令人动容。而作为老师，在感动感谢之余，也能够从大家这样的反应中，感受到大家对孩子的看重，以及对未来的紧张和期待。其实家长与老师之间的关系，最纯净也最复杂，因为连接我们之间的纽带是如此特殊。我们都对孩子怀抱着沉甸甸的爱与期望，这本是完全一致的感情，但奈何感情的表达方式有千百种。

在今后漫长的相处中，我们彼此之间难免会有摩擦，但希望每一位家长都能记得我们此刻的心境，记得我们是因为同一个目的而相聚在一起。那就是让我们的孩子变得更好。我相信，信任能够阻挡风雨，沟通可以跨越一切，我们心中的爱，始终相同。我懂得每位孩子背后都是一个家庭，每个家庭都有自己的幸福和烦恼；我懂得作为成年人，疫情之下在社会中工作、生活有多么不易；我懂得在艰难的时下，大家或许都有各自的困境。但作为成年人，我们要为孩子们撑起一片天空，遮风挡雨。我们是他们的父母、师长，是他们的引路人，是他们在茫茫世界上的依靠。所以，我希望每位家长都能在关爱孩子的同时，珍视孩子成长的过程，珍视他们仅此一次、不可再来的童年。请相信我们，相信老师眼中时刻装着每一个孩子，我们要彼此支持，一起为他们的将来负责。

愿在今后，能与大家互信互助，一路陪伴，抱着真诚的心彼此沟通。我们在命运的星空下相遇，将会共同见证最美的花开！

9月7日周三　晴

陪伴是最好的家风

网课期间，低年级的学生需要家长的陪伴才能安心上课。尤其是课后的实践作业是要有家长指导才能完成的。当然，也有个别学生能独立完成作业。看到小智、小艺、小妤、小驰、小熙……的优秀手工作品，我能感受到每一个优秀孩子的背后，都有父母的奋力托举。孩子的成长道路上，更是离不开父母的陪伴。在当前"双减"政策下，家长需要付出更多的精力，做好孩子成长路上的"同路人"。我陪你长大，你陪我变老。所以，陪伴孩子健康成长就是一个家庭最好的家风！

9月8日周四　晴

翻过那座山

今天和孩子们分享了一张照片。一条通往山顶的路特别难走，一位年纪轻轻的小伙子背个小包已是气喘吁吁。当他看到一个小女孩背着一个小孩，从旁边缓慢走过时，便同情地对她说："小姑娘，你背那么重的小孩一定很累吧。"小女孩听到后说道："你背的是包袱，但我背的是弟弟。"

人生感悟：这个故事告诉我们，有爱，就不是负担；有梦想，有责任，就觉得累也值；有使命，就不怕包袱！

我想告诉孩子的是学习固然会苦会累，但是有梦想就会有动力。我的梦想就是成为优秀的老师，所以我不会觉得工作、生活很枯燥。每个严厉的老师，都是最爱你们的。因为他们把青春都奉献给了你们，每个孩子都是家庭的全部。虽然老师也有自己的家庭和孩子，但是老师会全力以赴把你们培养成最优秀的宝贝，孩子们加油！

9月9日周五　晴

双节快乐

以前，中秋节会和国庆节重逢，但是今年就很不一样。中秋节和教师节重逢啦！据说一个世纪只有三次重合！三生三世三回合，一生一世一辈子，不过一个世纪，容许我们不得不珍惜！

"老师，您辛苦了！老师，谢谢您！"老师们沉浸在美好的祝福声中，这是每个同学发自内心的声音，是同学对老师谆谆教导的感恩，对老师辛勤耕耘的感谢！愿同学的谢意化成一束永不凋零的鲜花！

一个人的一生会遇到很多老师。老师们不仅教会我们书本上的理论知识，更教会我们"扣好人生第一粒扣子"，引导我们树立坚定的理想信念、指引我们走向正确的人生道路。希望我能成为"经师"更是"人师"，既精于"授业""解惑"，更以"传道"为责任和使命，让孩子们终身受益。

9月13日周二 晴

比昨天的自己优秀，就是一种成功

每天上完网课，还要布置一些作业，这倒是很简单，难的就是收作业。如果是平时的课堂教学，看得见，摸得着，稍微一督促，作业不一会儿就可以完成。等到晚上十点钟了还有几个同学没有交作业。时间虽然很晚，但不敢催促，因为我深知很多家长不仅要工作还要辅导孩子作业。但是我欣喜地发现之前常拖欠作业的小韦，今天晚上很早就提交作业了。在小韦的身上我明白了比昨天的自己优秀，就是一种成功。

任何人都是立体的，我们看到学生某一时段的表现，作出相应的评价。正是学生的表现未能达到一般的标准或我们对学生的期待心理产生失衡，引起了我们对学生的关注，并且希望学生按照学校要求发生积极的改变。要达到这个目的，我们就要多方了解，才能全面作出客观判断和归因。行为背后有四种原因，一是认知观念；二是社会互动；三是情绪情感；四是行为习惯。充分了解学生后通常采用的"七种武器"是赞美、承诺、活动、成功、榜样、人情、强化。

9月14日周三　晴

网课圆满结束

今天上午11：00听到了一个振奋人心的消息——明天孩子们可以返校啦！班级群里宝爸宝妈们交流时的喜悦都溢出了屏幕。小琛妈妈说，听到这个好消息，瞬间看自己的儿子都顺眼了。小浩妈妈说，我家儿子说妈妈你这段时间辛苦了，我也可以回学校上课了……听到这里，大燕子心中很感慨，网课真是太难了，家长辅导很难，孩子学起来更费劲。不过幸好这次网课的时间不是很长。

此时，已经是凌晨一点钟，离见到同学们还有6个小时。

9月15日周四　晴

孩子们返校啦

期盼已久的返校日终于到来。整个校园生机勃勃，孩子们依旧是来得早早的，大老远地朝我打招呼。可能是因为换校区了，还有一些小迷糊走错了班级，看了一会儿恍然大悟，挠挠头害羞地跑开。也有一些小朋友找不到班级，大胆地跑过来询问老师。

每学期第一次，我把座位的自主选择权交给学生，想坐到哪里就坐到哪里，想跟谁坐在一起就坐在一起，先到先得，挑选自己的位置。我还和孩子们约定，只要能够遵守纪律，能够按照课堂的要求去做，那么就可以一直坐在自己喜欢的位置，和自己喜欢的人在一起。返校需要带的东西很多，需要提交的东西也很多，孩子们一项一项拿出来，一项一项提交，整个过程中的安静有时候让我惊讶，让我感慨他们真的长大了。开学第一天结束，孩子们的表现很让人满意，大家都在为"二年级"的新身份而感到骄傲，都在努力成为一年级弟弟妹妹的榜样。

今天做了一天的摄影师，用镜头记录了很多美好。唯一有些遗憾的是小荞和小业因为9月12日没有做核酸不能返校。第一天发生的事情还有很多，而我的记录，才刚刚开始。

9月16日周五　晴

一个都不能少

清晨，小荞妈妈发信息告诉我，小荞带着书包和被子已经进校园了，更美好的是还有小忆帮忙提东西。大燕子最喜欢这种友谊的美好。随后，小业也提着自己的行李来到了学校。其实老师看到教室里的空座位，心里也会空空的。现在咱班终于到齐啦！我把开学的小礼物、旺仔牛奶、小风车都送到了他俩的手上。为了更好地拍照纪念这个美好时刻，开学黑板报还完好地保留着。随后，我把照片分享在班级群里。小荞妈妈原以为孩子错过了返校的热闹内心感到遗憾，但是看到女儿开心的笑容，很是感动。

没有人是一座孤岛，没有一个孩子应该被抛弃。作为一名班主任，我认为我的每一个孩子都如天使一样，我并不奢望每个孩子都很优秀，但我希望每个孩子都被温暖包围，他们一个都不能少！

9月19日周一　晴

祝福他人亦是祝福自己

今天的升旗仪式上将颁发上学期评选的"最美少年"。早晨七点钟还没有到，小智和小浩就到校做好了领奖的准备。看到他们上台领奖，燕妈妈也很激动，偷偷地从最右边跑到了队伍的中间为他俩拍照。回到教室之后，还奖励了积分给他的。我向同学们提议："他俩获奖属于大家的集体荣誉奖，所以在集体荣誉那项奖励 3 分，大家同意吗？"随即，我就看到了全班一致举手赞同，内心很是欣慰。

每个人的生日都充满了意义，九月小俊过生日，大燕子亲自为他写了一张贺卡并编了一条手绳，贺卡上面写着：平安、健康。同学们齐唱生日快乐歌，小俊露出了幸福的笑容。同学们也纷纷和同桌说自己生日的时间。大燕子说每个人生日都将收到大燕子精心准备的礼物，刚刚同学们的歌声也让同学们明白了，祝福他人就是祝福自己！

9 月 20 日周二　晴

勇敢、独立的男孩子

虽然大燕子昨天晚上到宿舍看望小习并且和他的妈妈视频了，但是内心还是不放心。吃早餐的时候，我特别留意了一下小习的食欲和精神状态都还不错。我还对同学们说，小习是咱班第一个勇敢、独立的男孩子，值得大家学习。可是，到了晚修的时候小习情绪低落，想家。开始一直不语，后来才慢慢地打开心扉说是看到宿舍其他同学哭着想回家，他也想回家。自己还偷偷地用电话手表给妈妈发语音说想回家，但是妈妈却反问道：你晚自习怎么还可以玩手表呀？小习感觉妈妈没有理解自己的想法，内心更难过了，同学们都过来安慰小习男子汉不要哭。我鼓励他从今晚开始多了解自己的舍友，从简单的问好慢慢过渡到相互了解兴趣爱好，这样的话好朋友就会越来越多。

孩子回宿舍后，我再次和小习妈妈进行沟通，减少宝妈的焦虑，家校达成共识。让宝妈明白目送孩子去追寻他们的生活，是每个父母都会经历的事情。家长担心孩子不适应住宿生活、睡不好、生病等情况是正常的，但我们要相信孩子，其实孩子往往比我们想象的要坚强。个别孩子在刚开始住宿时不习惯，总和家长抱怨或者哀求，想要回家，这时我们要极力做好孩子的工作，在理解孩子的同时要坚定自己的决心，给孩子传递自己坚定的信念，以及传递一种肯定孩子自理能力和相信孩子的信息。

9月21日周三　晴

食不言，寝不语

11:40孩子们有秩序地吃午餐。"食不言，寝不语"，在进餐过程中，所有学生都安静地专心吃饭，有事礼貌地举手向班主任示意。虽然有的孩子吃饭很慢，有的孩子不能光盘，但是这种情况只能慢慢地等孩子们适应，不能强求。

吃完饭后，我们一起到午休房。虽然午休很重要，但是有些孩子没有午休的习惯。我看到小恒在床上翻来翻去找同学聊天，于是我静静地躺在他身旁陪他睡觉。经过我的"软磨硬泡"，他不到二十分钟就睡着了。小恒可爱的睡姿，我拍照下来发给他的妈妈。看到照片的宝妈乐开了花，她告诉我这个孩子就是需要这样的陪伴才能睡着。

孩子的反应是最直接的，他们的开心和愤怒都写在脸上，看看在陪伴里有没有释放最真实的自己，有没有无所顾虑地向你展示情绪，就能知道你的陪伴有没有让他们心满意足。其实高质量陪伴真的没这么复杂，它只是爱的流淌，发自内心，滋养彼此。

9月22日周四　晴

做好教育的合伙人

每天孩子们在校学习都很快乐、充实，老师们也是如此。每个孩子都是独一无二的，都是家庭的希望。为了助力孩子们更好地成长，我们一定要紧密地联系在一起。有事直截了当地沟通，这样可以更高效，同时还可以避免一些疏忽或误会。如果想了解孩子的情况或者探讨一些问题，请在午休时间或者是晚上联系老师。如果有急事要和老师沟通，请直接打电话。

教育是一个同心圆，圆心是孩子，围绕圆心的是家庭、学校和社会，三方同心、同向、同行，共同画好一个同心圆，做好教育的合伙人。

9月23日周五　晴

人人有事做，事事有人做

从班级自我管理模式开启以来，孩子们都记住了自己的职责。尤其是电教管理员小驰和小泽、课桌管理员小善和小梓做得非常认真细致。因此还获得了年级组的表扬。

教育是一个漫长的过程，我永远坚信：只要用爱心去浇灌每一个孩子，用自主管理的方式公平地对待每一个孩子，让每一个孩子的能力都充分得到锻炼，养成良好的习惯，定能让教育之花越开越美！

9月26日周一　晴

美好"食"光

雷切尔·卡森说："那些感受大地之美的人，能从中获得生命的力量，直至一生。"第四节食育课，在蔡老师的带领下孩子们开开心心地到德琳空中菜园播下自己的种子。有的同学没有种过菜不敢挖土，有的同学动作麻利很快就能完成播种的任务。对于生活在钢筋混凝土建筑里的孩子来说，他们与自然接触的机会很少，这份对自然的缺失虽然有着环境的限制，却并未阻挡与自然的亲密。食物就是我们搭起这座关系的桥梁。

9月27日周二　晴

孩子是父母的一面镜子

在网上看到一张照片：地铁中，两位妈妈并排而坐，一位妈妈跷起二郎腿，哈哈大笑地刷手机视频，孩子在旁边看得目不转睛；另一位妈妈则安静地拿一本书，旁边的孩子与妈妈一样，安安静静地进入书本的世界。当时我脑海中浮现出的两个字是"榜样"。孩子就像一面镜子，准确且清晰地照出父母或优秀或糟糕的样子。一直学习、不断成长的父母，很难教育出消极和没有追求目标的孩子。孩子从父母身上学习到的是"以身作则"的要义，学习不再是强迫而被动的行为，而是一种看齐、一种乐趣、一种清晰而具体的参照物、一个最重要的榜样的力量。

我认为父母的学习和成长主要应该有两方面：其一是自身的成长，包括正确认识自己，不断地自我觉察和修正完善，在内心真正不断成熟起来。其二是要学习如何与孩子建立好的关系，都说好的关系胜过好的教育。用心经营好亲子关系，会发现孩子身上本来很多难以克服的问题会自动解决，很是神奇。

9月28日周三　晴

陪伴是最长情的告白

《少年说》中有一期，小学生叶子健站在高台上，流着泪说道："你们大人总是这样，为了图现在的安静，用手机稳住我们。等我们长大了，沉迷于手机，你们又会觉得，是手机耽误了我们。可是你们有没有想过，在小的时候，是谁把手机塞到我的手里？又是谁，放弃了对我的关爱和陪伴？"

班上也有同学问我："为什么爸爸妈妈总是可以玩手机，但是我不可以呢？"我的回答是："每个人都有自己的职责，爸爸妈妈的最大职责就是好好工作，赚钱养家。孩子的职责就是好好学习。有时候你看似他们在玩手机，其实也有可能在处理工作，就像我们上网课一样需要用到手机或者电视。"

随后我在班级群分享当孩子想玩手机的时候，妈妈们可以给孩子更多的回答。例如："宝贝，妈妈陪你读书吧！""宝贝，今天我们一起学习一项新技能好吗？学会可是很酷的呢！""宝贝，让我们一起看一部电影吧。""宝贝，你喜欢妈妈陪着你吗？妈妈很感谢，你能陪妈妈吗？以后，让妈妈也加入你的世界吧。"

爱孩子，就不会让冰凉凉的手机代替自己，孩子更需要的是家长温暖的拥抱！

9月29日周四　晴

玩也是一门技术

下午，我把班级的课间益智玩具分给孩子们玩。他们以自己的爱好，分小组玩耍。不论是参与者还是旁观者，绝大部分同学都很开心，但是我留意到小乐有点郁闷。我走向前问候她，得知她总是没有机会玩骰子。有的同学都转了好几把了，可是她一次都没有玩到。随后我拉着她的手，去看了其他小组玩的玩具。走到跳棋小组的时候，她说："老师这个棋子很有意思，我想在旁边学一下。"我微笑着点了点头。

放学前，我对孩子们说玩是一门技术活，会玩的人才会学。如果你只爱玩一些不动脑筋的玩具，类似甩骰子的简单游戏，那玩的价值就不高。如果你能像小智一样教自己的同桌下象棋，那才叫益智游戏。

9月30日周五　晴

我是自己的保镖，也是自己的教练员

今天下班比较早，突然慢下来了还有点不习惯。现在想想虽然现代人个个都很忙碌，但是有很多人，每天看似很忙碌，其实分分秒秒都在做消耗的事情，并没有为自己储备什么。如果人长期陷入这样的境地，学习生活就会很难。人的整个学习生活都是在和各种让你消耗的力量作斗争的过程。在这个过程中，教师一定要有敏感的意识，自己到底有没有成长。

《好好学习》这本书中讲到一个概念：在知识大爆炸的时代，我们必须对知识进行管理，而管理知识最重要的并不是大多数人以为的对知识进行收集分类保存，知识管理的核心实际上是通过管理知识提升我们的认知深度，进而改变我们的行为模式。

10月8日周六　晴

成为享受平凡生活的有情趣的人

今天是国庆长假返校的第一天。非常遗憾，非常苦恼！惠州又因疫情停课，导致临深片区的六名同学不能返校。一大早就看见孩子们没有迟到，在班里拿《三字经》早读。其实昨天晚上我还有假期焦虑症，真没想到孩子们的状态比我想象中的好多了。

这让我深深地明白真正的幸福常驻于平静的环境里，幸福的生活在很大程度上是一种平静的生活。班主任的职责就是让孩子们在平凡日子中寻找兴趣点，把生活过得有滋有味。让孩子们在校做事有妙趣，做学问有乐趣，做人有志趣，成为享受平凡生活的有情趣的人！

10月9日周日　晴

幸福的燕妈妈

每天午休是孩子们最放松的时光。因为男生午休房比较热闹，所以哪个男生比较难入睡，我就和谁一起。男生们看到大燕子的到来都会保持安静，内心觉得大燕子睡在旁边很不自在。然而，女生宿舍恰恰相反，看到大燕子的到来就更加"热情"。个个盛情邀请大燕子陪她一起睡觉，觉得能和大燕子一起午休是一件很光荣、很幸福的事情。昨天晚上，小雅回家和妈妈说，中午大燕子和我一起午休，激动得整个中午睡不着。不论是男生还是女生我都感觉到他们对大燕子的尊敬和喜爱。我觉得我是一名幸福的燕妈妈。

10月10日周一　晴

让每个孩子爱上学

虽然小恒平时上课爱开小差，收拾东西也比较慢，但是他的人际关系很好，和任何同学都能玩得来，平时也乐于助人。最让我印象深刻的是每次他都嫌妈妈来接的时间太早了，不想那么早回家。

我在小恒身上明白了老师的所有工作都必须建立在一个基础上，那就是让孩子们喜欢学校。学生喜欢是学校全部教育工作的基础。学校教育过程中有许多关系，例如，教与学的关系、学生与学校的关系、学生与学生的关系、家长与学校的关系、教师与学生的关系、教师与教师的关系等。虽然其中任何一种关系只能描述教育活动中的部分关系，而不能描述教育活动中的全部关系，但这些关系中应该有一种基础，老师所有工作都必须建立在这个基础上。让每个孩子爱上学，是教师的职责。

10月11日周二　晴

真正的爱就是主动付出

今天是小俊第一天参加晚修。晚饭时，他很开心地告诉大家，幸好我妈妈同意了我来学校晚修，不然今晚的晚餐我就没有机会在学校吃啦。小铭也快乐地说道：那太好啦！等下我带你去图书馆看书。

没想到我吃完饭之后，小俊、小铭、小恒、小晨全部认真地在班级里打扫卫生。看到这一幕，我内心非常地感动，这一行为足以说明他们对班级的爱，更加说明了真正的爱就是主动付出！

10月12日周三　晴

共圆一个梦，一起向未来

今天第三节课我在班级上了一节数学公开课"数松果——5的乘法口诀"。令我欣慰的是孩子们不怯场，并且表现得很有秩序，回答问题也比较自信，得到了听课老师们的一致赞赏。

中午吃饭的时候，体育老师说下下周也准备选择我们班上公开课。同学们听了之后很开心，我的内心也很自豪。其实上公开课这件事情对于开课老师来讲也是展现自己的时候，因为这些课程很精彩，能够被借走上公开课班级中的学生们觉得非常荣幸。能够上这种公开课的班级，也是非常不容易。有些老师在上这种公开课的时候，就会选择一些学生综合素质相当好的班级。

一颗星在夜幕中泛着微弱的光,而千万颗星汇集在一起,却能成为璀璨的银河。个体是一朵欢笑的浪花,集体就是一片汪洋大海。通过越来越多的课堂展示,同学们再次认识到集体的重要性,班级凝聚力提高了。相信 203 燕子中队将拧成一股绳,共圆一个梦,一起向未来。

10 月 13 日周四　晴

他是你的孩子,也是我的孩子

晚饭的时候,小晨告诉我小铭今天过生日,还问我什么时候给小铭送小礼物。虽然我早有准备,但是看到同学们如此关注关心身边的同学,我的内心很欣慰。因为孩子们知道让身边的人幸福是一件很伟大的事情。晚修的时候我把生日贺卡和小礼物送给小铭,还给他拍了一张照片分享给了他的妈妈。他的妈妈看了照片之后非常惊喜,还很不好意思地说她忘记了孩子的生日。非常感谢老师的小礼物。我回复道:他是你的孩子,也是我的孩子。

10 月 14 日周五　晴

让孩子勇敢说出自己的错误

小智妈妈说孩子回家中午吃完饭后不好好排队,于是队长让他们几个罚站了。我听了这个事后,由衷地感觉到小智妈妈的教育充满了智慧。之所以小智愿意分享出自己的错误,是因为他的妈妈懂得换位思考。让孩子的身份不再是一个"犯错者",而是一个"检查员"。这样一来就不会激发孩子抗拒和反感的情绪。

当孩子犯错时，父母在认知上给孩子正确的引导，并给予宽容和理解，让孩子知道我们对错误是怎么看的，态度是什么，这很重要，因为这决定了孩子将来面对挫折时的情绪和之后的行为。如果孩子认为错误一点儿都不可怕，关键是从错误中学习还可以做些什么才能取得进步，那么他就会学会排解自己的负面情绪，并且有积极的行动。

10月17日周一　晴

让优秀成为一种习惯

咱班被评为了优秀班级啦！学校各个部门每天对各班学生的课间秩序、就餐秩序、卫生、两操、路队、服装等进行检查。每天公布一次量化，每周评选一次汇总，一月一总结，并在周一升旗仪式时进行表彰。让我非常惊喜的是上周的考核是满分。这一高光时刻，203班的每位同学以小组为单位和流动红旗合影。这次上台领红旗的是男生班长小智，下回就是女生班长小忆。相信今后同学们会严格遵守各项规章制度，力争再把流动红旗"迎"回自己的班级。让优秀成为一种习惯。

10月18日周二　晴

未来一定会越来越好

最近几个学习能力比较弱的宝妈和我说，很担心孩子以后学习越来越差，对孩子的未来没有信心，全家人都很焦虑。我和宝妈们分享了教育名言，苏霍姆林斯基说："每一瞬间，你看到孩子，也就看到了自己，你教育孩子，也是在教育自己，并检验自己的人格。"请记得：养孩子，假定他好，八成他就会好。要告诉孩子，我看到你闪闪发光的优点，美好如你，未来可期。

当孩子在上幼儿园的时候，父母会带着这种憧憬，轻松说出来。可是孩子越来越大，打击和否认越来越多。这是被整个大环境压着，被自己的焦虑压着。为什么内心不能一直葆有这样的期待？还是我们自己的内心不够强大，不够坚定？幸运的是，陪孩子成长的过程中，我们自己也不断地成长着。一个孩子觉得自己被爱是非常重要的，而且能给这个世界带来美好的东西。他会变得更加积极、向上。对任何一个人来说，被信任、被爱都是弥足珍贵的。这些心理内核，会让孩子慢慢成为被期待的模样。

10月19日周三　晴

优秀孩子的背后

晚上九点钟，小忆妈妈和我反映孩子在家写作业非常磨蹭，不爱读题目动脑筋，发现孩子在家与在学校的表现有很大的差别。宝妈自己小时候就是学霸，还是名牌大学毕业的。平时自己全心全意地辅导孩子完成作业，现在担心以后孩子不能自己独立完成作业。整个交流的过程中能感受到宝妈青出于蓝而胜于蓝的殷切希望。

其实爱不是让你成为我，也不是用我的愿望和需求替代你。在我们的文化中包含了太多含蓄，限制了我们表达自己的真性情。所以，父母才会假装强势，以"对你好"为借口，用控制你的方式来表达自己。然而，孩子太小理解不了这么复杂的感情谜题。这或许也是父母与子女最终都无法交心的原因。身为父母，我们还得在孩子面前卸下面具，承认自己的需求，表达自己的情感和真实的感受，从而让孩子感受到真实的力量。唯有如此，孩子在未来成为父母时，才会用正确的方式对待子女。

对于孩子而言，优秀不优秀都不是最重要的，最重要的是他能够追随自己的心，成为他自己。

10月20日周四　晴

秋天是一幅画

深圳的秋天来啦！恰好，语文课也学习了《树之歌》一文。上个周末，孩子们和爸爸妈妈一起制作了充满创意充满诗意的秋叶画。小钥制作了两幅秋叶画，其中一幅是秋天的小怪兽；小忆的秋叶画展示了秋姑娘的美丽；小智的秋叶画非常诗意，题目是"秋山秋色秋局图"，他的很多作品中都有爸爸的书法和妈妈的摄影，以及小智的用心，我想这就是亲子活动的意义，给人幸福家庭的美好模样。功夫不负有心人，咱班很多孩子的树叶画都被学校选上了，不仅被张贴在了教室的走廊上，还在学校的公众号中被推送了。

10月21日周五　晴

分享成功的喜悦

上周学校举行了跳绳比赛，体育老师根据孩子们的表现选拔了五名同学参赛，其中小浩和小豪的成绩在年级组中脱颖而出。比赛中，同学们在台下呐喊助威；比赛后，一起祝贺获奖的同学。我告诉孩子们，生命在于运动，这几名同学不论是在学校还是在家里都非常认真地训练。有的同学在训练跳绳时，即使被绳子打到了手、打到了腿都没有停止训练。我把美好的画面定格下来，然后分享到班级的微信群里。爸爸妈妈在群里为大家点赞，不论是获奖的同学还是没获奖的同学都很开心。这是最美好的景象。

10 月 24 日周一　晴

流动红旗流不走

　　流动的红旗，班级的荣誉。德琳学校每一个班级都以得到流动红旗为荣。我们 203 中队也是如此。自开学以来，我们在学习纪律、活动安全、文明礼仪等各个方面都严格要求，细致管理，力争做到最好。就这样，我们班几乎每周都能被评为优秀班级，成为了十月份流动红旗标榜班。愿我们飞得更高，飞得更远！

10 月 25 日周二　晴

最喜欢的美术课

　　苏联教育家苏霍姆林斯基曾说过："儿童智力发育体现在手指尖上。"丰富细致的手部动作是促进大脑发育的最佳途径。

　　玩黏土，是孩子们喜爱的游戏，也是一项锻炼手部精细动作和视觉、触觉的活动。小小的黏土中，蕴含着孩子们无限的创意，他们大胆构思，发挥奇思妙想，体验创造的快乐。

　　给孩子一盒黏土，灵巧的小手、聪明的小脑袋，将从黏土游戏开始……

　　小忆说：我觉得上黏土课很开心很快乐好好玩。上课打瞌睡的时候，老师一说玩黏土，我就会立刻清醒起来。

　　小航说：黏土是五彩缤纷、五颜六色的，软软的、黏黏的。如果拿一个颜色去跟另外一个颜色混起来的话，它就会变成另外一个新颜色。

　　小熙说：超轻黏土真的太有趣了，一直到放学我还想玩。美术老师既会画画，又会玩超轻黏土，真的太厉害了！我也想向她学习！

……

10月26日周三　晴

照片中的美好

今天下午第二节课，体育胡老师在咱班上了一节公开课，孩子们运动量满满，笑容灿烂，大燕子内心非常喜悦。下课没多久，摄影石老师就在钉钉上传来了数十张的课堂掠影。拍得非常棒，孩子们的笑容表达了一切的美好。其实我们要多拍照，因为照片定格的是我们永远都回不去的美丽瞬间，让这些时光铭记你曾经来过这个美丽的世界。

10月27日周四　晴

老师不在，我也是乖学生

今天大燕子第一次外出学习，心里惴惴不安，那帮小不点有没有乖乖听话？下课有没有随意奔跑？吃完饭是不是都把餐桌收拾干净了？一日常规，有没有扣分？……想不完的问题，解不开的忧虑。真是"身在曹营心在汉"。

下午五点钟回到教室，孩子看到我回来心里很是高兴。班长起立对我说道："燕子老师，我们班干部已经尽全力了，可是203班有些小朋友还是有点吵，下次我们一定好好表现。"听到这句话心里很是欣慰。我没有因为听到"有点吵"这几个字而怒从心来，相反地，我有足够的理由相信孩子的真诚，他们一定是尽了全力。

看着她愧疚的样子，我反倒有些心疼。"老师没有责怪你，老师也相信你努力做好了自己的工作，管理班级也是有方法和窍门的，我们慢慢来。""好！"她终于抬起了头，很认真地点了点头。

回到教室，我在全班小朋友面前讲了这件事情。请他们来说说，听了这件事，有什么想法。全班沉默了，好多小朋友低着头，不讲话。一些小朋友紧蹙着眉头，一些小朋友歪着脑袋，在认真地思考。

"你们想到什么都可以说。"我鼓励他们。

"老师，我们做得不对，我们没有乖乖看书。"

"老师，上课时我不该讲话的。"

"老师，我下课不应该跑着去上厕所。"

……

渐渐地，声音越来越多，无一例外，都是说自己的不是。

看来，每一个小朋友都在反思自己的所作所为。

"你们能认识到自己的不足，这一点老师要表扬你们。可你们也有做得对的地方，比如燕子老师不在的情况下，你们能管理好自己的课桌、地面，能认真做眼保健操，班干部们也很尽心尽责。燕子老师相信大部分孩子都能管理好自己。有一些小调皮，老师也相信你们下次能做得更好。不说下次，今天的你们肯定比昨天的你们更棒！"一番话说完，全班小朋友都抬起了头，眼里是真诚和认真。别把他们当小朋友，他们其实什么都懂。

放学前，我又一次表扬了孩子们，但同时也告诉他们，坚持一天，是不错；坚持一周，是好孩子；每天坚持，是优秀。每个孩子都有闪光点，班主任具备"鹰之眼"的同时，也要具备一双挖掘钻石的眼睛。相信表扬的力量永远大于说教的力量。

10月30日周日　晴

亲子烹饪，共享美好"食"光

一年好景君须记，亲子时光最珍惜。世间唯爱与美食，不可辜负。与孩子烹饪美食，体味人生百味，是一件幸福的事儿。今天是周日，对于燕子班来说是大好的日子。活动前，家长和孩子一起去超市采购食材。在挑选食材时，德琳娃化身小老师，和爸爸妈妈一起查看食材标签，还给爸爸妈妈分享学校食育课上学到的小知识。

烹饪开始之前，食育课蔡老师为大家讲解此次食育活动的安排，过程中用到的厨具位置，带领孩子了解烹饪常识，让学生对制作过程了然于心，同时，叮嘱家长和孩子们需要注意的安全事项，引导孩子在烹饪过程中要做好防护措施。

同学们很享受和爸爸妈妈一起做菜的亲子时光，看着爸爸用心烹饪的全过程，也感受到了爸爸妈妈的爱，也明白了：原来做菜不仅是一门技术，也是一门艺术。希望下次还能和爸爸妈妈一起参加！

小智说，今天，我是妈妈得力的小助手，体会到了"自己动手，乐趣无穷"的真义。希望以后有更多这样的机会，学习更多的烹饪知识，自己能独立做菜给爸爸妈妈吃。亲子互动烹饪的体验，既有美食的吸引，也有亲子间浓浓的爱；既展示了孩子们的才情与创意，更传递了美好幸福生活的方式。

10月31日周一　晴

人生处处是考场

一个学期已经过了一半，很多家长和孩子都在问什么时候期中考试。

我的回答是练习就是考试，考试就是练习，因为人生处处是考试。临时抱佛脚的心态，要不得！

在数学学习方面，可以将真正掌握一道有一定难度的数学题比作学唱一首歌。有的人仅仅是能听懂歌词，也知道老师唱得挺好，但自己并不会唱。这就好比课上能听懂老师讲的话，和自己会做题根本是两回事；有的人在老师一句一句的示范下能跟唱，但自己并不能独立地唱完整。这就好比，在老师或家长一步一步的引导下能做题，但离开引导就做不了题；有的人大体上能独立地唱出旋律，但节奏、歌词或音准等方面还不到位。这就类似能独立地完成例题，但做稍有变化的习题时就容易出错；有的人在课堂上学会了这首歌，但是课后不久就唱不好了。这与在课堂上是懂了，也能借鉴例题完成习题，但记住的只是知其然的解题步骤，而不是知其所以然的解题方法，自然就很容易遗忘；有的人已经学会了一首歌，但在学了多首歌以后，连续唱几首歌的时候就容易走音、串调、忘词……每次课的内容是相对单一的，而考试就相当于是一场汇报演出，综合本身就意味着难度的加大。

以上种种，掌握的程度与思维层次虽有不同，但都不能算是真正地掌握了所学内容。"粗心"绝不是学习不好的万能借口。即便学习内容真正掌握了，如果个人能力和学习习惯方面存在问题，在考试时的紧张状态下，看题不仔细、思考不全面、计算出差错、草稿抄错等问题是必然会出现的。

11月1日周二　晴

大燕子生日快乐

今天是大燕子的生日，正所谓大家快乐才是真的快乐。上午我就在网上下单购买了两箱娃哈哈牛奶，寓意是喝了娃哈哈，天天笑哈哈。班级中二十九名学生，我收到了各种各样暖心的祝福。有的祝大燕子天天开心；有的祝大燕子越来越漂亮；有的祝大燕子发大财；有的祝大燕子寿比南山……

小时候，生日是爸爸妈妈的相守，好吃的蛋糕，想念已久的玩具；上学后，生日是和朋友同学的狂欢，同窗的祝福，朋友的惊喜；工作后，生日是同事们的祝福，对未来的期盼，对生活的向往。今天这些孩子们稚嫩的祝福语，是做老师的大福利。哇，真的好开心啊，做老师真好！

11月2日周三　晴

把秋天画在纸上

秋天到了，树叶慢慢变黄，鸟儿们飞向温暖的南方，动物们开始准备过冬的食物。秋天是一个转化的季节，天气从炎热到凉爽，天地从阳到阴，从扩张到收缩，从生长到成熟。经历了春的萌芽和夏的生长，大自然给予了我们丰富的馈赠。孩子们走进大自然，收集形态各异、五颜六色的树叶。他们以秋叶为笔，用秋叶作画，用慧心和巧手留住秋天的美好。每一片叶子都凝聚着孩子们的智慧，每一幅手工画的背后都是孩子内心最美好的表达。

咱班是全校秋叶画作品质量最高的班级。小忆同学的"秋姑娘"不仅在学校展出，还在龙岗区教育局公众号和深圳市公众号中展出。我们全班同学和家长们纷纷点赞，真是可喜可贺呀。

11月3日周四　晴

让时间给答案

如今开学十周了。在我心里，他们的进步，盖住了他们的缺点。可能因为我知道自己也不完美，所以尽可能地发现他们身上的闪光点，希望在他们身上践行赏识教育。

由于我想早日放手，做一个能够放手、敢于放手的"懒班主任"，所以很多岗位我都让孩子们轮流试，一个岗位可能会试很多个孩子，比如负责课前纪律的同学，不仅选声音大的，而且要选能够管住自己的同学来做，目前是小智、小雯、小浩同学负责课前纪律，也就是提醒同学们拿出当堂课课本，摆放到位，然后静等老师来。今天上午第一节课我开会，第二节课开始了才开完然后到教室，感到很欣慰的是，当时他们已经静静地准备好了，等待我的到来。

我认为这是负责课前纪律的同学的功劳，也是班上孩子们听从口令的一种表现。如果学生自己能够参与管理，实现学生自我管理，我觉得这将是很大的进步。他们不过还是七八岁的小朋友，这些都需要时间的积淀，不断地引导和强化才能达到吧！我期待有一天，班上没有老师，只有学生参与管理，他们都能井井有条地做自己的事。如果没有学生管理，都能做自己的事，这是最理想的一种状态。这种状态是否有机会实现，就让时间给出答案吧！

11月4日周五　晴

对自己的岗位保持热爱

路队管理员目前是小浩和小豪。他们都能够很好地管理自己，从不随便说话，也不苟言笑，是个严肃的小大人，管理路队声音十分洪亮，很有气势。尤其是小豪对管理路队感兴趣，很想举班牌，而且对班级的事物很热心，当我需要抱什么东西，他跑得很快，主动帮助我做许多事。管理路队，比小豪同学稍逊，但是他感兴趣，也想做，于是我便给他机会。他不知道口令怎么喊，引导他学习，声音不够大，鼓励他声音大，看得出来，他很努力地管理路队。希望他们两个能够运用口令，管理好班级路队，扮演好路队管理员的角色。

11月7日周一　晴

表扬在左，批评在右

　　本周我们班再次获得了文明班级的称号。但是这一次除了表扬班级同学们团结向上之外，同时也指名道姓地说了班级中存在的一些问题。比如同学们的桌子比较凌乱、不整洁；见到垃圾也不主动捡起来；还有一些男同学玩的时候，做一些危险动作；等等。我认为每个人的生命中有两种元素——赏识和批评。孩子的生命需要这两种元素并存，人格才会完整。"表扬的话"是孩子自信的源泉，而"批评的话"就是孩子生命中的盐，这是不可缺少的成分。表扬在左，批评在右，缺了哪一方面，孩子都容易失去平衡。

　　总是在表扬而没有批评中长大的孩子，容易出现"玻璃心"，成年后容易形成回避型人格，不可以接受自己有缺点，会刻意掩饰自己的不足，刻意回避自己不擅长的事，容易产生抑郁的情绪，很难培养出他强大的内心。

　　社会上分裂型人格的人并不鲜见，有些人挨饿两个月，甚至去卖肾，只为了在朋友面前炫耀一下自己的高端手机；有些每人领着三千元的工资，给女主播打赏后，每天只能吃泡面；复旦大学某一研究生容不得同宿舍同学学习比自己好，直接在饮水机里下毒，毒死同学，自己锒铛入狱。这些都是人格不完善的一种表现，"自卑型"人格的人容易有这些表现，但是值得我们警惕的是"自傲型"人格的人也容易出现这样的情况，因为他不能客观评价自己，不愿意接受自己的不完美，容易妒忌别人的好，可能会戴着面具去做人，还容易产生抑郁的情绪。对于有这种人格特质的人，身边的朋友、同事容易与之保持距离，生活和工作中很难获得信任和支持。

11月8日周二　晴

在做事中选拔管理员

晨读小老师目前还不稳定，首先晨读小老师需要学生本身朗读较好，不拖音，发音准确，声音大，好像许多管理职位都需要声音大，能够被其他同学听到。换人是因为有的孩子本身发音有待提高，有的是因为不想孩子骄傲。权力会让人迷失自我，小孩子也会这样。为了避免这种情况发生，尽量让班上每个孩子都有工作，让每个孩子都成为班上的管理员。目前带读最多效果也比较好的是小智和小雯。

班级里有很多事都需要孩子们做，比如说去学生处领资料，就是很常见的一件事。今天放学时德育处通知领取资料，不等我叫小铭，他就准备去了。我想这就是工作分工到位，需要领资料，他自己就知道去了。他是一个很靠谱的男孩子。领资料这事，他就做得很好。

11月9日周三　晴

以梦为马，奋勇向前

最近图书角的管理可是乱套了，借了书之后，那里更乱。需要和图书管理员进行沟通，看是否能有所改善。图书管理员要负责整理图书，借书时整齐排队。图书角乱的原因还是孩子们没有公共意识，即班级是我家，事事靠大家的这种思想。目前只选了一个内敛的男孩，看来还需要安排一个会整理的女生。燕子班，就像播种的一颗种子，浇水、施肥，静待花开。希望燕子班的每个人都能以梦为马，奋勇向前。

11月10日周四　晴

这就是神奇的A+

面批孩子们的作业时，他们总是小心翼翼地看着我批改，如果得到了A+，还没走下讲台就高兴得欢呼："耶，A+！"但是如果没有看到A+，有的孩子会问我："老师，你没有打等级？""老师，我写得不好吗？"孩子们内心有得"A+"的渴望，然而"A+"大部分时间应该落在完成A+的孩子们的作业本上。

开学初，为了给同学们鼓励和肯定，交上来的作业，只要不特别差，便可以获得一个"A+或者是优秀"。然而尽管是这样，小聪的作业几乎没有得到过A+。因为她的书面要么有些乱，要么就是字写得歪歪扭扭，或者大的大，小的小。所以她的作业，我常常是心一狠，不给她"A+"，希望她继续加强书写练习。

后来某一天，她妈妈和我在钉钉上沟通：目前我发现困扰孩子的应该是写字，孩子有挫败感，她好像没有信心写好，一写作业就惆怅。她跟我说过，她很烦恼，为啥子很努力就是得不到 A+。家里买了字帖，也感觉不乐意练。见家长如是说，我告知家长：回头我鼓励孩子一个 A+。看鼓励的力量如何。

当小聪得到了 A+ 后，她妈妈回复我：昨天她回来给我炫，说得 A+ 了，高兴坏了。感谢对娃的用心耐心引导。你的鼓励实在太有用了，说她字有进步，她在屋里练字，之前都是喊了不乐意，想自由耍。今天她说你鼓励她了，她要继续练才可以写更好。

看到小聪妈妈给我的回复，我不禁感叹 A+ 的力量，也庆幸我的不吝赐 A+。其实 A+，既可以给名副其实的作业，也可以给有潜力的作业。比如小何的作业。A+，可以让小何同学更有动力练字，可以让小何同学看到写字的希望。我想如果 A+ 能够评价，也能够激励，那就两全其美。

其实在小何之前，小润妈妈也和我说到了写字的问题，之前小润不愿意去学书法，后来大概因为书写作业没有得到 A+ 而愿意去学书法。我想，这又是 A+ 的另一种力量吧！

起初，我的 A+ 赐予写得不丑的作业；后来，只有写得美观的作业才能得到 A+；再后来，只有写得美观又没有错误的作业才能得到 A+。因为我希望每次交给我的作业，他们自己能够先检查一遍：是否漏题？是否错题？是否写得美观？自己检查好之后，再拿给我批改。凡是有错误或者不美观的，都不可能得到 A+。以此来培养孩子们自查的习惯、严谨的思维、端正的态度。A+，既可以评价，又可以激励，还可以约束。这就是神奇的 A+。

11 月 11 日周五　晴

多花一些时间做更值得的事

此时此刻，嗓子超负荷工作多个小时，终于可以休息了。这两天我都是连续讲了三节课，讲的时候不觉得讲不动，讲完之后，再也不想说话，连批评人的力气都没有了！当班主任，手机似乎更离不开了！群里总是有这样那样的消息，手机好像长在了手上。不然，可能错过了什么信息，耽误了什么工作。

因为疫情，我就成了名正言顺的"表姐"，每天要填各种表。一下课，可能群里就有好几个排查等着我。如果当班主任，只需要管孩子，只需要教书，就好了！但是现实和理想总是有着无法逾越的鸿沟，越是烦琐的生活，越是要努力寻找自己的幸福出路。一个幸福快乐的教师，才有可能向学生传递幸福快乐！疫情让我们的工作更加繁杂，我们无力改变甚至无力拒绝，那就欣然接受，先快速高效地去做这些被动的我们不喜欢的事，然后再多花一些时间做更值得的事，比如：运动、阅读、写作、做美食！

11月14日周一　晴

教室就应该像家一样

又是一周的开始，顺丰快递员像往常一样打来电话叫我取花，我飞奔下楼，将花束取了回来。每到周一，我预订的鲜花会准时送到校门口，每周给班里买一束鲜花是我一直坚持为孩子们做的一件事。

鲜花对我来说既是自然中最美的一部分，也是生命的象征，它意味着植物生命的绽放与延续。我们常说"一花一世界"，儿童更像一朵朵的鲜花，等待着我们去呵护。

我是一个非常热爱生活的人。在我的心中，教室就应该像家一样，所以每周我会预订一束花。这束花会摆在窗台上，也会摆在办公桌上，装点着孩子们的生活，也装点着我的心境。

老师们每次来我们班都感叹道：你们班是全校最美的教室！就是因

为这些鲜花，我和孩子们之间也有了更多的联结，我们都很爱这些鲜花，每天来校的第一件事，就是去看看花开得怎么样。就这样，在我们的注视下，不仅鲜花开得美，我们的教室里也体现了一份特有的美感。我选择将对孩子们和对这份职业的热爱用"每周一束花"的方式来表达，这背后，也有着我对教育的独特理解。

每天面对这么多孩子，有时候也会很疲累。但是特别累的时候，一眼望过去，看到那些鲜花，心情也一下子就放松了下来。也因为这一束束鲜花，让我和孩子们之间有了更多的对话。也因为这一束束鲜花，让我对每周的工作充满了向往。我想用照顾鲜花的心情来照顾孩子们。

11月15日周二　晴

审美性的联结

小妤抱着一束精致的花跑到我面前对我说："燕子老师这是我送你的花。"

我问："为什么要送我花？今天是什么特别的日子吗？"

"不是的，不是的，因为我知道你喜欢花，所以就想送你花！"小妤说。

很快我就收到了小妤妈妈的信息："小妤回来和我们说，您每周都会在班里放不同的花，她让我们给家里也买花，这样家就会更美、更幸福。"看来我的做法对孩子们的家庭生活也产生了影响。平时孩子们特别喜欢围在一起聊天，他们总是聊起教室里的哪个角落是他们最喜欢的。

曾经好友问过我："你每周都自掏腰包买花，图个啥？"我在挑选花朵的时候从不考虑价格，因为和我们共同创造的美好相比，这些付出是值得的。把喜欢的生活和喜欢的工作结合在一起，就是一种享用！作为教师的我们完全可以按照自己的喜好来创造喜欢的工作环境，这样的真善美生活,孩子就一定能够感受得到。

这背后也传递着一个信念:一个教师是什么样的人,和他一起生活的孩子就能感受到怎样的世界。就这样,我们和孩子们一起敞开了一间教室,设计了一种情景,感受了一种变化,以及变化中的生动,只有身处这种变化之中的儿童生活,才能呈现出教育最美好的样子。一束花带给我的思考很多,它为我们提供了诗意生活的一种可能性,也帮助我和孩子们,从感官出发,产生了一种审美性的联结。

11月16日周三　晴

<h3 style="text-align:center">加油!小洋!老师看好你!</h3>

对于小洋的学习,老师都很头疼。她上课坐在教室里也不说话,就静静地坐着,看她听讲也很认真,就是错的作业没有及时改正,课堂练习也总是不能完成。偶尔我也会找到她,单独辅导她,鼓励她好好学习,争取把学习提起来。对于像小洋这样的孩子,我当然也不会轻易放弃的,因为我知道,她在家里也是父母的掌上明珠,也希望她有出息的。

经过一段时间的观察,发现小洋很热心,总是特别喜欢为班集体做事。比如:摆桌椅、擦墙角、擦黑板……更让我意外的是,她的脚受伤了,一个人在教室也能自律地写作业、看书。她也能大胆地、自信地像老师们问好,让我甚是欣慰。

相信以后小洋的进步会更大,希望能看到全班孩子们的进步。同时,我也会精进自己,让自己变得更加优秀,不辜负自己的一腔热诚。加油!孩子们!我们一起奋力前行!

11月17日周四　晴

好的关系，才有好的教育

现在已经了解大部分孩子的性格，也了解了部分孩子的家庭情况。但我最先了解到的孩子，就是小鑫。他给我的印象是爱哭，并且是一言不合就哭。经打电话与家长了解，他的妈妈告诉我："孩子胆子小，不敢表达，但是在家里又是一个话痨。"既然在家里是个话痨，说明这个孩子是因为对我不够熟悉，情感连接不够导致的。

对于他的学习，他的妈妈特别上心，经常与我沟通，要我督促孩子多学点。每次回家前，我都督促他把没有写完的作业装进书包里，晚上回家写。我和廖老师都很上心，经常也提醒其他孩子，渐渐地大部分孩子养成了好习惯。

每次上课的时候，小鑫听讲特别认真，做错的地方，及时改正，是一个爱学习的好孩子。而且小鑫从不主动挑事，遇到问题，不说话，解决不了，就哭泣。可能现在对班级的同学和老师都熟悉了，能和同学们快乐地玩耍，学习进步也挺大，我真的为他的进步感到欣慰！

他的妈妈每次问起孩子近况，我都告诉她说："孩子很不错！"他的妈妈特别开心，每次都积极配合我的工作。我相信小鑫这孩子，只是开花比别人慢点，绝不是一个笨孩子。他的努力学习，终将迎来属于他自己的春天。在他的身上我也明白了：好的关系，才有好的教育。

11月18日周五　晴

一间教室能给孩子们带来什么

利用劳动课的时间，同学们积极查找教室各个区域的问题，并针对问题进行了实际操练,努力做一个会学习、懂生活的小主人。

首先便是学会有序地整理个人物品。环顾四周,同学们发现了许多反面案例,如"脏脏包""大肚包""混乱柜",并一起携手"破案"。同学们运用数学中分类整理的思维,仔细地分析物品的功能、形状、大小、用途……分类思维提升了,实践可不能少。孩子们开展了班内比拼,进行班级优化大师加分,一起将书包、书桌柜、书包柜整理得干净整洁。在此过程中,他们的动手和解决问题的能力得到了进一步锻炼。

同学们都收获了很多整理小妙招,化身为一个个"教室整理艺术家",为创造整洁、舒适的学习环境做出自己的贡献。教室既要干净、整洁,又要充满温度。整洁的教室体现着良好的班风班貌,凝聚了我们的智慧与实践,传递着"家"的幸福与温暖。教室的每一个角落都发挥着育人的作用……

一间教室能给孩子们带来什么,取决于每个空间流动着什么。

11月21日周一　雨

<h2 style="text-align:center">与美好班级同行</h2>

一个学生在教室大约要度过13000个小时,而在教室的这段时光,通常是以班级为单位进行的集体生活。因此,一个孩子的童年时光是否幸福,与班级这个场域息息相关。因此,我们的班级目标就是在学生的心里种下真善美的种子,做个有自信心、责任心、感恩心、上进心的好学生。让班级里人人有事做,事事有人做,人人都是"懂事长"。

11月22日周二　雨

让时间看得见

晚饭后，小豪、小晨、小铭这几个同学主动回到班级打扫卫生。但是前几天他们打扫卫生有点吵闹。我对孩子们说事情做好了才算做了。于是，我嘱咐他们做清洁的几步：先扫地；再拖地；将桌椅摆整齐；把板凳放在桌子下面；将垃圾袋的垃圾装起来，给垃圾桶套上新的垃圾袋。我给他们讲了步骤之后，就去办公室，让他们做完了叫我检查。还用了希沃的计时器给他们倒计时，然后做完了就给他们班级优化大师加分。

看来今天在屏幕上倒计时，是一个非常明智的决定。当孩子们看到了剩余时间，就会有意识地提醒自己加快步伐，动作加快！好像做清洁也是玩时间游戏，看着他们干劲十足的样子，可爱极了！清洁完成后我马上在电脑上给他们加分，他们的脸上扬起了快乐的笑容，而且我也给他们拍了合照，记录他们的成长。

11月23日周三　雨

我们都是好同学

孩子在学校有特别不喜欢的同桌，觉得同桌浑身缺点、成绩不好、太调皮、爱打人、爱恶作剧等，孩子回家哭着吵着要换同桌这个话题在我们家长群里并不少见。在班级也上演了同样的事件，今天进行班级座位调整，但当我安排到某个同学和谁一起坐同桌的时候，个别同学马上就说："我不想和他一起坐。"随后安排其他同学的时候，也是这样的破窗效应。

我们的班级愿景是让人们因我的存在而感到幸福，但如今得知有的孩子会说"不和你一起坐同桌"这种话，就需要加以引导。紧接着我也在班级中列举了几个同学如何合作学习、如何一起进步的例子。

每个人都有着各种不同性格、背景、思维、爱好、表达方式，但不是每种喜好都适合表达出来，自己的喜好都应该以不伤害别人为前提。在孩子小的时候我们应该积极地引导他正确处理各种人际关系。成绩永远不是衡量孩子是不是优秀的唯一标准，高情商对孩子也很重要。

11月24日周四　雨

一个能慎独的追梦少年

小习不喜在老师面前表现，但是他平时的思维特别敏捷，尤其是数学方面。这是让我印象最深刻的一点。但是今天的一件事，让他在我心目中的印象更上一层楼！

早上7:10我在走廊上听到读书声音，我好奇地走进教室，原来是小习！没想到他能这么早来晨读，且尽管教室只有他一个人，他也很自觉地拿出语文书，大声地朗读！平时我到校，教室里已经很多孩子了，表现好的孩子也会被淹没在人海！今天如果不是我来得早，我也不会看到小习的这一面！

今天小习一个人的大声晨读，让我再次了解了小习，希望更多的追梦少年向小习学习，早上到校第一件事放书包，拿出语文书，大声地晨读！如果全班都这样做，这会是一个怎样的班呢？小习，在无人管理的情况下，自觉地大声读书，令我惊喜和感动！一个能慎独的追梦少年，令我欣慰，令我惊喜，令我点赞！

11月25日周五　雨

做一个知书达礼的人

走在校园里，常常能遇到一些学生对老师视而不见，这些学生中有教过的，有正在教的，有没教过的。这三类学生，前两类学生见到老师视而不见是最不能理解的。每当看到学生见到老师无动于衷时，我便感叹：现在学生的礼仪都去哪了呢？

如今我也带班，我想让礼仪成为我们班的一种风向标，让我们班的每个学生都成为文明有礼的追梦少年。认真践行我们学校的"三礼（草礼、章礼、楷礼）+问好"的方式。低年级正是在学校各种行为的启蒙期，作为班主任，我自认为对他们礼仪的要求和培养十分重要。我要求孩子们见到老师要主动问好。平时不和同学打架，不说脏话。已经有很多老师跟我说：你们班孩子好有礼貌，见到老师说老师好，而且还说"祝老师天天开心"这些话。

听到这些夸奖他们的话，我的心里不觉也美滋滋的。谁不想自己班上的孩子被夸呢？除此之外，我还引导他们说"谢谢""对不起"，当他们帮助了我，当我对他们感到很抱歉，我也会说"谢谢""对不起"，言传身教就是一种潜移默化的教育。我希望自己的班文明有礼，我也必须是一个文明有礼的班主任。在孩子们面前，我必须谨言慎行，做好孩子们的班阳光。

班级的名声，是班级学生的荣辱与共。班级的名誉，也是一个班主任的名誉。我想打造一个优秀、美好又温暖的班级，想要我班级的孩子能够在小学拥有美好的记忆。希望自己成为对他们来说至关重要的启蒙老师！

11月28日周一　雨

珍爱生命　感恩生活

今天班会课主题是"珍爱生命　感恩生活"。珍爱生命从爱自己、欣赏自己开始。"我真的好喜欢我自己呀，我的性格这么好，我学习也很努力。老师喜欢我，同学喜欢我，家人们更爱我。我真的好特别呀！"晚上孩子们用这段话录制视频上传到钉钉。我们相信，经常正向心理暗示，说着说着我们就成了我们口中的样子。

我记得美国社会学家罗森塔尔曾经做过一个实验：

他随机选取一所小学，又从每个年级随机选出3个班级，做了一项著名的"快速进发者测试"。

他随机抓取一些学生名单，然后把这些名单交给校长和相关老师，并告诉他们这个测试能找出潜力最大的学生，但需要保密，以免影响实验的正确性。

其实校长和老师们都不知道的是，这些所谓的名单，只是他随机抓阄抓出来的，他们就是普通学生。

8个月后，罗森塔尔回到学校，对当初选取的班级进行测试，奇迹出现了：所有名单上的学生，各科成绩都有较大的进步。而且性格也更加开朗、自信心更强、求知欲更旺盛，也更乐于和其他同学打交道。

这个实验向我们证明了，老师们受到罗森塔尔的暗示，会对名单上的学生另眼相看，有意无意通过自己的行为，把期望传递给学生。

而孩子们也能通过老师给过来的积极暗示，更加积极地回馈老师，以达到老师的期望。

这是种良好的互动和循环，结果就像我们看到的，回报非常丰厚。

11月29日周二　晴

答案就在问题中

课间，孩子们总是会问各种各样的问题，而我尽量避免"有问必答"。比如我提前到教室候课时会有孩子问：

"老师下一节什么课呀？"

"你觉得呢？"我反问道。

"我觉得应该是数学课。"孩子回答。

"为什么这么觉得呀？"我追问。

"因为前两节课不是语文就是数学，上一节课已经上过语文了，这节课肯定是数学课。"

瞧，这是孩子在推理呀！一句"你觉得呢？"让孩子停止向外界求助，开始专注于自己的想法，一句"为什么这么觉得"让孩子表达想法背后的原因，既培养了孩子思考问题的能力，又锻炼了孩子的语言表达能力。而独立思考的能力和语言表达的能力正是学习中不可或缺的重要能力。很多时候儿童在问问题时脑子里并不是空的，他们可能已经具备了解决问题的相关事实经验，或者形成了问题答案模糊的雏形，只是需要有人追问他才能进一步把这个雏形清晰化并最终得出结论。

11月30日周三　晴

学问学问，不懂就问

课后我经常叮嘱孩子们有任何疑问都可以单独和老师交流，努力做到学问学问不懂就问。作业课上经常会出现这样的情景：

"老师这道题我不会。"

"哪里不会啊？"我追问。孩子对自己的疑惑描述得越具体说明对问题思考得越多越深入，反之就是没怎么思考。

"都不会。"孩子回答。这时千万别大包大揽从读题到分析再到思路讲解"一条龙服务"。还可以给出选项让孩子选择，帮助孩子明确自己的困难所在。

"是题目的意思不理解，还是理解题目的意思但是不知道该怎么做啊？"

"不理解题目的意思。"

"好的，现在用你的小手指着题目，一个字一个字地读。"

你以为这就结束了吗？不，指着也会读错。每读错一个地方我都会喊他重新读，直到最后正确读完题目，孩子会说一句：老师，我知道了！

二年级的孩子已经具备了基本的独立读题的能力，所以我通常不会帮孩子读题，因为读题的过程也是对题目进行理解的重要过程。我帮读的结果大概率是孩子依然不明白题目的意思，因为我一边读一边理解，而孩子的大脑可能仅流于文字表面并没有进行思考。字不认识？我可以告诉你，并且要求在这个字上面标上拼音，然后记住这个字。而且现在已经学习了如何使用字典，如果时间允许我会让他们自己查字典。

12月1日周四　晴

多一份追问，多一份灵感

有时候孩子们会火急火燎地找我问问题，感觉自己已经走入了绝境。此时此刻我经常会追问孩子们，"说说你是怎么想的？""按照你的想法试一试吧""你觉得这样做是正确的吗？""为什么觉得正确/不正确？"等。

孩子们提出的每个问题我们都要想办法用另一个问题来回答，用问题促使他们自己思考而不是代替他们思考。因为答疑的最终目的是促进孩子不断思考和表达，逐步调整思考的方向，最后依靠自己的力量寻求到真理，在这个过程中孩子们的思维能力得到提升，表达能力得到加强，还会获得满满的成就感，也因此会对学习充满信心，远比一个正确答案有价值得多。

12月2日周五　晴

最闪光的东西应该是"爱"和宽容

班主任就是带领孩子们过好每一天的学习生活。尤其是像小熙、小俊，上课不认真、课后喜欢打闹、学习作业也拖拉，班级加分也经常赶不上别人。其实这样的孩子需要我们教育者给予更多的"爱"和宽容。

爱自己的学生，爱成绩好的学生，更爱成绩不那么好的学生；爱身体健康的孩子，更爱身体较差的孩子；爱活泼伶俐的孩子，更爱沉默寡言的孩子；爱守纪的孩子，更爱不守纪的孩子，因为后者更需要老师的爱。如果说对前者的爱是锦上添花，那么对后者的爱则是雪中送炭。这种爱应该是理智的爱、艺术的爱，班主任应对学生多些宽容、多些爱护，要包容学生的不同个性，甚至缺点，不要对学生求全责备，助学生成长就是最高目的。

后　记

与孩子们的相处就是这么奇妙，可能会让你烦恼，但也会在出其不意的时候给你带来快乐，这种快乐是发自内心的，也是令人回味无尽的。在课间时间经常去教育学生如何遵守班级纪律，平时上课发现某些同学或小组做得好会及时去表扬他们，在班中树榜样，发现不良现象及时纠正。

经过一学期的努力，班上29个孩子大部分都能做好，有几个纪律观念薄弱的孩子还需要老师继续坚持教育。

利用班会以及校本课，系统地进行了一系列安全教育课程。如中秋、国庆的假期安全教育，交通安全教育，食品安全教育，防溺水安全教育，等等。并且充分利用安全教育平台学习安全知识。在平时的教育中，我跟孩子普及了什么是"1520"交通安全含义，每天我都会抽取几分钟时间进行安全教育讲述。课间有时间就会去看看他们，要求他们注意团结，不打架，不追逐，以免出现安全事故。在周末及节假日来临之际，也会常常以信息的方式去提示家长，假期周末做好学生的安全监管。

要做好学生工作，就要贴近学生的生活，走进他们的内心。我班学生大多朝气蓬勃、活泼可爱，有上进心和爱心，但也较具个性。如何融入他们的圈子，如何做好他们的知心人，如何让我这个"孩子王"令学生心服口服，是我一直思考和努力达成的。经常课下放学后找学生以及班干部聊天，在这个时候以一个朋友的身份对学生进行开导教育；午休时间基本都留在午休房里陪同学生，尽自己最大努力与学生做好交流，及时了解班级学生的思想状态。加强和家长的联系，多和家长电话或者面谈式地沟通。

在不断成长的同时，也感知着自己的不足之处。虽然拿到文明班级的次数很多，但在卫生跟纪律方面还要加强对学生自觉性的培养。同时班上的班干部们职位确认不够明确，常常一人身兼数职，比较疲惫。这将是我改进的重点方向。班上大部分同学，对学习比较重视，但也有少部分同学由于基础比较差，且学习动力不足，目标不明，无心向学。针对这些情况，我鼓励好生带动和帮助学习相对被动的学生，形成互帮互助，同时经常教育学生要有明确的学习目的，端正学习态度，遵守学习纪律，指导学生制定好适合自己的学习方法，提高学习的自觉性，养成良好的学习习惯。和孩子们一起留给我的启示和教育有很多，有烦恼和痛苦的时候，但更多的是充实和价值的实现。我想送一句话给自己：不求尽如人意，但求无愧我心。

　　此时此刻非常感谢203燕子中队的科任老师们。语文廖老师是一个十分负责任且有耐心的老师。她总是能够根据学生状态情况适时调整课堂安排，课前背书让大家更加认真记忆知识点，给同学们更多空间背诵。课后，老师能够及时反馈，回答同学们的问题，让学生更加积极投入语文学习中。她敬职敬业，认真批改每一位同学的作业，下课会认真回答每一位同学的疑惑。平时也为同学们解决生活的疑惑。

　　英语李老师态度严谨负责，讲课生动，引人入胜，引发学生思考，课堂上板书与课件相结合，形式丰富多样，与时俱进。作业量适中，及时批改及时讲解。和蔼可亲，为人真诚，对待学生热情友善，有良好的师德，可以跟学生交朋友，打成一片。

　　体育胡老师是一个尽心尽职、关爱同学的老师。每当有同学问问题时，他总是不嫌麻烦，耐心地一步步解释清楚。在课堂之外，也会很负责任地帮忙处理班级的一些矛盾事件，对学生很体贴很关照，真的像大哥哥一样。

　　美术吴老师秉承严谨的态度教学。她说，要想学生画得出彩，首先要教导学生从本质出发，要知道自己为什么画这幅作品，该怎么画，不要绕弯子，这是首要的。再者，每个学生绘画的特点也不一样，要能够因材施教。咱班小忆的秋叶画不仅在学校展出，还在龙岗区教育局和市教育局展出呢。小月的美术作品也在学校的走廊展出啦，这些都是吴老师激发孩子们对美术的兴趣，迸发灵感所创作的。

　　综合聂老师是善于调动学生积极性的老师。她认真用心地对待每一位同学，并且十分亲切。可爱的聂老师课间还会和同学们开玩笑，特别好相处。之所以同学们最积极做好课前准备的就是综合课，是因为这节课上有各种各样的动手操作，同学们在做中学、学中做，每一节课都带来无限创意。

　　食育蔡老师的教学方法非常与众不同，比较着重于自觉性和自律。

"师者，传道、受业、解惑也"，用来形容蔡老师那再合适不过了！只要有食育活动，咱班的参与率就是最高、最优质的。她温柔大方，体贴周到，关心每一个学生，她经常分享一些自己的学习和生活经验，活跃课堂气氛，使人受益无穷，深受学生的喜欢。每一节食育课都让我们感受了生活柴米油盐酱醋茶带来的美好。

道法王老师具有极高的责任心和热情，每一堂课都投以最热烈的激情，真真正正地把每个学生都当作自己的孩子，关爱与呵护每一位学生，时时刻刻关心大家的情况。

科学康老师讲课十分认真投入，内容纲举目分，条理性很强，而且特别善于举例。在科学课上引导同学理论联系实际，教学内容丰富，使学习十分轻松，而且印象深刻。在课外，老师对同学们也很关心，有什么困难找老师，也总能得到一些有益的帮助。

大燕子是数学老师，课堂上认真细致又形象条理地讲解知识点，让同学专注于课堂的每一分钟。她还是203班的御用摄影师。她给同学们拍照都很讲究对焦、速度优先、虚化背景之类的摄影技巧。与孩子沟通、交流如同摄影调对焦，低年级的同学们无论什么时候犯错，都需要关注孩子成长本身，偶尔还得虚化他的其他缺点，让孩子们自信、自尊。大燕子老师的手机里收藏了同学几千张照片，每一张照片都是一个故事、一个回忆。

德国著名教育家第斯多惠说："教育的艺术不在于传授本领，而在于激励、唤醒和鼓舞。"我爱摄影，作为班主任的我也常常有机会将照片中遇见的那些有趣的人和事、摄影的作品与孩子们分享，而我发现美、表现美的方式、审美的标准也理所当然地成为我激励、唤醒、鼓舞孩子们的教育艺术。

班主任感言：因为有你，我们更了不起

203燕子中队是一个富有朝气、积极向上的集体！活泼可爱是我们的天性，团结友爱是我们的美德，勤奋刻苦是我们的班风，勇于创新是我们的追求。我们在阳光下、在春日里，快乐学习，幸福成长！

一、我们爱玩

大课间休息期间，几个小脑袋围着棋盘团聚到一起，每一个走棋的学生旁边都配着一名"能看清局势"的军师。还有大家喜欢的华容道游戏与数字相结合，不仅可以训练学生的逻辑思维，还丰富了学生的课间活动。让课间十分钟成为幸福童年的回忆！

二、我们爱学

我们始终践行一句真理：学问学问，不懂就问。在课堂上我们学会了别人发言认真听，回答问题有礼貌，老师讲课勤思考，书写姿势"三个一"，大声朗读有自信，天天学习有收获。

三、我们爱分享

美食带来的快乐，是无与伦比的，世界上最能治愈人的就是各种各样的美食。同学们在节日中带来自己喜欢的美食，并在温馨快乐的氛围中学会了感恩与分享。

四、我们爱班级

成功源自坚持，执着造就奇迹。我们用汗水书写成功，我们用拼搏收获希望。我们把外在的日常规范内化为自身的精神修养，我们把心中的远大理想演绎成良好的班风班貌。一周的流动红旗取得比较容易，但我们周周都能把流动红旗高高挂在自己班级的门口，就是班集体习惯养成的最

好体现！

五、我们爱运动

运动大课间，轻快的节奏激发出孩子们的热情。大家一起挥动双手，秀出风采！不仅强身健体，让肢体得到舒展，还让心情变得更愉悦。

六、我们爱朗读

每天早读课，学生们读得精彩，学得扎实，分角色朗读更是感情充沛，真正实现了高效早读！在早读过程中，学生持之以恒，坐姿端正，神情专注，声音洪亮，展现出了最佳的学习风貌！

七、我们爱美食

一年好景君须记，亲子时光最珍惜。世间唯爱与美食，不可辜负。与孩子烹饪美食，体味人生百味，是一件幸福的事儿。

八、我们爱鲜花

一束花给孩子们提供了诗意生活的一种可能性，也帮助我和孩子们产生了一种美好的情感联结。孩子不仅仅是学习者，更是生活的享用者，他们在创造美好生活，享受美好生活。

九、我们爱秋天

我们走进大自然，收集形态各异、五颜六色的树叶。他们以秋叶为笔，用秋叶作画，用慧心和巧手留住秋天的美好。每一片叶子都凝聚着孩子们的智慧，每一幅手工画的背后都是孩子们内心最美好的表达。

十、我们都是好朋友

原来，友谊那么美好。"春花秋月何时了，往事知多少？"尽管时光荏苒，流年易逝，但友谊的种子只要埋在心田，便会在时间的精心浇灌下，绽放出最美的鲜花。

众多的微光汇聚在一起，就是照亮心灵的信仰之光。一间教室，一个世界。德国哲学家雅思贝尔斯说，"教育的本质意味着：一棵树摇动另一棵树，一朵云推动另一朵云，一个灵魂唤醒另一个灵魂"。我说，"我愿意成为这棵树，这朵云，这个灵魂"。

开学时我和孩子们说："细节决定成败，你们的班主任可是个细节控，你们准备好修炼了吗？"作为班主任，我自己平时的一言一行潜移默化地影响着孩子们。例如早上进校时我都会热情主动地说："Good morning, my dear students！"当他们离开时我微笑着挥手说："See you！"孩子们帮我拿东西时，我也总会说声"谢谢"；每次在教室里，我都会轻轻地在椅子坐下，坐姿端正，离开时将椅子推入桌下；将黑板擦得干干净净后再开始上课……长此以往，孩子们受老师的影响，逐渐地养成了良好的行为、生活习惯。为人礼貌，见到老师热情问好，椅子轻拿轻放……

对学生的教育，应当是一个心灵碰触另一个心灵的旅程。学生也懂得了爱与感恩，而我也时常被他们的一些小举动而感动。每次上课前总有人奔向我，帮我抱过怀里的书本，笑嘻嘻地对我说："大燕子老师，让我来吧！"上课时听到我的喉咙嘶哑，办公桌上就会出现各种喉宝；知道我感冒了，总在第一时间送来慰问；好吃的也总想和我分享。他们就像是精灵般的存在，总是能给我小惊喜与感动。他们不仅仅把我当作一位老师、一位班主任，更是把我当作他们的朋友和亲人。

不知不觉，奔走在一路芳华的教育路上，走着走着，越来越远，步伐也愈加坚定……愿自己始终保持"自身的温度"，用心感受着身边的点滴感动。我和孩子们因缘分而相聚，我们同在一片蓝天下快乐地学习成长。

第二辑　爱学习

　　爱某师，才会爱某学科。教育者本身也在受教育；授课者本身也在学习。因此，在教学过程中不断地摸索出让学生爱上学习的技巧，让学生在乐中学，在玩中学！

培养小学生数学语言的表达能力

华东师范大学史宁中教授说过：数学教学的最终目标，是要让学习者会用数学的眼光观察现实世界，会用数学的思维思考现实世界，会用数学的语言表达现实世界。因此，需要教师把培养学生的数学语言表达和数学知识相结合，进一步培养学生的数学语言表达能力。下面浅谈一下我自己的做法。

一、教师示范是学生掌握数学语言的方法

在数学的教育教学中，教师的言行举止都是学生们参照的对象。数学语言是最为精确的，它的表达形式必须是简洁明了、有理有据、前后呼应、有逻辑性的。诸多数学教学过程都是依靠数学语言来进行表达的，如果语言运用不当，就会影响小学生对数学知识的掌握程度。因此需要教师在数学语言表达方面起到表率的作用。

如 $8×5=40$，常有学生说：40 是得数，8 和 5 是乘数。其实这样回答是不严谨的。此时我们可以追问学生 $8×5=40$ 这个乘法算式表示什么意思？表示 8 个 5 相加或者 5 个 8 相加的和，乘数乘乘数等于积。乘法算式的结果叫作积。进而让学生明白乘数和积是相互依存、相对而言的。在这道题里应该说 40 是 8 和 5 的积，而不是统称得数。

数学术语就是只进行数学学习和数学研究的专门术语。虽然"差""积""商""和"等数学术语在学习中经常用到，但是往往学生会说错。这些不科学、不规范的语言，给学生带来了负面影响。

概念的理解是表达的基础，要培养学生的语言表达能力，必须培养学生理解数学语言的能力。如理解和、差、积、商、质数、合数、循环小数等概念。对学生语言上的缺陷不能有半点疏忽。教师用规范简练的语言影响学生，培养学生明确数学术语、理解概念，用准确语言表述数学术语和数学概念。

二、操作是强化学生数学语言的手段

皮亚杰认为：儿童学习的最根本途径应该是活动，活动是联系主客体的桥梁，是认识发展的直接源泉。在课堂教学中让学生进行操作练习，可以锻炼学生的手脑配合能力。通过学生的操作丰富自己的感性认知，再有条有理地说出自己的操作过程。让学生进一步把自己的动手操作、动脑理解、动口表达有机地结合起来，才能促进感知有效地转化为内部的智力活动，达到深化理解知识的目的。小组讨论是学生展示数学语言的最佳方式。

在北师大版二年级"图形的变化——折一折 做一做"教学活动中，让学生自己折完之后用自己的语言表达出来：

1. 先说出自己为什么折这个图形。
2. 再说说自己折纸的步骤和技巧。

在学生小组交流完之后的全班展示中，学生是这样做的：

1. 一个小组站在讲台上交流：一个人说方法，另一个人在动手折纸操作。
2. 其他小组补充或说一说自己小组的方法。

动手操作是学生大脑和手的协同活动，在动手中拓展思维，思维又需要语言表达出来，所以动手操作是训练数学语言表达能力的重要环节之一。学生在小组交流中达成了统一的观点，然后在全班展示中锻炼了语言表达能力，其他小组的成员要认真倾听，及时发表自己的观点。

当然，也不是所有时候都有必要进行这种方式的讨论活动。如果课堂上的问题不是特别难，只是有一点小小的分歧，也可采取小范围的同桌讨论的形式。

三、常规课是学生形成数学语言的过程

常规课是学生形成数学语言的过程，这就需要在平时教学中的每一节课抓住每个教学环节，结合教学内容，有计划、有目的、有意识地进行说话训练。引导学生用数学的语言讲解题意，讲出解题过程。

在北师大版数学二年级"谁的得分高"教学活动中，为了让学生读懂课本中的图表，设计了自学提纲：

投飞镖比赛

	第一次	第二次	第三次
奇思	35	23	30
妙想	40	26	20

说一说：

1. 说说从表中你知道了哪些数学信息？
2. 你能看出奇思和妙想谁获胜吗？与同伴进行交流。
3. 奇思一共得了多少分？妙想呢？

学生根据自学提纲可以读懂课本，从而能用更准确的语言表达自己的发现。教师可以提出适合学生的自学提纲，帮助学生更轻松地读懂数学课本中的数学语言。因此，自学提纲必须简洁明了，让学生明确学习的方向，并且能使学生的思维能力得到良好的训练。

例如，在低年级教学中，为了做好看图说话训练，要根据学生的年龄特点，对学生进行一些引导：先学会看图，认真思考，弄懂图意。重点

是引导学生说出题目当中的已知条件和未知条件，明确题目中所要解决的问题是什么。

与此同时，每节课的课堂小结也是培养学生数学语言表达的时机。通过课堂小结可以提高学生的概括能力并提炼出本节课知识的重点和难点。老师问学生："通过这堂课的学习，你有什么收获？"学生在回忆整理之后，就会纷纷举手发言。低年级的学生在小结的时候经常会词不达意，这时候就需要教师慢慢地引导学生说出完整的数学语言。

四、小组讨论是学生之间数学交流的平台

小组合作讨论是课堂教学最常用的模式。每个小组的组员都有发言的机会，也有机会聆听他人的想法。这有利于促进学生主动地思考、倾听，并进一步加工组织自己的语言。

北师大版二年级数学教学"认识乘法算式"时，为了使学生透彻理解乘法的算式和意义，让学生动手操作，通过"一看、二数、三相连"进行表述。

一看：引导学生观察图中每组是几个？

二数：数一数一共有几组？

三相连：用乘号把这两个数字连接起来，写成乘法算式。

每个学生说出自己所列的乘法算式时，都要说出这三个步骤。通过这样有步骤有逻辑的表达方式让学生说出完整的数学语言。其实在平时的课堂中，我们教师也要向学生多提出几个开放性的问题，比如"你能向大家说说你的解题思路吗？""如果你是老师，打算怎么教会你的学生"。提供让学生语言表达的机会，让学生有话说，应用多种方法相结合培养学生的语言表达能力和运用能力，使学生养成科学使用数学语言的良好习惯。

五、绘本阅读是学生积累数学语言的过程

数学是比较单调的学科，所以需要动人的故事和有趣的典故。因此，在严谨的数学学习中，我们教师可以通过图画书和故事书激发学生对学习的兴趣。同时也是为了丰富课堂，降低孩子学习难度，让课堂真正变为让孩子热爱学习的课堂。

如《谁偷走了西瓜》这一绘本就是通过寻找偷西瓜的小偷的故事，引导学生能够分析清楚不同立体图形滚印出来的面，进而让学生能够分辨清楚同一个立体图形不同面滚印后得到的平面图形。在整个学习过程中，学生一边寻找真正的小偷，一边展开认真的观察，一边对圆柱、长方体、三棱柱、圆锥、四棱锥等立体图形的平面图形展开高效的构建。以小组为单位，学生可以分别说出自己的判断以及判断依据，然后小组学生共同整理出最终的小组答案。进而，学生的团结协作意识以及数学语言能力就会得到有效培养。

教师要结合具体的教学内容，选择恰当的数学绘本，让学生在绘本阅读的过程中，展开观察、理解、思考以及总结，进而让学生的数学思维能力以及观察想象能力均得到有效提升。

六、讲师比赛是学生提升表达能力的平台

让学生养成"读题—分析题意—讲题思路—解答—检验—总结"的数学学习习惯。其实说清楚是比会做了更具挑战的要求，同时也可以增强孩子的成就感和学习数学的信心。初赛以班为单位进行，比赛题目以课本知识为基础，坚持了科学性和灵活性的大原则。参赛的同学们积极参与，各显身手，力争完美地畅述题目的内涵及解法，争当数学"小讲师"。

决赛再让优秀胜出的小讲师们进行年级组展示。小讲师们在讲台上能大胆表现出自己的才华，声音响亮、语言标准，很有小讲师的风范。小

讲师授课认真、细致，能充分利用时间，有条理，对重点知识的讲解十分清晰易懂，使同学们对知识有了进一步的理解，小讲师讲课时的激情有时还会感染我们，课堂气氛很好。在讲解的过程中能找出关键词并圈出来，能按题目中的数学信息使用的教学方法来演讲。

最后，对于每个小讲师的表现进行细致的点评，并授予优秀的选手们"金牌小讲师""银牌小讲师""铜牌小讲师"等荣誉称号。小讲师们通过比赛不仅意识到"知其然，知其所以然"的重要性，而且锻炼了口语表达能力以及逻辑思维能力，培养了认真严谨的学习态度，调动了学好数学的积极性，从而进一步地认识数学、挑战数学、玩转数学，用不一样的态度，从不同的角度，探索发现更多的数学奥秘！

培养学生的数学语言表达能力是一项长期的教育工作，需要我们师生之间长期的训练才能逐步提升。在今后的教学中，还须我们教师继续实践与探索，让学生能用数学的语言表达世界。

自习课不自习，怎么办

每天，从晨曦微露到星光闪闪，都能感受到学生给予我的快乐和充实。但是，在班主任的工作中总会遇到困惑。比如自习课的纪律问题，由于没有老师在监管，班上总是乱哄哄的，学生的自觉性不高使我很头疼。倘若允许同学们讨论问题，常常闲话也说出来，说话的人一多，大家就不由自主地提高音量，音量一大，自习课就显得乱，降低了学习效率。另外，遇到一点问题就去问别人，不仅干扰别人学习，而且还容易使自己不深入思考，从而变得浅薄。经过一段时间的摸索，下面是我在自习课管理中的几点心得。

首先，让学生理解自习课的意义。多次召开主题班会并时刻抓住教育时机，师生共同探讨自习课的性质和目的。通过民主交流的方式让学生自己弄明白自习课到底是什么。我们自习课应该干什么、不应该干什么，应该怎样干才好。这些道理让学生搞明白了，自习课就一定能安静下来。人人管自己，事事自己管。当我把"要学生做什么"变成"学生自觉该做什么、怎么做"后，外在的约束就变成了学生的自我意识。刚开始并没有什么效果，但长期坚持下来，同时随着学生年龄的增长，慢慢地开始收到了明显的效果，学生各方面自觉性明显提高。

其次，建立班级激励机制。素质教育要求教育者关注学生的全面成长。表扬和鼓励是激励教育的重要内容。实践证明，表扬和鼓励可以帮助学生重新认识自我，点燃他们努力奋进的星星之火，鼓足他们放飞希望的勇气。我的具体做法是：设立奖项，实行全方位鼓励。每学期设立各种奖项，对不同层次、不同学生给以全面评价和鼓励。这样不仅会激发被表扬的学生的学习兴趣，也会鼓励其他学生要向这些学生学习。

再次，培训班委，委以重任。人人有事做，事事有人管。让大家推选有威信、认真负责的班干部，召开班委会制定班干部公约。从责任心、自我约束力、工作能力等几个方面严格要求，在全班同学面前做出承诺，定期对每一个班委进行评价。我惊奇地发现效果相当不错，以前每当没作业的时候自习课都会很吵，而采取了这个措施之后自习课变得好管多了。采取这个方法不仅可以加强学生的自制能力，而且相对老师批评学生来说，学生自我批评会更深刻一些，能让学生更清楚地认识到自己的不足之处。

最后，作为教师要注意自己的言行举止。一直以来，教师在人们心中的形象都是完美的。正是如此，教师的一举一动、一言一行都关系着、影响着学生的行为，所以在学生面前应该时刻注意自己的行为，比如平时改作业或者备课的时候不随意讲话、听音乐或者是有其他的小动作。教师还要加强个别学生之间的沟通，教师不应该过多地指责学生，而是要在及时的沟通中发现问题，积极地探索寻求适合的管理办法再对症下药，帮助学生，提升学生学习的主动性。

让学生信心满满地学习数学

数学是思维的体操，在数学教学中，除了要使学生掌握知识技能之外，还要培养学生树立学习数学的信心。低年级的孩子都有急于表现自己的心理，回答问题积极性特别高，但有时回答老师提出的问题往往欠缺思考。这些孩子都是没有领会老师的意思或者听问题只听一半，就急于表现，想获得老师的表扬。所以，我们经常会看到，低年级的课堂上看上去热热闹闹，轰轰烈烈，但是学生的思维没有得到进一步的提升，能力没有得到发展。所以，老师要经常提醒学生，要全面、细致地思考问题，学会听讲，学会思考。

此外，低年级的小朋友天真可爱，对老师充满崇拜，老师不经意的夸奖就会让他兴奋许久。这就要求我们摒弃成人对表扬不在意的思维，站在儿童的视野，在课堂上不吝惜表扬。我班一位女生，数学基础比较薄弱，性格比较内向。一般与她交流她都只是回应摇头或者点头。常言道爱某师才会爱某学科，所以我以爱暖人，加强思想教育，转变学习态度。课后经常跟她聊学习以外的话题，先引起她的共鸣。课上，我特意挑选简单的题目指名让她回答，让她认识到她也能做对很多数学题，慢慢地树立学习的信心，发现优点及时大力地表扬，使她尝到成功的喜悦，渐渐地，她对数学有些信心了，作业能基本完成，成绩也提高了。一个教育家说过这样的话："数学教师最大的成功就是把他的学生教得喜欢学数学。"因此，在教学中师生互相交流合作是非常重要的。教师应注意调控学生的情绪，良好的学习情绪能有效地增强数学学习效果，使其自信地、愉快地进入学习情境。

美国心理学家华莱士指出，学生显著的个体差异、教师指导质量的个体差异，在教学中必将导致学生创造能力、创造性人格的显著差异。因此，教师要善于设法消除学生的紧张畏惧心理，对学生在课堂上的表现，采用激励性的评价、给以适当的表扬。激励性的评价、表扬能让学生如沐春风、敢想敢问、敢讲敢做。如在练习时，学生在规定的时间内完成老师布置的作业，老师奖励"小红旗"给学生，有时还主动与他们说上几句悄悄话。学生得到老师的奖励，参与学习的积极性就高了，就会更进一步地去发现问题，发挥前所未有的想象力，从而摆脱苦学的烦恼，进入乐学的境界，极大地发展创新能力。

让线上教学更有温度

近年来，我们经常看到观看教学或者观看讲座的二维码。尤其是一些教育辅导机构的外教课或者一对一辅导直播课已经做得非常成熟。一直以为我们普通老师站在三尺讲台讲课就可以了，至于网课那是别人的课堂模式。这次因为特殊原因，给予了我们老师在线授课的机会。在家上课，停课不停学！目前我们在线学习已经进行了两个多月了，但是每一周的感受都不一样。为了让线上教学更有温度，可以从以下几个方面进行尝试。

一、教师要有一颗好奇心

首先，教师要和学生一样，有一颗好奇的心。例如，第一周的课程全部采用龙岗区的精品课程。学生们学得津津有味，觉得数学更加有趣味，教师们一边观看与学生互动交流，一边写听课笔记。特别羡慕这样的课堂。平时在学校授课，因为学校琐碎的事务多，加上考试赶进度，把一些实践活动和课外知识都冷落了，现在每个教师都有线上授课的机会，心里开始蠢蠢欲动。心想，或许这就是一个"翻转课堂"的开始。线上教学第二周的课程依然采用我们龙岗区的精品课程。通过线上观课，我发现网络的世界是非常辽阔的，我们无法预测也无法拿捏到观看者的状态。自己带的是一年级的学生，那么观课的时候肯定有家长陪同。因此，保持一颗好奇心，师生一起探索线上学习是一件美妙的事情。

二、教师要有一颗好学心

目前的形势告诉我们，线上教学是教师必备的技能，于是我尝试了一节班会课。为了这节直播课我建立了几个钉钉群，针对不同的人群反复直播十几次。一边摸索钉钉 App 的使用技巧，一边反复修改自己的授课语言。有些不会的地方就输入电脑请教了"度娘"，还将自己不明白的地方拍图发给艾老师和毛老师请求帮助。不断地向身边的老师请教，向校外的老师请教。就这样一步一步地操作，功夫不负有心人，我终于将"空中课堂"的基本步骤逐渐掌握了，这节"抗击疫情 你我同行"的班会课顺利进行，并受到一致的好评。身边的同事还说我是第一个敢吃"螃蟹"的人。在"空中课堂"，教师们把一段段晦涩难懂的理论变成了动画、视频，原本生硬的防护知识，也被讲得风趣幽默，这些优秀的讲课方式也启发了我如何将课上好。京剧大师梅兰芳曾说过：不看别人的戏，就演不好自己的戏。因此，教师要有一颗好学心，并勇于尝试，多与身边的同事交流线上教学经验很重要。

三、构建和谐的师生关系

在线学习，绝大部分时间都是家长在辅导。学问学问，不懂就要问，老师随时在线等你来求教。多关注学生的家庭学习氛围，要给学生一种安全感。作为教师千万不能成为告状者，甚至要给学生愉悦的心情进行学习。美国心理学家罗克斯认为，"成功的教学依赖于一种真诚的理解和信任的师生关系"。师生关系融洽与否很大程度上决定了课堂气氛是否活跃和学生的学习兴趣。尤其是对于互联网老师来说，一对一的教学拉近了师生的距离，老师有更便利的条件去了解学生的个性和兴趣，也可以给予学生更为具体的帮助。所以，在课程开始的时候，老师要付出一部分时间了解学生，这对日后的教学工作开展十分有利。比如，多放一些学生喜欢的音乐，或者问问学生平常喜欢看什么类型的书/电影/动漫？学生对哪科最有好感、为什么？学生最喜欢的偶像是谁？这些问题或许与教学内容无关，但是可以让老师从整体上了解学生，更好地安排上课的方式。同时，通过对生活的分享和交流，让学生建立了对老师的信任感，这也是非常重要的。

四、强化学生的学习需求感

每个人都一样！老师在家认真备课、上课；家长除了上班还要抽时间辅导孩子；作为学生的你同样要奋力学习。当一个人体验到、认识到自己的需求，并采取一定的行动来满足这些需求时，就会产生动机。为满足学习需求所产生的动机就是学习动机。在学习时，不仅要了解学习某一门学科，如语文、数学等的意义，还要了解学习每一部分内容的意义，了解这些学科、所学的每一部分内容的实际用途以及对陶冶情操、提高能力的意义。对这些意义的认识越深刻，学习的积极性就越高。需要强调的是：中学阶段是打基础的阶段，所学的每一门课程对打好基础都有积极的作用。都是将来走向社会、参加工作所不能离开的基本知识。因此，应以浓厚的兴趣学好它们，绝不能"偏科"。

在追问中学会数学语言表达

有人说过:"知识本身并不重要,通过数学教学,让学生追问数学上的为什么,养成科学的思维习惯才是最重要的。"课堂中用"追问"的方式指导学生继续思考作答。因为在教学中,有很多学生似懂非懂,甚至不懂,这时教师就应充分发挥引导者、组织者的作用,利用"追问"把那些似懂非懂的学生完全问明白,让那些不懂的学生听明白。

如在教学北师大版二年级数学"除法的认识"时,就可以进行精彩的"追问"。

师:把6支铅笔平均分给2人,每人几支?

生1:每人3支。

师:把8支铅笔平均分给2人,每人几支?

生2:每人4支。

你能用除法算式表示吗?

6÷2=3(支)

那在这个除法算式中每个数分别表示什么意思?

学生在回答这个问题的时候可能大致明白算式中的含义,但是回答不完整。紧接着教师再用教学讲解法,让学生认识6÷2=3算式中的名称。"6"是被除数,"÷"是除号,"2"是除数,"3"是商。连起来完整的表达就是被除数除以除数等于商。

此时,教师要进一步引导学生说出完整的数学语言。这个除法中的"6"表示有6支铅笔;"÷"表示平均分;"2"表示有2个人;"3"表示每个人分得3支铅笔。所以6÷2=3这个除法算式表示把6支铅笔平均分给2个人，每个人分得3支铅笔。

我们可以看到，学生在教师的引导下，完全把知识内化了，而且在整个过程中，学生的学习兴趣盎然。由于学生的生活经验和积累的词汇比较少，表达时没有把思维很好地条理化再叙述，需要教师一步一步引导和训练。同时，在教师不经意的追问下，学生建立了数感，理解了除法算式的意义，使每个学生都获得了成功的体验，这种评价才是积极、有效的。

数学术语就是指进行数学学习和数学研究的专门术语。虽然"差""积""商""和"等数学术语在学习中经常用到，但是往往学生会说错。这些不科学、不规范的语言，给学生带来了负面影响。如$8 \times 5=40$，常有学生说：40是得数，8和5是乘数。其实这样回答是不严谨的。

此时我们可以追问学生$8 \times 5=40$这个乘法算式表示什么意思？表示8个5相加或者5个8相加的和，乘数乘乘数等于积。乘法算式的结果叫作积。进而让学生明白乘数和积是相互依存的、相对而言的。在这道题里应该说成40是8和5的积，而不是统称得数。

概念的理解是表达的基础，要培养学生的语言表达能力，必须培养学生理解数学语言的能力。如理解和、差、积、商、质数、合数、循环小数等概念。对学生语言上的缺陷不能有半点疏忽。教师用规范简练的语言影响学生，培养学生明确数学术语、理解概念，用准确语言表述数学术语和数学概念。因此，教师的言论和行动，是一种不可估量的无形教材。

教育家陶行知先生说过："行是知之始，学非问不明。"课堂追问是一门教学艺术，有效的课堂追问可以激发学生的求知欲，打开学生想象的翅膀，促进学生思维的发展，从而提高教学质量。作为教育人，大家都有一个共同的心愿，那就是在实践新课程理念的道路上，能成为一个智慧的"追问者"。

激发学生在线学习兴趣的实践探索

线上教学已经进行了将近半个学期，孩子们已经逐渐适应了这种学习方式，当他们对于网络学习的兴奋和好奇劲儿逐渐退去，难免会出现厌倦和懈怠的情绪。如何保持住学生的学习兴趣，是教师们眼下必须攻克的问题。可以从以下几个方面进行尝试。

一、在线学习人人参与

多给学生制造参与感。每周或者每次活动制作一份美篇或者小视频，进行展示。让学生刷一刷自己的观点。授课教师博取关注多提问（给教师/同学送朵花、来一波666）、创造机会让学生表达。当老师开始提问时，学生会产生期待的情感。当学生回答问题时，会产生较强的情感，大脑转速加快，并希望自己的回答能受到认可。每天请一位小助教，指定题目（教师提前一天布置讲课内容，使学生有所准备）随机挑选学生，由他来讲，教师和其他学生一起来听。作业多样化，可以布置书面作业也可以布置动手操作的作业。如数学中的摆图形、剪图形，选择自己喜欢的题目进行讲解等方式让学生有更多展示的机会。

二、激发学生的学习兴趣

在学习中，我们信奉一条法则"兴趣是最好的老师"。无论天资如何，没有兴趣学习甚至厌恶学习的学生，最终肯定不会取得好成绩。所以一直以来，提高学生的学习兴趣都是教师教学的重点。尤其是在互联网一对一授课中，让学生对自己所教授的内容感兴趣是至关重要的。因疫情影响，孩子们目前只能在家上网课，师生之间始终隔着一道电脑屏幕，一年级的孩子年龄小，注意力和自控力都有待提高，我就在想：有没有既能督促孩子们认真学习，还能提高大家学习兴趣的方法呢？直播课结束之后，我时常会在群里发个小红包，全班孩子一起抢，随后我会公布当天抢到红包的孩子需要完成的任务，因为孩子们在抢到红包之前并不知道今天的任务会是什么，所以我们把这个红包叫作"盲包"。如果今天课上学习了计算，那么抽到盲包的同学就需要完成当天的作业之后，通过微信与我视频连线，我会用随机口算检测他们的学习掌握情况。这样，既达到了检测孩子们学习效果，与他们进行互动交流的目的，又能够满足这群"小可爱"的好奇心，充分调动起他们的学习积极性。

俗话说：祸兮福兮，祸福相依。疫情虽给我们带来灾难，但在抗击灾难中，我们每一个人都如同新生。一方面，我们要立足当下，满足家长和学生对于学科知识学习"吹糠见米"的期盼。另一方面，作为新时代的一线教师，树立终身学习的理念，紧跟时代的步伐。一张网、一部手机、一台电视，和孩子们在串联的"窗口"里，学习知识、汲取养分、拓宽视野。

低年级学生数学语言表达能力的策略研究

学习数学语言是学习数学的一个重要方面，学好了正确的数学语言才是真正地学好了数学。因此，在数学教学中，训练学生的语言表达能力是至关重要的。但数学语言表达能力不是一节课就能培养和训练出来的，它是一个长期的、系统的训练过程。

一、交流氛围是培养学生语言表达能力的基础

交流是数学课堂不可缺少的要素，有一个良好的交流氛围，学生就能在环境的熏陶下掌握知识，发展智力，进而促进学生的创新能力的培养；没有了交流，课堂就缺少了生机，孩子思维的发展也就停滞了。随着年级的升高，爱发言的孩子会越来越少。怕出错，顾面子，是阻碍学生交流的一个难以逾越的屏障。因此，为学生创设轻松愉快的学习环境，给学生搭建自由交流的平台，使孩子们乐学、渴学、会学，敢说、会说，是我一直在课堂上追求的目标。

兴趣是最好的教师，要让学生把自己"融入"课堂活动中，首先得引发学生的兴趣。在教学中，创设情境，让学生想"说"，敢"说"。教师应注意采用多种形式，吸引学生的注意，激起学生的兴趣。课堂活跃了，学生的思维得到了启发，学生自然就有说的欲望。要让学生想说、敢说。首先教师要放下架子，以朋友的心态对待学生；其次教师要改变观念，留足让学生发言的时间。此外教师提问时要尽量用"你知道这是为什么呢？""你来讲一讲好吗？""我们共同来探究好吗？"等协商、引导的

语气。使课堂氛围显得民主、和谐，让学生思想上变得轻松，愿意勇敢提出问题和发表意见。

二、字义理解是培养学生语言表达能力的关键所在

数学语言表达是数学语言的运用过程，虽然在小学阶段没有对于数学语言的要求，但是小学生在学习数学的过程中还是遇到各种形式的数学语言。要想理解数学、解决问题就必须对这些数学语言进行解读，所以在小学数学教学中也要加强数学语言的学习，让学生能够用数学语言表达。而小学阶段的学生生活经验和词汇储备并不多，特别是低年级的学生难以用抽象的语言表述，尤其是一些思路紊乱的学生更容易出错。这时，若要让学生达到抽象的数学语言阶段，则必须引导要让学生理解关键词的意思。

当学生在解决一个问题过程中遇到一段数学文字时，往往会受到题目信息量的干扰，因此，要引导学生忽略不必要的信息，并找到这一段文字中的关键词，对关键的数学信息进行分析和思考。例如：在一些数学实际问题中，经常会出现"一共""……多""比……少""……倍""最多，最少""至多、至少"这样的词组，那么在解题时，小学生就要抓住这样的关键词进行分析，理解这类词语的内涵并找到解题的方法。

由此可见，在具体语言阶段，结合具体的题目发展学生的数学语言表达能力是何等的重要。其实讲解具体的题目，不仅是将整个思考的过程展现，也是让学生在形象中提炼抽象，起到以点带面的作用，更是在不知不觉中培养学生的数学语言表达能力，从而让学生能够进一步进行语言的提炼及归纳总结。

三、课堂追问是培养学生语言表达能力的主要环节

数学语言是思维的表现形式，所以，学生思维是数学语言表达能力发展的必不可少的关注点。在课堂教学中，教师和学生、学生和学生之间通过课堂活动进行交流，教师与学生主要通过问答的形式，学生与学生之间主要通过合作讨论的形式，教师通过这些活动掌握学生的思维动态，并且引导学生的思维方向，所以，教师的提问就变得尤为重要，教师的提问艺术不仅引导学生思维，还可以促进学生数学语言表达。

"教师提问，学生回答"，这似乎是课堂教学互动的主要方式，但在新课程的理念下，这种方式发生了转变，教师逐渐将课堂还给学生，更多的是学生与学生之间的互动以及学生向教师发起的互动。对于小学生数学语言表达能力的培养更需要这一转变，将课堂的话语权交给学生，让教师提问变为学生提问，学生向学生提问，学生向教师提问；在质疑处提问，在探究处提问，这也是教师课堂提问艺术的重要方面，既能激起学生的言语欲望，又能帮助学生更好地把握问题本质以及分析、概括能力。

数学课堂要鼓励小学生多交流，多表达自己的想法，通过"你有一个想法""我有一个想法"从而促使小学生迸发更多的数学思考。有时候，往往教师自己的想法还没有小学生更有创意。在这交流表达的过程中，也能使小学生对数学语言的理解更为深刻。如果在课堂上教师能经常引导小学生结合生活实际说一说，让小学生用自然语言复述概念的定义和解释概念所揭示的本质属性，那么小学生对概念的理解就深刻，在解决数学问题时，也不会存在"不会表达"或是"表达不清"的问题。

四、小组合作是培养学生语言表达能力的重要环节

小组讨论、合作交流是锻炼学生数学语言表达能力的一种有效的学习方式。它既能外显学生的解题思路，又可以让每一个学生都有数学语言

锻炼的机会，更能通过交流讨论相互促进，最终实现资源共享，同时还能通过合作学习，使不同层次学生的语言能力得到锻炼和提高。

"两位数加两位数"是一个比较枯燥的内容，如果单凭老师的讲授，学生可能不理解算法，所以我并不急着要让学生说算法，而是根据不同学生的基础，先让其独立思考。会的学生可以直接在练习纸上写出自己是怎样算的，而有困难的学生则在数值板上用小圆片摆出来，再圈一圈，根据所圈的写出过程，不同的圈法就有不同的算法；也可以在数射线上跳一跳，画一画，再根据数射线写一写；写好后，再四人一小组交流各自的算法，并说说自己是怎样想的。在汇报交流时，学生说出了七八种不同的算法：

（1）38+25=50+13=63

（2）38+25=40+23=63

（3）38+25=33+30=63

（4）38+25=58+5=63

（5）38+25=8+55=63

（6）38+25=40+25-2=65-2=63

（7）38+25=38+30-5=68-5=63

学生能把算法说得很到位，而且数学语言的表达有条理，有逻辑，也把原本一节枯燥乏味的课变成一派学习气氛活跃、思维多样的"繁荣景象"。

可见，数学离不开语言，因为"数学语言是思维的体操"，它在提高人的思维能力方面有着独特的作用。在课堂上让学生采取多种方式表达数学思维的过程和结果，激励他们各抒己见，相互补充、相互纠正，促使全体学生积极向上，思维活跃，让学生的数学语言表达能力得到进一步的提高。

五、教师语言是培养学生语言表达能力的必要保障

叶圣陶说，"凡是当教师的人绝无例外地要学好语言，才能做好教育工作和教学工作"，无须赘言，就可以看出教学语言在课堂教学中的重要性和难以估量的作用。数学语言不是简单的书面语言，也不同于生活语言，它的特点是准确、简洁和严谨，具有较强的逻辑性。而小学阶段学生的语言表达往往不够严谨，缺乏逻辑性、完整性，语言的组织能力相对比较弱，这样就阻碍了对数学知识的正确表达，数学思维得不到正常反映。

教师评价是教师对于学生所进行行为的反馈，这对于学生来说十分重要，是学生今后行为的方向标，所以，教师的评价需要以学生为本，秉着一切为学生的宗旨。教师的评价需要具体化，切忌盲目和笼统。例如，有的教师不管学生说什么，说的怎么样都是表扬，都说很棒，但其他学生却不知道哪里好，哪里值得他们学习，这就使得示范内容很不明确，这位学生存在的问题下位学生还是会存在。

还有，在数学课堂上，教师的板书也要规范，从而给小学生正确的示范，通过言传身教，让小学生从初步的模仿起步，正确学习数学语言的操作。当笔者让该班小学生回顾一年级所学习的用竖式计算100以内的加法和减法时，也反映出来很多书写问题，对数学符号语言的运用很粗糙，并不能体现数学语言的简洁性和抽象性。特别是在计算进位加和退位减的时候，竖式更是混乱。

因此，教师在课堂里的角色是不容低估的，是学生由生活语言向数学语言过渡的导师。在课堂教学中，根据不同课堂教学内容的目标和重难点，需要研究的就是小学数学教师的课堂教学语言，小学数学教师的课堂教学语言之所以重要，是因为对于小学生来说，教师就是他们模仿和学习的榜样，是他们心目中无所不知的崇拜对象。教师在课堂上的一言一行，一字一句，都对小学生学习数学具有潜移默化的作用。因此，作为教师，要时刻注重自己的教学语言，时刻为学生作示范，作表率，体现为人师表的精神。

生活化的数学课

《数学课程标准》指出："要创设出与学生生活环境、知识背景密切相关的，又使学生感兴趣的学习情境，让学生在观察、实验、猜测、计算、推理、验证等活动中逐步体会数学知识的产生、形成与发展的过程，获得积极的情感体验，感受数学的力量，同时掌握必要的基础知识与技能。"现如今，越来越多的教师尝试在小学数学教育中融入生活化教育模式，这种教学模式易于被小学生接受和掌握，取得的教学效果也十分明显。但是，目前我们用的教材内容设定和学生的实际生活联系还不够紧密，教师在讲授时如不能及时将教材内容与实际生活经验进行关联，在很大程度上会影响学生的学习效果。

例如，在讲授"认识人民币"一课中的"元角分"时，如果单纯地讲解单位换算，往往会使学生难以理解。因为在现实生活中"角"和"分"的钱币运用的概率慢慢地减少。因此，在讲授这个新知识时，小学生既熟悉又陌生，可以问学生：你们到超市买过东西吗？你带了多少钱？买了什么物品？是怎样付钱的？

然后投影仪出示人们买东西的生活情境，从中留下悬念：如果买35元5角的计数器，可以怎么付钱？学生一一回答了上面的问题后，再次组织学生在班上开展"小小商店"购物活动，让学生拿着钱购买需要的商品，并且算一算付出多少，应找回多少钱，在实际购物中巩固了人民币的简单计算，让学生自己去体验购物，解决问题，体会付钱、找钱，与小伙伴们合作、交流、讨论，发挥自己的积极主动性，使学生从生活中找到了数学问题，体验解决问题的愉悦。因为这些问题都与生活实际紧密相关，教师可以在问题设定后要求学生在课堂互相交流、学习。最后由老师给出正确结论，这样不但可以促使学生提高学习兴趣和积极性，也更加便于学生理解元角分的概念及其单位换算。

对于生活情境的设置，要符合学生日常生活的一些实际情况，这样才能够符合学生们真正的需求。因为知识运用到现实生活当中，一定要让学生有一个比较全面的了解，然后再设置一些教学情境，情境应该被孩子们所熟知，并且是在生活中常常能够见到的。

另外，运用生活化游戏教学。学生喜欢做游戏，游戏符合他们爱玩好动的天性，能有效地调动学生动手、动口、动脑，为多种感官参与学习活动创设最佳情境，能吸引全班学生积极主动、愉悦地投入学习中去，使教学收到意想不到的良好效果。

如在教学了"20以内的加法"后，让学生从家里拿来1~10的扑克牌玩，在课堂中玩加减游戏和比大小的游戏。又如，在学生认识了10以内的数后，设计一个摆数字的游戏，让学生用火柴棒摆数字，说说每个数字用了几根火柴。然后告诉学生只要移一移，添一根或去一根，这些数字之间能够相互变化，让学生通过合作游戏，自己去发现，然后汇报成果。学生在游戏中表现得非常主动，通过不断尝试，发现了其中的奥妙。把数学知识"蕴藏"在生活常见的游戏中，无疑是让学生乐学、爱学的最佳途径。

随着数学学科自身的发展，人们已经普遍认识到，数学是一种工具，数学是一种语言，数学是一种文化。因此，我们在实施小学数学生活化教学的时候，要特别注意根据教材内容对相应的知识点进行生活化、趣味化的转变，在组织教学过程中注意采用生活化的教学模式。让学生在学习数学的同时，也练就一双发现问题的慧眼，不再是死读书，做呆板练习的书呆子，而是成为新一代有知识、有创造思维的人。

让数学课堂更有"形"

我在对教材进行仔细的分析后，为"认识平行四边形和梯形"教学设计了如下的教学思路：通过复习四边形，开门见山，为学习新知识做准备。

出示平行四边形后，先让学生猜想平行四边形会有哪些特征。有的学生说"平行四边形的对边平行、对边相等"；有的说"平行四边形的对角相等"。猜想后，进行小组合作研究，进一步了解和证明刚才的猜想是否正确。让学生在探究中亲历知识的形成过程，用手中的尺子和量角器分别证明：平行四边形的对边平行且相等、对角相等。在证明平行四边形的对角相等时，学生的思维比较活跃，他们不仅想到量角器，还想到先上下对折再左右对折，将两个对角重合在一起的方法；还有的学生想到将其中的一个锐角撕下来和另一个锐角重合，把一个钝角撕下来和另一个钝角重合，这样也可以证明平行四边形的对角相等。这样探究的过程，远比让学生直接记忆背诵接受而来的知识要更加具有深远的意义和影响，俗话说"纸上得来终觉浅"，只有在体验中让学生自身感悟的知识才理解深刻、印象久远。

当学生理解并抽象概括出平行四边形和梯形的概念及特征后，我和学生利用平行四边形的框架，通过玩平行四边形框架，让学生认识到平行四边形易变的特性，并了解生活中平行四边形的应用。看学生玩得非常带劲，我就追问他们："在平行四边形的变形中，什么没有变？什么变了？"学生不仅在玩，也开始静静思考。经过他们来回地拉动变形，最后发现"四条边的长短没有变，而里面的面积变了"。这时有个聪明的男生说："我发现，平行四边形越往两边拉，它变得越来越矮，面积就越来越小。"我接着说："对，在底边不变的情况下，平行四边形越来越矮，就是它的高越来越短，所以面积就越来越小。"那么，什么是平行四边形的高？平行四边形有几种高？下面我们就一起来认识平行四边形的高。这里学生的认识和理解趋于深化，初步感知到平行四边形在变形中周长没变，面积却发生了变化。这使学生思维的层次加深，发挥了学生的潜在能力。同时逐步培养学生的进取精神，提高智能素质。

陶行知提倡"行是知之始，知是行之成"，我们的每一堂数学课都要让学生动口、动手、动脑，亲身参与课堂和实践，使学生真正成为课堂的主人。数学教师教给学生的不仅是数学知识，更重要的是培养学生在学习时思考的习惯，关键是要教会学生如何去学习，即"授人以鱼，不如授之以渔"。当学生真正掌握了学习数学的方法，又能从中发现学习数学的乐趣时，学生会以极大的热情去学习，这要胜过老师泛泛地去强调学数学的重要性。

提高小学生数学计算能力策略研究

计算是数学知识中的重要内容之一，数学计算能力是一项基本的数学能力，计算的准确率和计算速度这两方面的能力，是学习数学和其他学科的重要基础。计算能力是开启小学数学大门的钥匙，是小学数学的灵魂和根本。在遵循儿童的认知规律前提下，科学合理地安排教学环节，恰当地运用激发学生思维的教学手段，注意及时启发和引导，促使学生的计算能力逐步得到培养和发展。那么，如何更好更快地提高学生的计算能力，提高计算教学效率呢？

一、培养兴趣是重点

子曰："知之者不如好之者，好之者不如乐之者。"小学生正处在以形象思维为主的阶段，他们活泼好动，易于接受生动活泼、感染力强、富有情趣的事物。所以，任何教育只有真正激发了学生的学习兴趣，才能够取得最大的效益，让兴趣成为学生最好的老师。要让课堂活跃起来，提高学生的综合能力，首先就要激发学生学习的兴趣。要培养学生的计算能力，教师首先要激发学生的计算兴趣，使学生乐于计算。

我以介绍中外数学家的典型事例、在计算题的教学中创设学生感兴趣的情境、开展计算比赛活动等形式来激发学生计算的兴趣，收到了比较好的效果。同时，改善评价的方法，像分小组竞赛、个人加分、评选"小小计算能手"，也确实调动了学生的积极性，使他们在整个数学学习过程中产生了不同的感受。

用故事激发兴趣。例如：在教学简便运算前，首先给学生讲解数学家高斯创造性地解答"1+2+3+……+99+100"这100个自然数之和的故事，为学生创设良好的学习情境，激发其学习数学的兴趣，学生不自觉地产生了和数学家比一比的念头。中外数学家的典型事例，以学生喜闻乐见的小故事娓娓道来，既增添了课堂气氛，吸引学生注意力，也激发了学生对数学学习的爱好和兴趣。

学生做一张卷子，可能用三十分钟甚至更长时间思考一道难题，而做五张卷子的学生遇到稍难题可能放弃了。切记不可题海战术，很容易导致学生学数学兴趣降低甚至厌学，更可怕的是剥夺了学生宝贵的独立思维时间，而数学能力恰恰是在独立思考中形成的，所以题海战术的结果就是高分低能。

二、讲清算理是关键

在计算过程中，理解算理是计算的前提，而算法优化则是计算的关键。学生计算错误的原因常常是算理在学习的过程中没有理解到位。心理学家认为：思维是从动作开始的。要使学生掌握数学知识，促进思维发展，就需要在形象思维和抽象思维之间构架一座桥梁，充分发挥学具操作的作用。在计算教学中，根据知识体系之间的联系可以在迁移中帮助学生理解算理。在计算教学时最忌讳重结果轻思维、重法则轻算理的做法，要让学生弄清算理，不但知其然还知其所以然。要使学生掌握数学知识，促进思维发展，就需要在形象思维和数学抽象之间架一座桥梁，充分发挥学具操作的作用。课程标准强调，"笔算教学应把重点放在算理的理解上""根据算理，掌握法则，再根据法则指导计算"，学生掌握计算法则关键在于理解。既要学生懂得怎样算，更要学生懂得为什么要这样算。

例如：在进行9加几教学时，就可以让学生拿出小棒一起来学习，在学生自主动手操作中优化得出凑十法，为后面继续学习进位加、退位减打下基础。还可以利用学生已有的知识经验去理解新知识，构建教学知识结构的主要方式，教学中恰当地运用旧知识，通过类比同化新知，实现知识的正迁移，有利于学生对新知的理解和对新的认识结构的认同。比如，想加算减、口诀求商等都是学生通过知识间的联系来进行继续学习的。再如，进位加和退位减的方法要讲清楚，让学生理解透彻，他们才能正确熟练地运用方法计算。

例如：在两位数乘整十数探索"24×10"的口算方法时，有的学生联系情境图，先算9箱有多少瓶：24×9=216，再加1箱的24瓶：216+24=240；先算5箱有多少瓶：24×5=120再算10箱有多少瓶：120×2=240；把每箱中的24瓶分成20瓶和4瓶，先算10个20瓶是200瓶，再算4个10瓶是40瓶，再用200+40=240；还有利用24×1=24迁移出24×10=240。在发散的基础上引导学生着重理解最后一种算法"24乘1个十得24个十就是240"，在比较中引领学生进行算法的优化，在练习中重点运用这种算法，从而让学生掌握这种基本的算法。

在计算中不仅要着眼于学生"会算"，还应重视学生对计算方法的"再创造"。弗赖登塔尔认为：学习数学唯一正确的方法是让学生实行"再创造"，也就是由学生本人把要学的知识发现或创造出来。特别是在高年级的计算中，学生对计算方法的"再创造"显得尤为重要。

三、思维训练是核心

"数学是思维的体操。"要教学生学会，并促进会学，就"要重视学生获取知识的思维过程"。计算教学同样要以培养学生思维能力为核心，重视并加强思维训练。过去计算教学以"算"为主，学生很少有"说"的机会。我们不仅要提供给学生"说"的机会，更要加强说的指导。因此，必须给学提供思路，教给思维方法。如在教学混合运算74+100÷5×3时，可引导学生复习混合运算顺序，然后叫学生结合例题思考，并用符号勾画出运算顺序，让学生说出：这道题里有几种运算方法，先算什么，再算什么。使学生沿着思维导图，按顺序、有条理地思考和回答问题。可引导学生这样说：这道题有加法、除法和乘法，先算100除以5的商，再乘3的积，最后求74与积的和。这学期在小数四则混合运算教学中，我也尽量多给学生这样说的机会。从而培养学生思维的条理性，促进思维能力的发展。

例如：在教学乘法29.6×3.8时，学生常常会因为实际计算或小数点位置的移动导致计算的失误。这时，我巧妙地去引导学生进行估算：（1）29.6≈30，3.8≈4，所以29.6×3.8≈120，且小于120。（2）乘数末尾6×8=48，所以乘得的末尾也应该是8。这样，学生计算时若发现最后的结果大于120或与120相去甚远（如1124.8）则说明计算结果必定有误了。从而培养学生的直觉思维能力。为了计算简便，解题中要训练学生合理运用运算定律，灵活解题，在四则运算中，如果能熟记一些常用数据，就能很好地掌握一些计算技巧，有助于学生能正确、迅速地计算。

例如：积是整百整千的：25×4=100，125×8=1000等；常用的分数、小数、百分数的互化：1/2=0.5=50%，1/4=0.25=25%，3/8=0.375=37.5%等；含的代数式的值：2=6.28，16=50.24，24=75.36等。如计算3.4×0.125+4.6×0.125，学生一眼就能看出运用乘法分配律可以得出（3.4+4.6）×0.125。在教学时，教师不应就此满足，可进一步深化，充分挖掘学生的潜能，如依次出示：1.25×0.34+4.6×0.125，3.4÷8+4.6×0.125这样，学生也就不会一遇到稍有变化的题目就不会解，同时学生的思维也得到了训练。教学中要减少学生计算的错误，提高计算的正确率，应根据学生的实际情况，因材施教、因人施教，采取相应的对策，才能提高学生计算的能力。

例如：在教学75+168+25这类型的题目时，我就会对学生说："请大家观察一下这道题中的哪两个加数是能凑成整百的好朋友？"请大家找出来。这时，大家听到找朋友，就会很感兴趣地用凑成整百数的这个特征来

155

找出这对好朋友来。这样在轻松愉快的氛围中就能完成简便计算。还有就是在简便计算教学中，教学背景要力求生活化，使学生感到这些问题是自己平常所接触到的一个生活场景。学生的解决方案是不是最佳方案，是不是最简便的方案，带着这个疑问，学生的兴趣就被激发了，促使学生全身心地投入学习中。如教学运用乘法分配律进行简便计算时，可以出现这样的生活背景：学校购买校服，每件上衣56元，每条裤子44元。我们班33人，一共需要多少元？面对这样的一个问题，有的学生可能会先算出一套校服的价钱，然后再乘33，算式是（56+44）×33，也有的学生可能会分别算出上衣和裤子各需要的钱，再合起来算出一共需要的钱？算式是56×33+44×33。显然，这种简便计算源自学生独立判断后的一种自我选择，是学生在解题过程中经过观察、分析、比较后自行悟出的，产生于他们自己的解题需要。如果每一个运算规律，都是学生通过探索研究得出来的，学生的头脑中就会留下深深的烙印，也不需要老师过多地强调什么样的题目要简便计算。因为学生只有在强烈的求知欲望驱动下学习、研究的问题，才是他们自己真正想要的。也只有这样才能把学到的东西内化为自己的东西。在教学中，还要注意创设趣味情境，让学生感受到简便计算的魅力和乐趣，使学生乐学。如在教学中，我设计过"和计算器比速度"的一个环节。让学生用计算器计算125×32×25，教师则用简便方法计算直接喊出结果，然后揭示结果：（125×8）×（4×25）=100000。让学生体验到了神奇和快乐，从而转化为学习的动力。

四、计算习惯是根本

良好的学习习惯是保证计算正确的重要条件。良好的作业习惯包括认真的书写习惯，审题习惯，检查习惯，检验习惯。由于学生的这些习惯没有完全养成，所以容易造成错误。比如在进行四则混合运算的时候，就应该要注意让学生做到：

1. 看清数字和运算符号。

2. 根据运算符号确定运算顺序，看能不能进行简算，等等。

3. 运用所学的知识进行正确的计算。

4. 还应该要学会认真地检查。

学生计算上出现问题有相当一部分并不是出于对计算方法、算理等方面知识的不掌握，而是出现将式子中的数字看丢、计算符号看错，错误判断运算顺序等。例如：99+1÷99+1 学生容易将 99+1 放在一起进行运算。结果与（99+1）÷（99+1）相混淆。基于以上诸多方面造成学生计算存在问题的原因，教师必须能够分析病因，从而培养学生良好的计算品质，教给学生简算、巧算的方法，使学生能够细心准确地进行计算，善于发现数字的规律。计算时要严格规范计算过程，解题时，要求学生做到计算格式规范，书写工整，作业和卷面洁净，即使是草稿，也要书写工整，字迹清晰，计算时要让学生养成自我验算的习惯。长时间的训练之后，学生就能养成一种较好的学习习惯，对提高计算正确率有了很好的保证。

特别是低年级学生，由于年龄特征，刚刚学习的知识比较容易遗忘。例如，退位减，前一位退了1，可计算时忘了刚才的退位。同样，做进位加时又忘了进位。特别是连续进位的加法，连续退位的减法，忘加或漏写的错误较多，这些都与儿童记忆不完整有关。因此，教师要及时了解学生计算中存在的问题，深入分析其计算错误的原因，有针对性地进行教学。

为了更好地了解学生学习的情况，可借鉴语文教师批改作文的方法——写评语。在学生出错处加上评语导出错因，让学生知道错的原因，是由于自己马虎大意，还是哪方面的知识掌握得不够好，在知错的基础上把错题重做一遍，对正确的知识再次加深认识巩固。教师要因人、因题，重点分析错题原因，大部分学生都做错了的题，教师就要集中进行讲解，分析错误的原因；对基础较差、常做错题的学生，教师要多花时间在课后进行辅导。学生对自己作业中出现的错误要进行自我反思，每个学生准备一个本子，把每天作业中出现的错误记在本子上，并写出错误和改正方法。另外，要有针对性地把学生经常错的题目类似的题目作为学生的课堂作业，再次反馈了解学生改错后的作业效果。

学生的计算能力具有综合性，与观察能力、记忆能力、思维能力等相互渗透、相互支持。教师在教学中要精心培养，正确引导，使学生的思维活动充分展开，从而让学生的计算能力不断得到提高。提高学生的计算能力是一项细致的长期的工作，除了要做好以上几个方面的工作外，教师还应该做好对学生的个别辅导，对学生计算中出现的问题，要及时加以解决并认真分析错误原因，找出规律。只有这样，才能更好地提高学生的计算能力。

总之，新理念下的计算教学要注意尊重学生的学习起点，用活教材；要多向互动、动态生成，经历计算方法的形成过程；要在现实情境中"算用"结合，感受学习计算的价值所在，激活学生的学习主动性。提高学生的计算能力是一项长期的、经常性的工作，教师自身必须对计算法则、运算定律运用自如，在指导学生的时候才能够得心应手。

数学小医生

　　心理学研究表明：熟悉的、贴近学生生活的学习内容最容易被学生接受，类似的学习对象容易被学生感知，并能促进知识的迁移。生活中到处有数学，到处存在着数学思想。学数学就是为了能在实际生活中应用，数学是人们用来解决实际问题的，其实数学问题就产生在生活中。生活中有数学，存在着数学思想，把生活和数学有效地联系起来，关键在于教师是否善于结合课堂教学资料，去捕捉"生活现象"，采撷生活数学实例，为课堂教学服务。让学生观察生活中的数学，既可积累数学知识，又是培养学生学习数学兴趣的最佳途径。学生善于研究生活中的数学，本身就是最好的学习方法。他们在研究中不断思考，不断尝试，并不断地体验成功。

　　在教学"两位数与两位数的混合计算"时，我安排学生完成两道看似平常的改错题，100-58+32=84 和 38+18-12=8。班上的学生十分活泼外向，当时课堂气氛十分活跃，于是我顺势将话锋一转："这天，有几个数学病人怀疑自己生病了，来到我们班求医，看看哪位数学医生的医术高，为他们解决病痛。"

　　话音一落，课堂气氛一下子进入了新的高潮，学生们纷纷埋头认真分析，并很快地一一举手，嘴里喊着："老师，我明白该怎样给他们治病了，让我来吧！"有的坐在前排的学生甚至都离开座位，把手举到我的面前来了，一副唯恐我不让他们"治病"似的。于是，我叫了其中一名学生，名叫小丹："小丹医生，请你上来为第一个病人看看。"

　　小丹同学一听到我这么称呼她，刚开始一愣，之后立刻领悟了我这么称呼她的用意，十分高兴地上台，开始分析"病情"："这个病人的病因出在忘记在那里进位了。"一边说，一边还拿着红色粉笔指着竖式100-58+32中的100上打上两个点，100-58=52改为42说："这道题需要连续借位，在100的十位和百位上直接标上2个点，因此100-58=42，接下来42+32=74这样就治好了。"这时，还没等我讲话，下面的学生已经纷纷说道："对了，对了，和我的看法一样。"既然学生们都已经发表了看法，并且这个"病人"的确治好了病，我就趁势表扬："看来我们班有许多和小丹医生一样医术高明的医生，谢谢张医生。"小丹同学十分高兴地回到座位，其他同学这时居然也一个个都称呼她为"张医生"，弄得小丹同学一副"英雄凯旋归来"的模样，气氛既热烈又搞笑。

到了第二题38+18-12=8时，由于刚才那道题营造的氛围还笼罩着学生们，学生们举手更用心了。这一次我叫了一名平时学习成绩不太理想的学生："此刻有请小凯医生上来为第二个病人瞧瞧。"小凯同学显然很意外我会请他上来，但立刻就配合我，十分开心地上台"看病"了。他十分认真地再看了看题目，肯定地告诉我："这道题的计算顺序错了，应该先算加法再算减法。"于是，我故作惊讶地问台下学生："小凯医生诊断得对吗？"台下的小方同学立刻站起来说道："他诊断得没错。"其他学生也纷纷点头称是。我高兴地说道："有了小方医生以及这么多的医生一块诊断，确定这个病人主要原因是计算顺序出错，并且出了药方。老师就放心了！"

最后做总结时，我对学生说道："其实我们在应用新知识解决问题时难免会出错，关键在于我们是不是一名合格的数学医生，及时地找出病因，然后对症下药，避免小病变成大病，也避免下次再生同样的病。当然，是否能及时地发现问题，与我们的检查习惯有关。对于那些没有做错的题目，我们就当作给它免费体检一次吧！同学们，希望大家不仅仅能做好别人的数学医生，更能做好自己的医生，好吗？"学生们异口同声地回答："好！"声音响亮，但其中那种坚定而又自信的语气更令我感动。

其实，我只是将该错的题目设计"数学医院"的纠错情境，没想到孩子们表现出如此高的用心性，如此跳跃的思维潜力，让我深深为之惊讶和感动。是的，在数学学习中，很多练习枯燥乏味，形式单一，学生们常常有淹没在题海里的感觉，十分被动。即使做对了，也没有太大的成功喜悦感。这时就要求我们教师多注意练习设计的形式，只要形式多样了，搞笑了，贴近学生生活了，学生自然就愿意做练习，并能从中体会学习的快乐，学习兴趣也将大大地提高。

生活是数学的大课堂，回归生活学数学既让数学自身的魅力得到了充分的展现，又让我们积极主动地学到了富有真情实感的、能动的、有活力的知识。但需要注意的是，回归生活学数学绝非回到生活中放任自流地学数学，而应充分发挥课堂的"主阵地"的作用，并重在数学与生活的有机结合。唯有这样，才能将数学的有关精神落到实处，更好地通过数学的学习来促进自身的发展。从而使自身更加热爱生活，热爱数学。

在具体的情景中解决数学问题

　　数学知识来源于现实生活，是对生活的概括和提升，但是数学教材中呈现的数学知识，一般都是以结论的形式出现的静态的数学知识，缺少完整的知识发生、发展和变化的动态的思维过程。这就给学生理解和掌握数学知识造成了一定的困难，因此，在数学教学中需要创设一个与学生所要学习的知识联系紧密的生活情境来辅助教学，特别是在一年级的数学教学中，要根据学生的年龄特征，帮助他们在课堂中以"生活化"呈现教学内容，创设贴近生活的情境。

　　课堂上，让学生在操作中动用多种感官，通过积极思维，获取知识。这样既有利于学生对知识的理解和掌握，也有利于发展学生的思维。每让学生进行一种操作时，必须首先要求学生看清题意，再想一想，根据题目要求，你在操作时先做什么，再做什么，该如何做。养成先认真思考，再动笔做题的好习惯。例如，在教学"一个数比另一个数多几的数的应用题"时，先让学生摆一摆，第一行摆5个☆，第二行要求摆的□比☆多3个，在摆的时候，要想一想先摆几个□，再摆几个□，一共摆几个□，让学生把自己摆出的结果，到讲台上展示给大家看。教师再在黑板上摆出以下图形：

　　☆ ☆ ☆ ☆ ☆
　　□ □ □ □ □ □ □ □

　　通过观察、动手操作等多种形式，使学生由具体到抽象，逐步理解数量关系，图和数的配合，可以一眼看出摆出来的8个□，是由与☆同样多的5个□和比☆多3个□合起来的。在学生完成操作之后，要给学生一个反思的时间,让他们对照自己所摆的结果想一想,我是先摆什么,再摆什么,得出什么样的结果这样由"物化"的过程转化为"内化",儿童的思维由感知表象到抽象,让实际操作的全过程在学生头脑中有一个比较深刻的印象。在摆一摆和想一想的基础上,再让学生用自己的语言说一说摆的过程。

一年级的学生年龄小,语言表达能力差,所以在学生讲述时,一般先让学生照自己所摆的学具,或是与同桌讲讲"悄悄话",做到人人都有机会讲,从而得到锻炼。然后,再让基础较好的学生带动学习有困难的学生讲,既突出个别,又顾及全班,从而使学生心明口明,思路顺畅。

通过摆一摆、想一想、讲一讲,再引导学生观察亲自动手做一做,使学生更进一步理解数量关系。创设一个让学生进行自我演示的教学情境,可以有效激发学生探究的欲望。这样教学,不仅有利于学生从具体的形象思维逐步地向抽象的逻辑思维过渡,而且也有利于学生对知识的理解和掌握,进而激发学生积极主动地动脑、动手、动口。

情境创设的目的在于:"营造一个宽松和谐,有利于学生施展才华,发展个性的学习场所。"在教学中巧妙地创设情境是激发学生的求知欲,启迪学生的思维,活跃课堂气氛的重要手段;是为学生服务,应该让学生用数学的眼光关注情境,应该为数学知识和技能的学习提供支撑,应该为数学思维的发展提供土壤。今后,我将在教学实践中不断尝试创设情境,以达到更好的教学效果。

在生活中学数学

任何知识均来源于生活，数学知识也不例外。因此，小学数学的教学过程中要注重学生解决实际问题能力的培养。小学数学与生活相结合，能有效激发学生兴趣，培养学生的综合能力，进而提高小学数学的教学质量。

数学家华罗庚曾说过："宇宙之大，粒子之微，火箭之速，化工之巧，地球之变，生物之谜，日用之繁，无处不用数学。"这是对数学与生活的精彩描述。生活中处处有数学，数学蕴藏在生活中的每个角落。如何给学生一双"慧眼"去观察、读懂这个世界的数学显得尤为重要。因此，我们在教学中可以利用课前、课后布置学生去观察体验自己身边的数学。让学生从生活中找找数学的素材，感受生活中处处有数学。学习数学如身临其境，这样就会产生亲切感，有利于形成似曾相识的接纳心理。

由于低年级小朋友刚接触数学，我们的教师就更要注意让学生体会数学与生活的联系，把枯燥的数学变得生动、有趣、贴近生活，从小培养他们学习数学的兴趣。例如第一册教材第一单元"生活中的数"，在"可爱的校园"情境图中，除了让学生数一数图中的实物外，教师还应把学生带出教室，数一数生活中 10 以内的数，使小朋友初步体会数学就在我们身边，对数学产生亲切感。

在教学长度单位时，教师可以引导学生找找身边的数学信息。适时带领学生思考一个小朋友双手伸开长度大约是 1 米，10 米大约需要几个小朋友双手伸开？在班级中，身高比你高的有哪些同学？比你矮的有哪些同学？和你差不多的有哪些同学？同时，低年级的小朋友可以通过写数学日记的方法让他们体会数学与生活的密切关系，也给他们提供了一个让学生用数学语言或自己的语言表达思想方法和情感的机会。星期天和妈妈上街买了哪些东西，共用了多少钱？你从家到学校大约有多远？大约要多长时间等，也许，交上来的日记还都比较幼稚，语句不太通顺，但他们确实把教材中缺少生活气息的题材改编成了学生感兴趣的、活生生的题目，使学生积极主动地投入学习生活中，让学生发现数学就在自己身边，从而提高学生用数学来解决问题的能力。

生活中所包含的数学实在是太丰富了，生活是数学的归宿，也就是说数学必须服务于生活。类似这样的问题数不胜数，这些知识就从生活中产生，最后被人们归纳成数学知识，解决了更多的实际问题。教学实践证明：数学即生活，只有数学教学能紧密联系学生的生活实际，使学生感受到我们生活的世界是一个充满数学的世界，学生才能够在一种互动与发展的氛围中想学、乐学、学会、会学，才会更加热爱数学，真正做学习的主人。

精彩导入，营造趣味数学课堂

《新课程标准》指出："数学教学，要紧密联系学生的生活实际，从学生的生活经验和已有知识出发，创设生动有趣的情境，引导学生开展观察、操作、猜想、推理、交流等活动。新课导入应该关注学生的生活经验，选择学生身边的、感兴趣的事物，提出有关的数学问题，努力为学生创设一个'生活化'情境，让学生在生动具体的现实情景中开始数学的学习，体验和理解数学。"本文主要以北师大版小学数学二年级的案例谈谈在教学过程中导入的策略。

一、实物展示　兴趣盎然

直观感知导入法是指教师通过实物、教具或投影等演示，创造出有意义的语言情境，达到引起学生各种感官共同参与的目的，使学生高度集中注意力，进行有效的观察和思维，进而学习新的知识。实物导入是利用物体的外观形象，引发学生思考的一种方法。相对于其他导入方法，实物导入法有着取材方便、导入形象直观的优势。在小学数学教学中，这一方法是使用最多的一种方法。

例如在教学"观察物体"时，虽然可以利用多媒体模拟展示，但是趣味不够。于是，上课前，我精心准备了四个正方体，这些正方体的每个面分别张贴了一张同学的照片。上课时，我手拿着精美的正方体走进教室，学生眼睛盯着正方体，好奇心骤生：老师这是要做什么呀？此时，我顺势导入：这些漂亮的正方体隐藏着无穷的数学知识。请同学们坐在自己的位置看观察，摆在讲台上的正方体上面，你们能看到哪些同学的照片呢？此时，学生们的目光全部投向正方体。今天我们就来学习观察物体并板书课题。

每个人对照片都有好奇心，尤其是对自己的照片特别在意。利用贴有班级同学照片的正方体进行教学，学生不仅直观地感受到了站在不同位置观察物体所看到的面可能不一样，直接与我们的新知相联系，为孩子们接下来的观察活动奠定了基础，还能进一步加深同学之间的友谊。这将会为课堂的精彩奠定基础。

二、讲述故事　开启心智

故事的魅力是无穷的，爱听故事一直是小学生的重要特点。故事能在第一时间抓住小学生的注意力，它能把枯燥无味的数学知识变得生动有趣，引人入胜，更有利于活跃学生的思维，调动学生对学习的积极性。针对低段的学生，如能把数学知识融入故事中用于导入新课，一定会激发出学生的兴趣，促使学生积极探究、发现新知识。

例如在教学"方向与位置"时，我讲了西游记的故事：盘古开天辟地，其心脏化成一颗仙石并生出的美猴王拜到菩提门下，取名孙悟空，苦练成一身法术，却因大闹天宫闯下大祸，被如来佛祖压于五行山下。五百年后，唐玄藏到西方取经收服孙悟空、猪八戒、沙悟净做其徒弟。四人紧随唐三藏上路，途中屡遇妖魔鬼怪，展开一段艰辛的取西经之旅。唐玄奘经菩萨指点奉唐朝天子之命前往西天取经。途中路经五行山收得齐天大圣为徒取名孙悟空，继而在高老庄又遇到了因调戏嫦娥被逐出天界的猪八戒。师徒三人来到流沙河，收服水妖取法名悟净，至此唐僧带着三个徒弟历经千难万险，八十一难，最终来到灵山，玄奘在凌云渡放下了肉身，终于取回了真经，回到大唐长安，把大乘佛法广宣流布。而一路勇敢无畏的孙悟空也成为斗战胜佛，八戒、沙僧、白龙马分别成为净坛使者、金身罗汉、八部天龙马，功德圆满。故事讲到这里，我就设问：同学们，西天是什么地方？除了西方，在生活中你还知道哪些方向？从学生耳熟能详、喜闻乐见的故事引入，很好地调动了学习的兴趣，抓住了其中表示方向的词语，很自然地引入新知。

这样故事的导入，使抽象的学习内容变得生动有趣，让学生的思维从直观性思维逐渐过渡到抽象思维，符合学生的思维发展，为有效完成学习内容打下良好的基础。

三、开展游戏　玩中有悟

瑞士教育家皮亚杰说过："游戏是认识兴趣和情感兴趣之间的一个缓冲地带，我们应该重视游戏在学生学习中的作用。"在数学教学中，用游戏导入，会使学生的心情愉悦，使课堂教学活泼有趣，同时也让学生在游戏中不知不觉地进入新知识的学习，更容易领悟知识的奥秘、感知其中的乐趣。

例如在教学"认识角"时，与同学们一起玩拼图游戏。

1.让学生拿出4根小棒拼成一个图形。

师：请你拿出4根小棒拼成一个图形，知道"拼"是什么意思吗？

生：一根接一根地连在一起。

师：好，请你拼一拼，看你拼成了什么图形。

可能出现：用4根小棒拼成正方形、长方形……

2.让学生拿出3根小棒拼成一个图形。

师：请同学们用3根小棒，看能拼成什么图形。

交流展示学生拼成的图形：用3根小棒可以拼成三角形。

3.让学生拿出2根小棒拼成一个图形。

师：用2根小棒，你又能拼成什么图形？学生自由拼图，要给学生充足的时间拼摆。

师：谁愿意展示自己拼成的图形？

学生在投影或磁力板上摆角，展示 4 名至 5 名学生拼成的开口方向不同，大小不同的角：∠V ＞ ……

师：请同学们以小组为单位讨论，用 2 根小棒拼成的图形与正方形、三角形有什么不同？

讨论后学生汇报，学生可能回答：这样的图形是敞口的，有一个尖儿；正方形、长方形、三角形都是围起来的图形……

只要学生回答的意思正确，教师就应给予肯定。

师：（指着学生拼成的各种形状的角）像这样用 2 根小棒拼成的图形就是角。（板书课题：认识角）

一节普通的数学认识角，通过和学生进行拼图游戏。延伸引入认识角的学习。不仅激发起了学生的学习兴趣，也激活了学生的思维，使他们很快地从拼图游戏迁移到数学学习中。

四、吟诗歌唱　文理结合

中国是有着五千年历史的文明古国，诗词歌赋在我国流传甚广。在数学教学中，若能用诗词及歌曲导入，会让数学课堂"未成曲调先有情"，高雅大气，趣味倍增。

例如在教学"七的乘法口诀"时，我便利用李白的《赠汪伦》诗导入："同学们，谁能为大家朗诵《赠汪伦》这首诗呢？"

在举手的学生中选一个学生朗诵，然后读道：

　　李白乘舟将欲行，
　　忽闻岸上踏歌声。
　　桃花潭水深千尺，
　　不及汪伦送我情。

师：李白为谁写的诗？你能用什么简便的方法数出这首诗的字数？

生：每行诗都有7个字，有4行，那么就有4个7，我们可以用乘法口诀四七二十八。再加上这首诗的题目上的3个字。一共有31个字。

师：这位同学回答得很好。还有哪位同学可以再朗诵类似的诗句吗？

生：老师，我们的语文书上刚刚学习了《咏柳》：

碧玉妆成一树高，
万条垂下绿丝绦。
不知细叶谁裁出，
二月春风似剪刀。

每行诗都有7个字，有4行，有4个7，也可以用乘法口诀四七二十八。再加上这首诗的题目上的2个字。一共有30个字。

师：这位同学能做到学以致用非常棒……

老师的话还没有说完，紧接着有位同学把自己的小手高高地举起来。我点名让其回答。

生：老师，我还学过李白的《静夜思》：

床前明月光，
疑是地上霜。
举头望明月，
低头思故乡。

每行诗都有5个字，有4行，有4个5，就可以用乘法口诀四五二十。再加上这首诗的题目上的3个字。一共有23个字。

此时，掌声阵阵！

知识是无边际的，各个学科知识也是相互联系、相互渗透的。有的时候可以借助学生在其他学科所学知识导入新知。这节课的导入通过古诗的字数情况使数学课堂诗情画意起来，体现了数学之美。

五、联系生活　感悟体验

《新课程标准》指出："新课导入应该关注学生的生活经验，选择学生身边的、感兴趣的事物，提出有关的问题，努力为学生创设一个'生活化'情境，让学生在生动具体的现实情景中开始学习，体验和理解数学。"数学教学应与学生的生活经验密切联系起来，要把抽象的数学知识融入有趣、生动、易于理解的生活情境来学习，从而引起学生对学习新知识的强烈探究愿望，把学生愉快地带入数学的天地。

例如在教学"认识毫米和分米"这部分内容时，我首先分享淘气写给同学们的一封信。

二（4）班的小朋友，你们好！

我写了一篇数学日记，拿去给智慧老人看，没想到他看后笑个不停。我想让你们帮我看看，他在笑什么好吗？

今天早晨，我从2厘米长的床上爬起来，来到了卫生间，拿起60米长的毛巾急急忙忙地洗脸。洗完脸，吃完早饭，我就去上学了。我跑步赶到学校看到老师已经在教室里讲课了，我赶紧坐到4米高的凳子上，开始认真地听讲。

师：怎么了？你们在笑什么？指名让学生说日记的可笑之处。师：那你认为用什么单位合适？

当学生改到"4米高"的凳子的时候，可能会引发争议。

师：那我们改成4厘米可以吗？谁能比比4厘米有多长？

师：看样子，米和厘米用在这里都不合适怎么办呢？（如果有人说出

分米）

师：你还知道分米呢？你真棒！今天我们就一起来认识一些新的长度单位。

生活是一个大课堂，蕴含着丰富的课程资源，远离生活就意味着让学生失去课程的另一半世界。在这节课堂教学中，以学生喜爱的生活情境"淘气的生活"这样一篇可笑的日记导入，在激发学生学习兴趣的同时，尊重学生原有的知识结构，直接由学生提出有关分米的知识，还帮助学生复习了米和厘米这两个长度单位。从而有效地提高课堂教学的效果。

六、以旧引新　知识链接

所谓"以旧带新"的导课方式，就是教师从学生已学习过的知识或者题目入手来导入新课，这样能降低学生接受新知识的难度。在教学中，我们只要掌握好新旧知识间的连接点，注意营造一个轻松的课堂学习氛围，使学生感到新知识新又不太新，难又不是太难，从而使课堂有一个良好的教学效果。

例如在教学"数一数"这一课时，二年级的学生在一年级就已教学过百以内数的读法。千以内数的读法就是建立在百以内数的读法基础之上的。因此，在导入新课时，我先出示一组百以内的数，让学生读完后，说出百以内数的读法法则，这时教师问："刚才我们复习了百以内数的读法，那么比百大的数怎么读呢？今天，我们就来学习千以内数的读法和写法。"

这节课，利用学生已经学过的百以内的数字的读写方法，引入千以内的数字读法，进而唤起学生对数学知识的链接。"数学是一门逻辑严密、系统性强的学科。"就好像一条很长的铁链，前后的知识是连在一起的。因此，在教学新知识时，要先复习旧知识，由旧知识引出新知识，从而促进知识的迁移。

综上所述，案例导入是一个非常实用的数学教学方法，教师在课堂上运用案例导入可以帮助学生更好地学习数学。在实际的教育教学过程中，导入的方法远不止以上几种。一节课选用何种方法导入新课，要根据具体内容选用最恰当、最适宜的一种。同时我们也要注意，不管选用什么方法导入新课，都要把握课堂节奏。要想使学生的学习效率得到明显提高，教师还要因材施教，使用符合学生实际情况的教学方法来提高学生学习的效率。

心靠言传　言为心声

语言是思维的源泉，是心灵的信使。《新课程标准》指出："学生的学习应学会与他人合作，并能与他人交流思维过程和结果，能有条理、清晰地阐述自己的观点。"因此，教师需要重视学生的数学语言表达能力。

在教学过程中，我发现有些学生虽然会做题，却不能清楚地表达解题意图，而表达能力较强的学生，分析解题和应变能力也比较强。因此，在这里我跟大家分享一些提高学生语言表达能力的方法。

一、在阅读中感悟

数学同语文一样，也要认真阅读。同时必须勤思多想，做到手到、眼到、口到。每次遇到题目，先看看题目要"求什么"，然后看看题目中"给了什么信息"，我"还需要哪些信息"等，长期养成这样的思维习惯，可以帮助学生养成独立思考的习惯，还能训练学生语言的表达能力。

教师对学生不理解的生字和词语进行适当解释。读书百遍，其义自见。每次读题时多读几遍，做到读通、读懂、边读边思考。在审题过程中养成仔细推敲、耐心思考的习惯，抓"关键词"读。读题时要善于抓住题目中的关键字、词或句，准确理解其表达的意义。

二、在倾听中模仿

学生在课堂中可以通过教师的示范、学生的示范进行模仿，也可以根据例题编写类似的题目，在不断的练习中提高自己对题目的理解能力。创设多一些倾听机会再让学生不断地补充，；例如：前面我想的跟你差不多，但是后面我是这样想……通过对话，使学生从中受到启发，取人之长，补己之短，如果说学生一错你就加以训斥："你傻呀，这么简单也不会，啥也不是，快坐下吧！"那完了，这个学生以后一定不会再回答问题了，他们会认为我不回答还不挨说，回答了说不好还挨批评，就产生了恶性循环。学生做完题有时候会有些乱时，我会找一两个表现好的同学，然后说，我发现我们班的某某男孩今天特别帅，或是某某女孩今天最漂亮，其他同学就会发现，哦，原来他们已经做好了，就会立刻安静下来做好。这样比我们大吼大叫地做好，效果要好得多。所以放松学生的心情，使学生"敢"于表达是很重要的。

三、在互说中发展

教师要注重课堂中的交流，给学生更多的机会去表达自己的想法，通过不同形式去锻炼学生的语言表达能力。比如，让学生说完整话、组织小组讨论、看图说话、操作后的分享、课后小结等形式。

俗话说："想得清才能说得清，说得清才能想得清。"要让学生"有话可说"，就得让学生有可表达的内容。例如：我在平时教学时，为了培养学生的数学语言表达能力，我经常在教学一些学生容易理解，并且我觉得他们可以自己解决的问题时，相信学生让他们上前面来当小老师，把解题思路，或是自己的想法讲给同学们听。在我的课堂上，经常会听到：我们请小李老师来给我们讲讲，或是我们班的小王老师讲得好不好啊？这一类的话。当学生讲得好、讲得精彩时，下面的同学会不自觉地报以热烈的掌声，这样既锻炼了孩子的数学语言，又培养了他们的自信心。做到了让学生有话可说。

学生数学语言表达能力的培养和提高并非一朝一夕的事，而是一个循序渐进的过程。教师必须在实际教学中从点滴做起，引导学生重视数学语言，要给孩子说的机会，让学生从"教师讲、学生听"的被动地位中解放出来。让学生在表达中掌握，在表达中积累，在表达中创新，在表达中发展思维逐渐成长。

　　总之，数学语言是一种科学语言，它是指对数学概念、算式、公式、运算定律、法则及解题思路、推导过程等的表述。数学语言具有准确、抽象、简练和符号化等特点，它的准确性可以培养学生诚实正直的品格，它的抽象性有利于学生揭示事物本质的能力的培养，它的简练和符号化特点可以帮助学生更好地概括事物的规律，也有利于思维的发展。

培养低年级学生数学语言表达能力

数学语言表达能力的培养是数学教学的重要任务之一。"数学是思维的体操，语言是思维的外壳。"试想，如果我们的课堂，少了孩子们精彩的展示，我们的课堂就是空洞的、无意义的，也是失败的。要提高学生各种数学能力，离不开语言表达能力的培养。数学语言表达对低段尤其一年级学生来说处于启蒙阶段，这一阶段是培养和发展儿童数学语言的最好时期。在我的课堂中，尝试培养孩子们数学语言表达能力，让孩子们逐步学会用准确的、通顺完整的数学语言表达自己的想法，逐步提高孩子们参与学习数学的兴趣和积极性。

一、教会学生倾听，在倾听中模仿数学语言

低年级学生年龄小，说话不够完整，甚至更多使用的是生活化语言，语句不够规范，很难成为数学课堂上的语言。如果学生能在课堂上听清楚老师的提问、讲解，听清伙伴的回答，那么必定会由"会听"到"会说"。所以，要使学生会"说"，首先是要学生会"听"，给学生一个辅助的拐杖，学生才能在模仿中把数学化的文字语言说正确，说规范，从而为理解符号语言、图形语言，为学好数学奠定基础。

例如，刚开学学习"我们的教室"时，学生就接触了数量词，而学生往往喜欢用"个"或"只"：4个人、6个凳子、6只椅子……来表达，所以，老师就要通过教学，让学生能正确使用单位名称。在训练时，教师应给予正确的范例，通过教师范读引领、学生榜样示范、及时纠错强化等

训练方法，加深学生对正确使用单位名称的记忆。不仅开学第一课，在以后的看图说话、加减法算理的叙述时，都应提醒学生正确使用单位名称。

又如"我们的教室"一课，是通过说一说教室里有哪些活动，让学生逐步养成对个数进行正确规范的口头表达习惯。教师可以结合我们的教室和主题图，通过"教室里有……""桌上有……"等句式培养学生有序地观察，完整地说，为今后学生将图形语言（看图说话等）、符号语言（比多比少等）用文字语言完整地进行表述奠定基础。

听是说的基础，在养成良好倾听习惯的基础上才能提高学生的说话能力，所以应重点抓好学生倾听习惯的培养，让学生在倾听中模仿正确规范的数学语言。课堂上，教师还要关注学生的倾听，让学习困难的学生重复别人的回答，让优等生评价、补充别人的发言。教师适时引导、示范，通过师生、生生的评价促进学生倾听习惯的养成，促进"说"的能力的提高。

二、教会学生阅读，在阅读中感悟数学语言

数学语言具有高度抽象性、严密性，每个数学概念、符号、术语都有其精确的含义。要掌握数学语言并非一朝一夕，因此必须重视数学阅读，教会学生阅读数学书，让学生在阅读中感悟数学语言。《新课程标准》指出："经历运用数学符号语言和图形语言描述现实世界的过程，建立初步的数感和符号感，发展抽象思维。"这就要求教师要重视对学生几种数学语言间"互译"能力的培养，通过"互译"帮助学生建立初步的数感和符号感，发展抽象思维。

数学书既是教师教学的依据，也是学生学习的依据。因此，应重视数学书在教学中的作用。也许，有的教师认为数学书没有语文书那样强的阅读性，尤其是一年级的数学书插图比文字占的比重更大，有时整个页面，只有简单的几句话，因此不需要指导学生阅读。实则不然，数学书中

的某些插图，其实是一种图形语言。在描述数学概念或关系时，图形语言的描述为文字语言和符号语言的描述提供了直观表象，为学生理解和感悟数学符号语言的意义和内涵奠定了基础。因此，图形语言易懂、易学，是理解和把握符号语言的扶梯，尤其是在一年级数学教育的启蒙阶段，它的地位和作用是举足轻重的，也是不可替代的。

例如，在教学一年级第一学期"比一比"时，就可充分利用几种语言的"互译"，发展学生的抽象思维，提高数学语言表达能力。

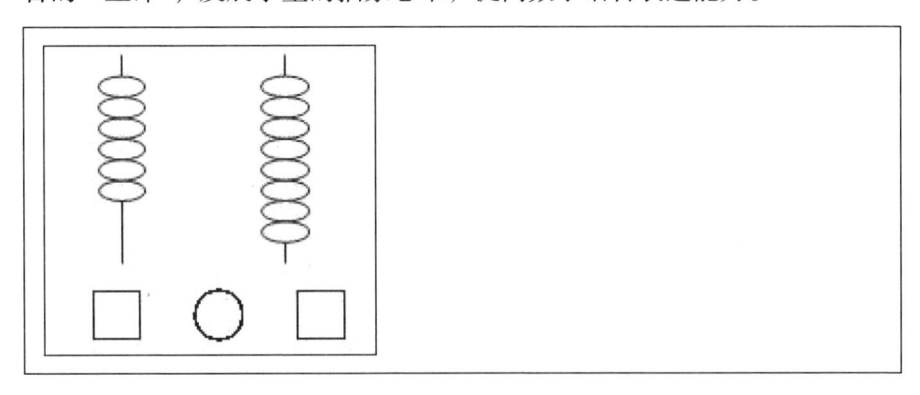

第一步，指导学生观察图形语言。

此题是实物进行比较，教师可用简单的问题引导学生观察："图上画的是什么？""左边有几个？""右边有几个"，学生可以通过观察初步感悟到你表达的题意："左边有 6 颗糖葫芦，右边有 8 颗糖葫芦。"

第二步，指导学生将图形语言转化为文字语言。

在观察的基础上，引导学生进行比较，并用文字语言口述比较结果："6 颗糖葫芦比 8 颗糖葫芦少"或者"8 颗糖葫芦比 6 颗糖葫芦多"。

第三步，指导学生将文字语言转化为符号语言。

在比较的基础上，帮助学生掌握相应的符号语言："6＜8，读作：6 小于 8"或者"8＞6，读作：8 大于 6"。

在指导学生阅读数学书的基础上，随着教师从"图形语言"→"文字语言"→"符号语言"环环相扣的"三部曲"式的"互译"能力训练，使学生对数学语言的感悟得到逐步提升。

像这种图形语言也能通过媒体、板书等形式展现，但要指出的是，无论是新授还是复习，我们的教学不可能脱离书本。即便使用媒体等形式展现图形语言进行讲解，最终一定要引导学生回到书本——阅读数学书。当然，不一定阅读同一道题目。当学生学会阅读数学书以后，他们在翻阅数学书时，数学语言又在他们头脑中重现，他们在复述时，也会得到一定的提示，避免成为"空想数学"。

三、引导学生操作，在操作中强化数学语言

动手操作是发展思维、培养学生数学能力的最有效途径之一。低年级学生的思维是直观性占主导地位，主要是形象思维活动。作为教师，应遵循学生思维发展的规律，充分认识到让学生动手操作的重要性，当然也要避免为操作而操作。在引导学生操作时，要多让学生用数学语言有条理地叙述操作过程，因为语言是思维的载体，知识的内化与相应的智力活动都必须伴随语言表达的过程，只有将动手操作、动脑理解、动口表达有机地结合起来，才能达到强化数学语言、深化含义理解的目的。

如在教学"进位加法"时，教师可以通过引导学生操作"双色片"来理解"凑十法"，强化数学语言。

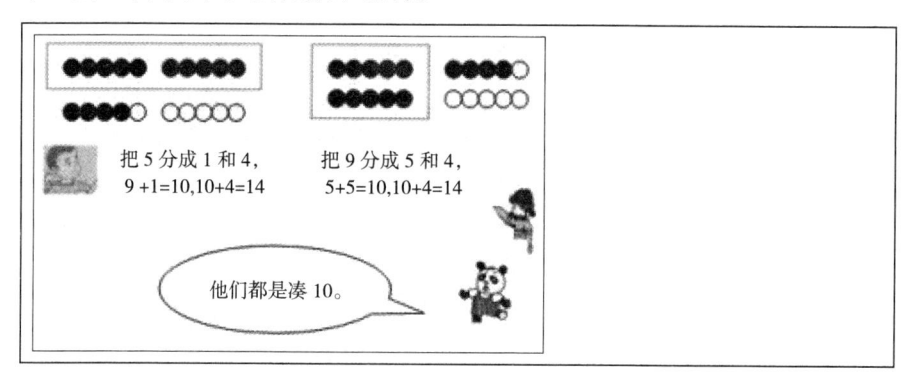

把 5 分成 1 和 4，
9 +1=10,10+4=14

把 9 分成 5 和 4，
5+5=10,10+4=14

他们都是凑 10。

第一步，让学生在 20 数板上摆出 9 个双色片。

第二步，让学生再摆 5 个双色片。学生可能会出现书上小巧和小胖那样的两种摆法。

A 同学：将加数 9 和 5 一个接着一个摆出来。

B 同学：是将加数 9 和 5 上下分开摆出来。

（此时，对于学生来说"数出 5 个双色片摆在数板上"并不是一件难事，关键是后面教师的引导与计算过程的表述。）

第三步，交流两种摆法。在交流中，对每一种摆法，教师都要引导学生将直观的图形语言转化为简洁的数学符号语言："把 5 分成 1 和 4，9+1=10，10+4=14"或者"把 9 分成 5 和 4，5+5=10，10+4=14"，进一步突出"凑十"的重要意义。同时，培养了学生初步的逻辑思维能力。

学生通过操作活动，可以丰富感性认识，通过有条理地说操作过程，可以把外部物质操作活动转化为内部思维活动，以掌握事物的本质属性，使学生的数学语言得到强化。

四、引导学生交流，在交流中提升数学语言

由于学生的家庭背景、生活经验、思维特点等不同，导致他们对同一概念的理解常常存在很大的差异。因此，在课堂上必须给学生提供数学交流的机会，通过教师的引导使学生能把形象直观的观念和抽象的数学概念联系起来，让学生通过交流提升数学语言。数学教学的交流主要包括生生交流、师生交流，这样的交流，使学习困难生也有表达的机会，真正落实《新课程标准》提出的"不同的人在数学上得到不同的发展"这一理念。

1. 生生交流

学生与学生之间的交流主要有小组讨论、同桌交流等形式。同桌交流非常方便，是教学中最常见的交流方式。如巩固"数的分与合"时，就

可进行"我说组成你猜数"的同桌交流游戏；在教学"进位加法""退位减法"时，也可让同桌通过互说计算过程来巩固算理……通过这样的交流，既培养学生的"倾听"习惯，又鼓励学生表达，让每一个学生都有"说"的机会，在交流中提升学生语言表达能力。

2. 师生交流

"有效的数学教学活动是教师教与学生学的统一，学生是数学学习的主体，教师是数学学习的组织者与引导者。"教师通过提问、讲解、提示、倾听等多种形式与学生建立互动式交流，并在交流过程中帮助学生提炼数学语言，培养数学思维。师生交流的关键在于教师的提问与引导，要避免"启而不发"或"未启而发"现象的发生，教师应精心设计有价值的问题，使得师生交流能顺利进行，学生的语言表达能力得到提升。

小组讨论的作用在教学中也不容忽视。当学生在学习中遇到困难时，采用小组交流比同桌交流更合适。由组织能力、表达能力较强的学生担任组长，在组长的带领下通过互动交流，使每个学生的观点得到充分的表达，学生的思维在交流中得到启发，学生会更主动地思考、倾听、表达以及灵活运用新知，依靠集体的力量共同解决难题，学生的身心都处于主动学习的兴奋中。这样的交流使学生在提升数学语言的同时，也发展了数学思维。

值得注意的是，学生与学生间的交流，教师必须有计划、有步骤地培养。第一学期，学生处在从幼儿园生活向小学生活逐步过渡阶段，学生的各方面能力还不是很强，尤其组织能力与表达能力，因此建议以同桌交流为主。第二学期，随着时间的推移，学生的身心得到不同程度的发展，思考能力、表达能力、组织能力都比第一学期成熟，可逐步进行小组合作交流的形式。

通过数学交流，让学生把自己的思想用数学语言表达出来，并接受他人的思想，帮助学生进一步加深对数学语言的理解和掌握。

五、精心创设情境，在情境中应用数学语言

有位儿童家说过："每个儿童都是一个天生的玩家，他们应当在有意义的情境中听数学语言的使用。"学生有了"说"的欲望，教师应该适时为他们营造"说"的氛围。

数学与人类的活动息息相关，特别是计算机技术的飞速发展，数学更加广泛应用于社会生产和日常生活的各个方面。因此，教师可以从多方面创设情境，使学生感到数学与日常生活有着密切联系，产生学习的自我需求，从而更加愿意"说话"。例如，教 10 的认识，学生学会了 10 的读写、10 的分解与组成、10 的基数和序数意义，教师就可以让学生"多说几句话"："你能用 10 说一句话吗？""你能说一段话，把 10 和第十都用上吗？"学生会说："我衣服上有 10 粒纽扣。""排队时我站在第十个。""看电影时，我坐在第十排的第 4 个座位上。"……这样说一说，不仅加深了对 10 的认识，还谈论了 10，把数学知识与现实生活联系起来，感悟到数学在生活中的应用。

学生数学语言表达能力的培养是一项长期、艰巨的任务。提高学生的语言表达能力，是培养学生创新意识，全面推进素质教育的一种重要手段。在教学中，教师应该多下功夫，加强学生"说"的训练。使学生通过"说"，练出口才、练出胆量，更练出智慧、练出本领来；在课堂上，要多引导学生采取不同的方式表达数学思维的过程和结果，激励他们各抒己见，相互补充、相互纠正，让学生"言"得有理，"言"得连贯，"言"得完整，进而使学生"言"出智慧，"言"出精彩。

求异即是求真

《数学课程标准》引导教师要让学生参与特定的数学活动,在具体情境中初步认识对象的特征,获得一些体验。小学数学中的许多知识,只要我们去认真地分析教材,精心地设计问题,充分相信学生,让学生自己去探索,绝大部分知识都是可以通过学生自己的努力掌握的。学生在积极探索的过程中,不仅学到的基础知识得到了应用,自主学习,积极探究,不断创新的精神也得到了充分的培养。但课堂上各种各样的情况随时都会发生,老师应审时度势,因势利导,灵活巧妙地驾驭课堂。

我在讲轴对称图形时,事先布置学生课下剪一些平面图形,有正方形、长方形、平行四边形、圆、各种三角形、梯形等。课堂上让学生通过剪、折、拼弄清楚哪些图形是轴对称图形。当大部分学生通过折、剪已验证平行四边形不是轴对称图形时,我也予以肯定。突然有个学生猛地站起来说:"老师,平行四边形是轴对称图形,它有两条腿!(也就是对称轴!)"话音刚落,哗——全班学生都笑得前俯后仰,有的甚至喊:"呆子你又做梦呢?"那一刻我也愣了一下,心想这孩子又出什么洋相!同时从教近十年的经验告诉我——让孩子畅所欲言!于是,我纠正了该学生说话的错误,让该生亲自上讲台演示。哎,不错!他做的这个平行四边形确实有两条腿!(对称轴。)这时,学生都疑惑了,急于想知道原因。

我趁热打铁,让学生通过量一量,看一看,该生做的这个平行四边形与大家的有什么不同。大家兴趣盎然,通过仔细观察、测量、讨论得出:他剪的平行四边形是四条边相等的平行四边形。两条对角线就是它的对称轴。我借机告诉大家:他剪的图形是菱形,也是轴对称图形,以后你们会学到的！一般来说，平行四边形是指两组对边分别相等且平行的四边形，它不是轴对称图形。我立刻表扬了这个学生的求异精神，并要求同学们以后不要再嘲笑他，而要向他学习。瞬间，孩子们掌声雷鸣，受益匪浅！

  所谓体验，就是个体主动经历某件事并获得相应的认知和情感的直接经验的活动。求异即是求真！所以，课堂上要培养学生的求异精神，如果学生的求异出了错，也不要批评指责，而要点拨启发，保护学生的自尊和自信。这样学生不仅得到了知识上的启迪，更重要的是得到了精神上的支持和情感上的满足，以后更能各抒己见，更能体会到成功和创造的欢乐，继续发挥创新的潜能！

心中有"数"

《新课程标准》指出：应该要求学生算得正确、迅速，同时还应该注意方法合理、灵活。所以运算定律，掌握运算技巧，提高运算速度，是小学教学的一项重要任务。四年级数学的难点就在简便运算的知识上，学生一般都喜欢按照普通运算法则先乘除后加减，所以很难理解掌握。很多师生在题海中拼搏，成效却不大，关键在于方法欠缺。于是，我查阅了大量的资料，发现有一个故事情形的教学方法不错。下面是我的教学过程：

师：教师随意地说出一个加数，同学们配上另一个加数，使它们的和是100，可以吗？

生：可以。

师：大家配合一齐说，开始：15+（　）；18+（　）；25+（　）；75+（　）。

师：真棒！谁来说一说你们用的是什么方法得出的？

生：抓住个位数相加使它得满十。

生：心里想着100。

师：同学们说得好，今天我们就来学习简便运算，请同学们完成下列算式的计算。（PPT出示算式）

758+36+64　　465+（185+35）　　39×25×4

师：看到算式，你首先想到什么？

生：（兴趣已经盎然，情不自禁地说）：每个算式都能找到100。

又一学生补充解释：对，运用算式中的100就能简化运算。

到这里，学生的简算意识已经提高，他们的知识体系业已建构清晰。

再在以前的基础上探索出整十整百整千的算式，准备工作就全部做完了。

师：同学们的观察能力真强，请大家动笔写下来吧。

学生很快就写出了算式的答案，我趁热打铁接着出示一组算式：

41×25

师：直观地看，这三个算式有没有100？

生：有，可是我不知道怎么写下来。

生：可以把41分成40+1的形式。

师：哪位同学能上黑板把这道计算题的简便过程写下来？

生：40×25+1

师：大家观察一下这样的简便过程正确吗？

教室里鸦雀无声，突然有个学生说道：不对，因为41×25有41个25相加，而40×25+1只有40个25相加。

听完之后，瞬间孩子们的眼睛亮了起来，像领悟了什么一样。

师：那该怎么写呢？谁主动上台来补充一下？

有一个女同学在40×25+1后面补上×25。

班级掌声响起，频频点头。

师：同学们都发现了这个简算的算理，其实，看到这样的题型我们可以利用"警察抓小偷"的故事情形。就是把25当成"警察"，40和1当成"小偷"，然后"警察"把两个"小偷"分别抓起来。

简便运算主要让学生心中有"数"，探索出整十整百整千的算式。教学活动必须建立在学生的认知发展水平和已有的知识经验基础之上。教师应激发学生的学习积极性，向学生提供充分从事数学活动的机会，帮助他们在自主探索和合作交流的过程中真正理解和掌握基本的数学知识与技能、数学思想和方法，获得广泛的数学活动经验。

小学数学简约教学的策略研究

老子曾言:"大道至简。"的确,大道理都是很简单的。简单到一两句话就可以说明白。然而,数学学科本身内涵的简约性和教学的限量性决定了数学教学的简约性。数学课如果能做到简约教学可以解放学生,发挥学生自主学习的潜能,为学生的数学学习提供持续的动力。它不仅表现在形式上简洁与明了,更体现在教学内容、教学方法与思维训练上的深入浅出、通俗易懂。真正做到教学目标简明、课堂导入简洁、课堂提问简要、教学手段简化。笔者以自己的教学经验,对简约化教学进行一些简单的阐述。

一、新课导入要简洁明了

在教学中,可以采用多种手段与形式来提高学生的学习兴趣,但是这并不是说各种"教学活动"可以喧宾夺主。简约化,才是我们顺利教学的要诀。教学中采用简约化的教学形式、教学语言,尤其是简约化的导入,可以给学生明确学习方向,降低学习难度,"手把手"地牵引着学生走入新知识的学习。小学数学教学中导入的方法有很多,每一种导入方法的正确使用都能为课堂教学的顺利进行做好铺垫,进而实现课堂的简约教学。

例如三年级下册"认识轴对称图形",执教教师为了给学生讲解对称的概念,在课前准备了大量的脸谱图片,并用PPT制作好课件。课堂上,教师依次放映给学生欣赏,并且告诉学生这些脸谱都是国粹,放映完后,教师让学生说说欣赏感受，学生大多默默无语。教师又问学生：国粹是什么？有的学生摇摇头，有的学生则调皮地说：鬼脸就是国粹！让人忍俊不禁的同时，我们是否应反思自己的导入设计？反思这样的设计是不是针对了学生？是不是针对了教材？反思自己所提出的问题为什么会让学生无言以对呢？究其原因在于教师设计的导入脱离教学内容和学生的实际，创设的情境针对性不明确，没能激发学生的兴趣，由此课堂教学效果可想而知。

在我们的生活中，不难发现，孩子们的天性是爱玩爱闹，游戏充满了他们欢乐的童年生活。在游戏中，他们的精力最旺盛，他们的兴趣最浓厚。在教学中，有的教师把能够带给学生快乐的形式融入新课导入的环节里，取得了成功的结果。例如"可能性"教学。

教师：小朋友们，今天我们来做一个有趣的游戏。

话音刚落，学生们就热闹地议论起来，难掩兴奋，接着老师拿出一个抽奖箱。

教师：这个抽奖箱里，有10个红球和10个黄球，我们派一个同学来摸球，其他同学来猜颜色。

教师：请学生甲来摸球。

教师：你们猜他手中的这个球是什么颜色？

学生：黄色。

教师：确定吗？

学生：不确定，也可能是红色。

教师：你说得对，今天我们就来学习这个让人不确定的神奇的数学名词，可能性。

通过这个方式，教师们能够更加了解学生，亲近学生，从而用他们最能够接受的方式去传播知识。教师采用了他们最喜欢的游戏方式，将复杂的问题变得简单有趣，让学生在不知不觉中学习了知识并记忆深刻。这种导入新课的方法，调动了课堂轻松欢乐的气氛。学生在这个过程中与教师亲近，也更容易接受教师所传授的知识。

总之，"导入新课"是课堂教学的一个重要环节，它的成败，直接影响着课堂的总体效果，所以，大有研究的必要。"导入"工作要依据实际，选取灵活多样的方法方式，切实起到引导作用，使学生及早进入学习状态，增强课堂效果，让学生在有限的时间里，获得更多的知识。

二、课堂提问要精当简练

善教者必善问。课堂提问可以提高学生的注意力，启发学生积极思考，有助于反馈教学信息，了解和掌握学生的学习情况，发现问题及时纠正。课堂提问是最常见的教学方法之一，大家往往习以为常，但研究表明并不是每一个教师都认真地思考过课堂提问的内涵，也不是每一个教师都已经熟练地掌握了课堂提问的策略。

用"疑"的不确定性，开展我们的教学。不得不说苏州科技学院数学系徐常青教授提出的五步教学环节：生疑、探疑、议疑、解疑、疑疑。这一教学环节可以小循环使用，也就是研中探、练中探。也可以大循环使用，由问题的解决而引发新的问题，这是一种开放的教学模式。

"生疑"就是建构问题情境，启发学生生疑的过程。"探疑"就是激发大胆猜测，引导学生探疑的过程。"议疑"就是鼓励合作交流，促使学生议疑的过程。"解疑"就是灵活选择练习，促使学生解疑的过程。"疑疑"就是鼓励创造反思，引导学生疑疑的过程。有疑问才会有探求，教学中，教师不但要善于引导学生"生疑""探疑"，还要善于引导学生"解疑"和"释疑"，培养他们寻根究底的意识与发现问题、解决问题的能力，以达到真正理解和掌握知识的目的。

例如教学"三角形的三边关系"一节课，教师欲擒故纵，先提问设疑："任意用三根小棒，都能围成一个三角形吗？"学生经过操作发现并非任意用三根小棒都能围成一个三角形。教师让学生在实际操作中否定原来的答案，形成新的正确结论：三根小棒有时确实围不成三角形。此为初步"解疑释疑"。接着，教师又步步设疑，让学生思考探究：为什么围不成？什么情况下围得成？围得成与否跟什么有关系？再引导学生步步解疑释疑。这种提问脉络清晰，解疑释疑逐步深入，使学生在解疑释疑的过程中不断得到正确的思维训练、不断地获得解决问题的愉悦。

学生的思维发生障碍的地方，往往是教学重点所在之处。在学生思维受阻时，教师要通过采用铺垫性、辅助性的提问，降低坡度，减小难度，帮助学生理解知识，让学生自己去思考、探索知识，促进学生思维的发展。例如，我们在引导学生解答这样一道题时："学校把360本故事书分别放在上、中、下的书架上，上层的1/4等于中层的1/5，等于下层的1/6，求下层书架上放多少本书？"此题有一定的难度，学生都在苦思冥想，思维发生了障碍，这时教师点拨提问："这三层书架中每一层书各有多少份？每一份的本数都相等吗？为什么？这三层共有多少份？"经这样一问，学生思路顿开：上层有4份，中层有5份，下层有6份，所以一共有15份，下层占故事书总本数的6/15，也就是360本的6/15。这道难题就这样被解决了。可见教师这个问正是问在知识的关键处，既疏导了学生思维的障碍，解决了疑难，又促进了学生思维的发展。

问题的难易程度，决定着学生解决问题的积极性。因此，教师提问要抓住学生心理发展特点和思维发展特点，针对教学目标及教学重难点，精心设计问题，实质问题的难易度在学生的知识水平内。问题太过简单，没有学生思考的空间，学生会不思考就作答。问题难度过大，超过学生知识和能力水平，会使学生不能作答，时间久了学生会看到难题直接放弃思考。问题要有一定的难度，学生能够独立思考回答。例如，教师在讲解"平均数"时，列出了下面的数据：上学期期中考试我们班的数学平均成绩是85分，期末考试数学的平均成绩是89分。接着提出问题："上学期期中考试我们班的数学平均成绩是85分，是不是每个学生的数学成绩都是85分呢？"引导学生对平均数的意义进行思考，然后讲解平均数的具体意义，使学生能够对平均数的知识有一个正确的认识。教师紧紧围绕教学重难点，使学生参与课堂活动、积极思考、勇于探究，掌握本节课的重难点。

因此，课堂提问既是一门科学，更是一门艺术。课堂环境的随时变化，使实际课堂提问活动表现出更多的独特性和灵敏性。教师只有从根本上形成对课堂提问的正确认识，才能在教学实践中让课堂提问的有效性表现得淋漓尽致，让数学课堂波澜起伏，使学生真正体会到智力角逐的乐趣，从而达到简约高效的数学课堂。

三、教学媒体要应用精简

小学数学教学内容本来就比较抽象、枯燥，小学生对数学的学习缺乏兴趣，加之小学生自控能力差、注意力容易分散。传统的教学手段，难以激发学生的智慧和灵感，学生的数学创新素质能力难以得到提高。运用现代教育技术，形象、生动的画面，悦耳动听的音乐，及时有效的反馈，使学生保持旺盛的学习兴趣，充分调动学生的学习积极性，吸引学生的注意力，以轻松愉快的心情参与到课堂教学中来。达到了从"要我学"到"我要学"的转变。

例如：在教学"10的加减法"时，运用多媒体教学软件，设计制作动画片"小鸡吃食"的故事情境：一个小朋友拿出两个食盘喂小鸡，出现左盘4只小鸡，右盘6只小鸡的画面，根据画面，讲述故事情节。形象逼真的画面伴着生动优美的语言，再配以柔和的轻音乐，吸引学生全身心地投入。学生思维积极活跃，很快便根据画面提出10以内加减法问题，怎样列式，顺利地引出新课内容。在巩固练习时，又设计了"小松鼠背松果回家，一路走一路掉"的动画故事，引导学生列式计算。这些活动激发了学生的学习兴趣，同时也调动了学生主动参与的积极性。在教学三角形、梯形的面积时，在教学过程中利用多媒体课件，用动感的声形组合成平行四边形。学生直观地感受到，两个完全一样的三角形或梯形，拼成一个平行四边形的过程。再让学生通过剪、拼的方式，加深理解、认识。在教学"分数的初步认识"时，利用多媒体课件呈现孙悟空和猪八戒分月饼的故事情景。学生对两个人物非常喜欢，感觉他们也在分月饼，觉得有意思，一下子就吸引了学生的注意力。在数学课堂教学中，利用现代教育技术，创造生动的教学情境，能激发起学生浓厚的学习兴趣。把抽象的、枯燥乏味的教学内容转化成生动的、直观的、具体的数学知识，使学生真正成为学习的主人。

虽然多媒体教学几乎是公开课的必备武器，但是笔者思考，电脑动画不是万能的，数学问题毕竟来源于生活，生活中真实可感的情境往往更能让学生进入对数学问题的探索中去。对于一线的教师，更应该多多利用学生身边的常规学具，在钻研教材的基础上，让简单的教学媒体发挥极致的作用。例如：在教学长方体的认识及特征时，我并没有利用多媒体课件去动画演示特征，我只是要求学生从家里带来长方体的物体，有的学生汇报说他的文具盒就是长方体，也有的同学从家里带来爸爸的空香烟盒、衬衫包装盒等，新课就从研究这些学生身边的事物开始，学生兴趣并没有消减，通过对这些学具的观察比较、剪切操作，学生在研究这些学具过程中，对长方体的特征也深刻地理解了。

再者教师一般利用网上资源，或是教材中免费赠送的课件，这些课件有可能与教师本身的教学方法与进度有很大差异。因为课件是已经制作好的，并非适应于每一个使用它的教师，也并非适应任何一个班级的学生。而有些教师是以课件为主，舍弃自己原先预设的教学方式与进度，被课件牵着鼻子走，这样，教学的效果便显而易见。

四、教学语言要严谨简练

语言是教学思想的直接体现，所以教师的语言表达方式和质量直接影响着学生对知识的接受，教师语言的情感引发着学生的情感，所以我们说教师的语言艺术是课堂教学艺术的核心。

数学语言严谨，除了要有准确性之外，还应有规范化的要求，如吐词清晰，读句分明，坚持用普通话教学等。简约，就是教学语言要干净利索，重要语句不冗长、要抓住重点，简洁概括，有的放矢；要根据小学生的年龄太小注意力不够集中的特点，教师还要巧妙使用手势、眼神、身体活动等体态语言的特殊功能表情达意，暗示学生规范学习行为，集中注意力听讲。教师在授课时，语言表述一定要准确精练，否则学生不理解或产生歧义，教师再费力地解释，只会造成教学时间的浪费，不利于教学目标的达成。

例如在教学"直线射线和角"时，教师将红外线手电筒射到墙上，问："你能看出射出去的光线是什么？"学生答："射线。"教师的本意是线段，然后教师将问题改为："手电筒灯泡与墙上亮点之间的线是什么线？"学生这时才理解教师问题的意思。

我们的数学教学需要这份精作之美，数学知识点本身就具备用简单的"语言"传递丰富的内容的特点，我们的小学课堂教学怎样实现减负增质，就要构建简约化课堂，高效化课堂。

综上所述，就像我们听过的一句话，"浓缩的都是精华"。同理可得，教学的最高境界是简约。数学教学的简约绝非肤浅地减少教学内容与简化教学程序，而是规避烦琐的课堂教学，实现一种删繁就简、去粗取精的表面简单内涵丰富的教学模式。简约教学是对科学的尊重、对生命的解放，是有效教学的必由之路，让我们踏上简约数学之路，让简约有效的数学教学模式绽放精彩！

教育需要等待

教育要学会等待大自然，希望儿童在成人以前就像儿童的样子。如果打乱了这个次序，我们就会造成一些早熟的果实，它们长得既不丰满也不甜美，而且很快就会腐烂。我们的教育教学需要慢一点，从一点一滴做起，只有这样，孩子才能在无垠的知识海洋中收获丰厚硕果，才能感悟到广袤世界文化宝藏的无穷魅力。在教育教学中，教师千万不能为了一时的"高效"，忘却了培养孩子的能力，遗失了关注孩子的情感态度。

一、等待是一种理解和信任

曾经听过一个这样的故事。一位名叫黄喜的相国，微服私访，路过一片农田，坐下来休息，瞧见农夫驾着两头牛正在耕地，便问农夫，你这两头牛，哪一头更棒呢？农夫看着他，一言不发。等耕到了地头，牛到一旁吃草，农夫附在黄喜的耳朵边，低声细气地说，告诉你吧，边上那头牛更好一些。黄喜很奇怪地问："你干吗用这么小的声音说话？"农夫答道："牛虽是畜类，心和人是一样的。我要是大声地说这头牛那头牛不好，它们能从我的眼神、手势、声音里分辨出来我的评论，那头虽然尽了力，但仍不够优秀的牛，心里会很难过……"

虽然这个讲的是农夫的故事，细细想想我们的教育何尝不是这样？五根手指都有长短之分，所以作为老师在评价孩子的时候一定要注意自己的语言。在教育学生的过程中，等待是一种坚定的信念——信任。信任学生能养成独立自主的学习习惯，信任学生干部能有效有力地管理班级事务，信任学生能认识到自己的错误并积极改正。从开学起，我就让学生明白我信任他们，并向他们传递正能量。

二、等待是一种关爱和宽容

德国著名的民主主义教育家第斯多惠说："教学艺术的本质不在于传授的本领，而在于激励、唤醒和鼓舞。"无论是学生成绩暂时落后，还是遇到怎样的挫折，教师切忌讽刺和挖苦，教师的任务就是唤醒，给他们动力和信心。而学生被唤醒后，他们将会潜力无穷，前途无量。教师恰当评价，适时点拨，精心铺陈，真诚鼓励，能给学生以新的体验和启发，让学生在感悟中开启心灵的智慧，改变学生，超越自己。

一天上午第三节体育课后，小怡哭丧着脸跑到我跟前说："老师，我今天刚买的笔记本丢了！"我心里想：怎么会这样？从我接这个班以来，丢东西的事在我印象中还是第一次。我认为这件事一定要处理好，既要找回丢失的东西，又不能伤害孩子幼小的心灵。

于是，我就在班上安慰孩子说："不会丢的，你再找找看，其他的同学也帮忙找一找。"其实，我能猜出是谁拿的，因为有个叫小华的学生中途回过教室，然后慌慌张张地又跑下去了。当时我以为他是上来喝水的，就没有在意。

中午放学后我叫小华来到办公室，对他说："听说小怡同学的笔记本不见了，你知道吗？"他用力点了点头。但他的表情告诉我，他还是很害怕。于是，我又接着说："你把笔记本拿给老师，老师帮你还回去。我不会告诉别人是你拿的，好不好？"他紧锁的眉头终于舒展开了。等教室里没有人的时候，我又把笔记本放在小怡书包里面。

下午上课前，小怡高兴地叫起来："我的笔记本找到了！"我对全班同学说："我们班上的同学都是好孩子，不会拿别人东西的，同学们说对吗？"孩子们异口同声地说："对！"我笑了，有时候善意的隐瞒不叫欺骗。

让我意想不到的是，第二天交上来的一本练习本上我看到这样一句话："我今后会改正的，谢谢您，老师！"我觉得这句话有着不需言语的深意。中午，我买了一本一模一样的笔记本悄悄地放在小华的书包里。放学时，看到小华阳光灿烂的笑容，我心里头暖暖的！

宽容与严格是矛盾的统一体。宽容是另一种意义的严格，宽容是一种教育艺术，是指教师对学生进行德育教育过程中的一种策略。它的前提是对学生严格要求，目的是使学生有效地接受道理，承认和改正缺点、错误。宽容引起的道德震动会比惩罚更加强烈，细雨润物式的教育或许更深入人心。

三、等待是一种点拨和促进

苏霍姆林斯基说过：对一个学生来说，五分是成功的标志，而对另一个学生来说，三分就是了不起的成就。人的成长有其内在规律，而且因人而异，因时而异，正视这个差异，教育才会瓜熟蒂落、水到渠成，无视这个差异揠苗助长，欲速则不达物极必反。在课堂教学中，老师针对教材给学生所提出的问题，有些可以很快回答。但一些难度较大的问题是不要让学生急着回答。针对某一教学问题，应该推迟给予回答，先给学生一个自我认识和自主学习的时间，等待学生理解感悟的过程中，再选择合适的时机对其进行恰当的点拨。

例如，我在教学长方形和正方形的练习时：师："请同学们看着这张长方形纸，围绕我们最近学过的知识，想一想，可以提出哪些数学问题？"许多同学不知怎么回答。老师等待一会儿，然后出示："一个长16cm、宽10cm的长方形周长是多少？"这个问题是容易回答的，不需要太多的思考和等待。同学们争着回答："（长＋宽）×2=长方形周长""（16+10）×2=长方形周长"……

师出示："请同学们用手中的长方形纸折出一个最大的正方形。"这个问题相对于三年级学生难度，就需要教学等待，延迟课堂回馈。有几个同学无从下手，大部分同学没有回答。老师等待，等待中点拨："正方形的四条边都相同"……一分钟，二分钟……有同学举起了手："这个最大的正方形边长是10cm"，又有一个同学举起了手"周长是40cm"这时，老师拍手同学鼓掌……

"老师，我还能提出一个数学问题，把这个长方形纸分成周长相等的两部分，可以怎么分？"小慧同学兴奋地向大家说道。师：同学真棒，接下来，张老师就把时间交给你们，请你们来做小老师。此时，学生操作，教师慢慢地巡视、等待，给予学生充分的探索时间。

师：谁愿意把自己的作品和大家一起分享。

生1：我把长方形分成了两个小长方形。

生2：我也是把长方形分成了两个小长方形，但我是横着对折的。

生3：我把长方形分成了两个三角形。

课堂上，学生的思维瞬息万变，学生对于所学知识的掌握情况不尽相同。学习本身就是一个循序渐进的"生长"的过程，因此在教学过程中，教师要从心理上、感情上、认知上考虑学生的"暂时性"的学习差异，来保护学生的自尊，给学生以反思的空间。在数学课堂教学中，教师适时放慢脚步等待学生，是对学生的尊重，也是发展学生思维的需要！

四、等待是一种影响和觉醒

作为一名教师，我深深懂得，"教育的根本功能是促进人的成长与发展，我们的教育必须以人为本"。一天，当我外出培训回来，班长就急匆匆地跑到办公室来对我说："张老师，在你出去的半天时间里，教室就乱哄哄的。自习课成了菜市场，值日生说要扣分。"听他这么一说，我顿时火冒三丈，还没坐定，就马上赶往教室。来到讲台前，环视所有学生，只见有的在窃窃私语，有的在默默等候批评，有的在低头看书，特别是那几个肇事者竟然还在抿嘴笑。面对此情此景,我不由得悲从中来。我深深地感到自己班主任工作的失职,没有任何言语,眼里早已噙满了泪花,先前的愤怒早已被忧伤取代。我从讲桌里拿起一块抹布,擦了擦讲桌,又蹲下擦起地砖。或许不懂事的他们终于感到愧疚,不约而同地跑上前,抢着抹布,认真擦拭着教室的每一个角落。

十多分钟过去了,教室也焕然一新了,学生们安静地回到自己的座位上。我就语重心长地说道:"同学们,教室里的每一张课桌面原本都是很光洁的,可由于老师和有些学生的不注意,污渍越积越多,现在已很难去除了,它们破坏了那一份整体美,使得其他地砖也暗淡无光了,老师感到深深的遗憾。你们能帮我想想办法,去掉这些顽渍和污渍吗?"话一出口,立即有几个学生站起来:"老师,可以用肥皂粉擦。""老师,可以用小刀轻轻地刮。""老师,我们可以在上面涂上修正液。""老师,用我新买的大橡皮擦。"

我又引导学生:"同学们,从这次的'擦桌面'事件,你们明白了些什么呢?"一个小组长:"老师,我明白了刚才您就是在给我们上课,您用桌面来比喻我们,我感到很惭愧。我身上也有污渍,就拿扫地来说,我自己总偷懒,所以我组上的学生都不听我话。""老师,我也是'脏桌面',我作业总是不认真完成,有时甚至还要抄袭人家的。""我感到无地自容,因为我就是班里那块最脏的地砖。'惹是生非,不懂事'就是我身上那些擦不掉的顽渍,我总给班级和老师脸上抹黑。但我会努力改,争取也让它光亮如新。"当然"金无足赤,人无完人",更何况十来岁的孩子。作为教育者就要欣赏学生的知错就改,欣赏学生的睿智活泼,在潜移默化中学生学会了自强、自律和自省的能力。

爱学生的方式有很多,等待,也是一种爱。但等待,不是放弃,它是一种爱的呼唤,是一种符合孩子身心发展的教育方式。这种爱可以在不知不觉中滋润孩子们的心田,教育孩子们健康成长。这种爱会让"别急,慢慢来"成为一种口头禅,同时也意味着我们会用从容的态度来处理工作,会用发展的眼光看待我们面前的学生,不再急于求成。等待,也是一种爱,它是耐心、宽容、理解、尊重、信任、期待的化合物,是学生健康成长的催化剂,更会在不经意间给我们带来各种各样的惊喜。

"双减"背景下小学低年级数学开放性作业设计

作业设计的优化是落实"双减"政策的必然要求，中小学生的负担需要得到减轻，尤其是针对小学生，不建议使用题海战术或照本宣科式的教学方法提升学生的成绩。所以教师要及时转变教学策略，积极探索有价值的作业设计，做到"调结构，重质量"，完善"双减"背景下作业机制。作业的完成情况可以反映教学效果，它一方面有复习巩固的作业，另一方面还能培养学生的独立学习能力，还是教师和家长评价学生数学学习的一种依据。下面结合新政策对数学作业设计谈一谈自己的一些做法。

一、设计情境型数学作业，让数学作业更有画面

情境的助力，让数学知识以多样化的方式呈现了出来。作业的精彩，让学生数学素养有了一次飞跃提升，也吸引了更多的孩子投入学数学、会学数学、想学数学的行动中来。

例如在假期临近时，可布置一项开放性的情境作业：让学生们自行规划一家人出游或回老家城市的行程方案，例如搭乘高铁，搭乘大巴，自驾，搭乘飞机等，鼓励学生们通过购票网站，咨询父母等途径规划可行的交通方案以及每种方案预计需要的费用和时间，并以此选出自己认为最佳的方案，说明理由。自由的探究活动是我们学习生活数学知识的一种主要方式，学生们通过在这种自由的探究和完成数学作业任务的学习过程活动中，自然也就可以更加深切地感受到了数学知识在实际生活

工作中得到的具体应用，毕竟生活数学知识源于我们日常生活，数学的学习要联系到实际生活，这也是当前我们学校在学生日常数学教育过程中所需要特别注意到的另一个重点。

二、设计跨学科型作业，让数学作业更有深度

学习，从来都不是某个学科的事。为了更好地拓宽学生的视野、打通学生学习的思维，加强数学课程与生活经验的结合，强化学科内知识整合，跨学科作业需要被重视。

假期临近，大部分家长都会趁着假期带着孩子到风景秀丽的景点放松心情，亲近大自然。我给孩子们布置了一份"数学日记"，让孩子们完成一份出游的日记。在出游前鼓励孩子们自行制订几份可行性的交通方案，将方案的详细行程，预计所需的时间都做一个规划并记录到日记里，又或是将出游过程中的花费记录下来。

三、设计思维型数学作业，让数学作业更有智慧

思维导图具有发散性、联想性、条理性的特点。使用思维导图能让我们更有条理地层层递进分析问题，同时能激发我们的联想思维、发散思维。思维导图完全可以胜任我们的学习好助手。特别是在整理汇总已学知识的过程中，能很好地帮助我们巩固及加强理解。

例如，学生学完二年级上册"测量"的知识进行了归纳和整理，使用思维导图对数学知识进行有条理的分解整合，不仅可以将复杂内容简单化，也可以更好地理解知识，掌握学习方法，加深对知识理解程度，提高学习效率。孩子们通过自己动手设计实际的情境，加深了对测量的理解。

四、设计游戏型数学作业，让数学作业更有趣味

小学生智力发育还处于不成熟的发展阶段，因而对学习很难产生自控力和专注力。扑克上有图形有数字，而且简便轻巧，玩起来千变万化，引人入胜，可以有效地培养学生学习数学的兴趣。可指导低年级学生通过操作数字扑克，来玩一些数学的教育性游戏，不但可以直接使低年级学生能在这些游戏过程中学会识认数字、数数、辨色、比大小、识图形、认出相邻的数字、加减和计算，等等，还可以能够按其某种共同特点进行分门别类并进行有一定规则性的顺序排列，使原来枯燥、抽象难懂的一些数学知识更加生活化、游戏化，以便低年级孩子们把数学学得更轻松。

比如在学习乘法口诀时，教师可以给学生设计一个扑克牌游戏，让学生和家长或者学生之间进行游戏，规则可以沿用经典纸牌游戏。从1~9的扑克中任意抽两张进行相乘，并说出乘法口诀。如抽中2和5的扑克，口诀则是二五一十。这样的游戏模式不仅能够提高趣味性，而且还能加强学生的计算能力，让学生从娱乐中提高自己的数学思维能力。

五、设计层次型数学作业，让数学作业更有梯度

作业设计不能"一视同仁"，应该根据学生们的数学基础，学习能力等客观差异设计不同层次的作业，让不同层次的学生通过作业都能在最近发展区得到相应提升。例如：为了降低"标签效应"，作业不再分为"A、B、C"三层次，学生可进入"作业超市"自由选择作业形式，其中基础练习、巩固练习为必做题，拓展练习为选做题。完成第一层次作业可获得1星；完成第二层次作业可获得2星；完成第三层次作业可获得3星；得分高或有进步的同学予以课堂奖励，目的就是让每位同学都能获得成功的喜悦，增强学习数学的自信心。例如：二年级上册第四单元图

形的变化——折一折 做一做的分层次作业设计。

六、设计实践型数学作业，让数学作业更有乐趣

　　数学实践型作业，让学生把数学学习与生活实践联系起来，运用自己所学到的一些数学知识，去分析理解事物和处理我们日常生活工作中遇到的某些具体问题。测量产生自物质生产和日常生活过程中存在的各种现实需要。二年级在认识新的长度单位之后，鼓励孩子们对身边熟悉的物体进行测量。利用培养学生动手的能力实际操作，通过对学生能从生活实际动手操作的过程活动中所获取到的各种现象、物品、数量关系等信息加以综合分析、推理和判断推理及数学运算，解决一些日常生活操作中的实际问题。既要做到将知识调动起学生的学习兴趣、锻炼学习思想、培养学习能力和融会贯通，又要满足学生强烈的学习心理需求，让所学知识始终充满活力。通过让孩子们在家中测量物体、制作米尺、绘本阅读等实践，让孩子们更加深刻地认识了"厘米"和"米"，在动手操作中强化了长度观念，感受数学的魅力，享受数学学习的乐趣。

七、设计阅读型数学作业，让数学作业更有宽度

　　苏格拉底曾经说过："教育不是灌输，而是点燃火焰。"让孩子们喜欢上数学阅读，首先就是点燃孩子们数学阅读的兴趣，让学生主动阅读。根据小学生的性格特点和认知规律，将数学文化故事和数学绘本阅读引入作业设计中。如利用自主课程或者延时课管让学生进行数学绘本阅读，采用师讲、生讲、全班一起听的方式，让学生在听完绘本故事所包含的大量文字信息之后，提取其中的数学信息、发现数学问题、解决并创编数学问题，潜移默化地提升学生发现问题的能力。

　　又如让同学们以阅读记录卡的形式记录下他们对阅读内容的理解、

评价及感悟。数学阅读不仅可以提高学生对小学数学知识点深层次的认识，有助于其数学思维能力的发展，还能够切实提高学生综合素养，激发学生的学习兴趣，涵养学生的心灵，促进学生全面发展。

教师也要指导学生从初级趣味的数学阅读走向高效的数学阅读，从而实现学生数理思维的全面发展。事实证明孩子们对故事都是充满兴趣的，孩子们能够在故事的阅读中获取知识，同时也体会到学习的趣味。这个暑假，我向学生推荐了《数学文化读本》这本书，鼓励孩子和家长一起阅读，并让孩子在家长的帮助下设计制作了阅读卡片。

八、设计生活型作业，让数学作业更有温度

在执教"时、分、秒"这一单元时，二年级数学教师们发现学生对于认识钟面的知识已经掌握，但是缺少与实际生活的联系应用。为了帮助学生建立时间观念，设计了特色作业——结合钟面设计"我的一天"特色作业，帮助小朋友们建立整时观念，让孩子们在亲身的实践中体会整时的实际意义，从而潜移默化地感受到时间的重要，并养成遵守和爱惜时间的良好习惯。

例如，在二年级"时、分、秒"单元教学完成后，我让学生们将自己周末在家一天中每个时间段的活动制作成一张时间图，鼓励学生们提前安排自己一天的活动并按照自己的计划过好这一天。回到学校后教师可以将学生们的时间图展示出来，并引导学生讨论自己在这一天中对哪一个活动印象最深刻。这个过程中学生们不仅完成了对12时计时法以及24时计时法这一知识点的掌握，提高了审美能力，同时也增强了生活中的时间观念，懂得要合理安排时间。

总之，《义务教育数学课程标准（2022年版）》指出数学课程要培养的学生核心素养是会用数学的眼光观察现实世界，会用数学的思维思考

现实世界，会用数学的语言表达现实世界。数学并非孤立存在，它在课本中，在生活中，也在学生们的心中。让知识圈走入生活圈，让生活圈融入浓浓数学味，提升学生思维，提高学科素养是学校数学教师们的不懈追求。

第三辑　爱生活

教育的宗旨是立德树人，而人必须要会生活，不仅包括孩子当下的学习生活，也包括孩子走入社会后的人生生活。因此，好的教育前提就是教育者热爱生活。

一路教育一路歌

我是听着《春天的故事》长大的梅州女孩。从小喜欢深圳，喜欢深圳的一草一木一叶一菩提，也喜欢它的天淡天青云卷云舒。学生时代，与我"交手"的老师都是非常优秀的——无论是英语老师的风趣幽默，还是数学老师的和蔼开朗，抑或是历史老师的侃侃而谈，无不让我感受到教师的人格魅力。

潜意识里，我觉得做教师很神奇——天文地理、古今中外，似乎无一不懂。于是，我萌生了"长大后我就成了你"的冲动。终于，2010年在深圳，我实现了我的梦想。

在爱情里，人们常说陪伴是最长情的告白，执子之手，与子偕老。然而十一年的教育之路告诉我，陪伴是最美最成功的教育。每天，我都很早地走进教室，最后一个离开教室；课间十分钟，我和学生一起跳绳，讲故事，踢毽子；中午休息时间，我从不去宿舍休息，而是在教室与学生一同吃午饭、谈天说地；下午放学后，我陪学生一起回家，与他们谈笑风生；学生的生日，我利用班会课，和全班同学一道庆祝……

就这样，幸福悄无声息地绽放在出发的路上。正如我一路嗅到芬芳走来，一个个孩子，在我的深情陪伴中，悄无声息地蜕变着，教育生活就是这样，既忙碌又充实，只有做教育才能有资格享受这样的美景。因为，我有一颗炽热的爱心，更乐于献出自己的爱心。

我依然清晰地记得，那是国庆假期后的第一天，我和往常一样早早地走向教室。刚走到教室门口，小可爱文文拦住了我，笑着说："张老师，你能闭上眼睛走进教室吗？"我好奇地想："这是为什么呢？难道有什么花样？"看着他急切的眼神，我还是照做了。睁开眼睛的一刹那，孩子们齐唱："祝您生日快乐，祝您生日快乐，祝您生日快乐，祝您生日快乐……"

顿时，孩子们纯真动听的歌声飘出教室，响彻校园上空。望着那一张张纯真的笑容，再转身看到黑板上一条条祝福语以及集体签名。刹那间，内心的幸福感，如丝如缕，填满我的心房。

还有，教师节，办公桌上那一束束鲜花，让我心潮澎湃，这是只有教师才能享受的甜蜜；逢年过节，收到一条又一条学生的美好祝福，让我激动不已，这也是只有教师才能品味的幸福；当我生病请假时，同学们纷纷打电话问候，那句"张老师，您辛苦了，希望您快点好起来！"稚嫩而又真诚的话语，让我热泪盈眶，这是只有教师才能收获的感动。

还有太多，太多！教育的终极目标是成就幸福人生，在成就学生的同时，也书写着教师自身的生命传奇。而我，所追求的生命传奇就是"与学生一起看风景，也与他们成为时代风景"。这就是我一生最美的期许。记得罗曼·罗兰曾说过："生活中不是缺少美，而是缺少发现美的眼睛。"今天我要说："工作中不是缺少幸福，而是缺少创造幸福的阳光心态。"

正如我们的邱校长常说的那样：教育者本身就是在受教育，与学生共成长才是教育最美好的景象。无论是作为班主任还是团队辅导员，我始终坚持"以人为本，立德树人"的育人理念。学生的成长就是为人师者的美好。在"最美南粤好少年"的活动评选中，多名学生获奖。我们班也获得"深圳市先进中队"荣誉称号。

如今的我，在深圳市龙岗区康艺学校享受着幸福的荣光，而这些都是因为学校给了我成长的肥沃土壤。我进步，我感恩，我幸福，我珍惜！我愿化作一缕阳光，永远陪伴我的学生健康成长！因为，教育，既是我的事业，也是我生命的荣光。

当下，很多人给教师头上冠以诸多头衔：老师是辛勤的园丁、老师是默默无闻燃烧的蜡烛、老师是伟大的人类灵魂的工程师……其实，教师没有那么伟大，也没有人们描述的那么无私。但我只知道，只要站上讲台，我就会用心上好每一节课，讲好每一道题，善待每一个学生。当我尽心尽力去做这些事情的时候，我并不是为了那些响亮的头衔，而是我喜欢教育，喜欢孩子，遵从我的内心而已。

曾经的我，是"起床困难户"，因为从事教育，我爱上了清晨——每天，都是迎着朝霞第一个走进教室……我也发现，清晨的气味堪称是一种奇遇，鸟儿在欢唱、树脂的香味、风吹过树叶轻微的摇动。当风尘仆仆踏进校门时，一声"老师，您好！"会让心中荡起对教师职业的自豪感；当迎着晨光走进办公楼时，同事以热情的笑脸相迎，友好地问声"早上好！"会让心中涌起一股暖流，带着愉快的心情开始新的一天……走进教室，孩子们有的在低头看书，有的在激烈讨论，有的在互相听写，还能看到值日生忙碌的身影：擦门窗、摆桌椅、倒垃圾……即使累得满头大汗，也丝毫没有怨言，红扑扑的脸蛋上一直绽放着灿烂的笑容。欣赏着这番美景，一种自豪感在心头不断升腾，做教师真好！

每天上课，批改作业，找学生谈心，处理偶发事件，联系家长等，不停地穿梭于教室和办公室之间；还有，学生比赛的选拔与培训、教师的赛课、磨课、反思、写作，等等。教育生活是这样忙碌而充实，这是只有做教育才能拥有的别样的美景。

苏格拉底曾说：世界上最快乐的事，莫过于为理想而奋斗。所以，我会为我的教育梦想而奋斗，更会为了幸福快乐而坚守——我知道，选择了教师，便注定一生清贫，不会有高楼大厦，不会有豪华跑车；选择了教师，也注定一生平凡，不会有高官厚禄，不会有名垂青史；选择了教师，更注定一生操劳，不会有休闲时光，不会有旅游闲暇。

作为千百万教师队伍中的普通一员，我渺小而又倾慕伟大，我卑微而又追寻高尚。教育人生，定是一路欢歌。生活在深圳已是一种习惯，而这种习惯将陪伴着我去到天涯海角。我想大声说：在深圳，当教师就是这么幸福！

有爱，梦想才会飞翔

可以肯定地说，无论是在教育著作的字里行间里，还是从报纸杂志的叙述描述中，抑或是从教师同行的言谈举止上，"爱"一直是教育界的热议。我走上讲台虽然已有八个年头，但依然对"爱"一知半解。近期，再读李镇西老师的《爱心与教育》一书，答案渐渐清晰——

其实，早在第一次捧读《爱心与教育》的时候，我就被"序言"里关于"素质教育"的解释深深吸引，它这样写着："素质教育"的大旗上，有一个大写的"人"字，它是目中有"人"的教育，是充满人性、人情和人道的教育，是为了一切人全面发展的教育。抱着对李镇西老师对"素质教育"解释的完全认同，我认真地读完了全书。

正如李镇西老师所说："教师应把更多的关注、更多的感情投向那些极度缺爱的同学。弱势群体是不幸的，因为他们长期承受着巨大的心理压力，难以拥有健康、快乐、自信、向上的精神生活。如果我们能还他们以健康、快乐、自信、向上，那该是多好的教育！"是的，"爱"虽然只一个字，但做起来谈何容易，那需要真心地付出。

不难看出，李镇西老师和学生间的一个个故事都体现了他为人师表的尽心，超越了一般父母对子女的爱。他从不忘记学生的生日，还在学生生日那天给学生送上一份生日礼物；在课间经常和学生一起活动；在课余时间或假期中带领学生一起走进大自然；对班级中的优等生、中等生、差生坚持按号轮流家访等，虽然都是一些微不足道的小事，却是一般教师难以企及的"爱"。确切地说，这种"爱"才是一种真正的"爱"——博大的爱、艺术的爱、智慧的爱。

李镇西老师爱优等生，更爱后进生。直到今天，万同——一个典型后进生的故事，在我脑海中依然历历在目……一路读来，情感就随着李镇西老师的笔触跌宕起伏着，时而忍俊不禁，时而痛彻心扉，时而感慨万千。一个活生生的万同形象，一个真真切切的追求教育理想的教育家形象，一个完整而丰富的教育过程，全都不经雕琢地展现在我眼前。从李镇西老师为他所写的教育手记中，我看到了一个为人师者的爱心与耐心，更感受到了转化一个后进生的艰难。

　　只有爱心的坚持，才能创造成功转化像万同这样的后进生的奇迹。我们知道，教育不是神话，它给人的影响是潜移默化的，是渐变的，甚至会经常周而复始地回到原点。在我看来，绝大多数的教师都是有爱心的，然而在这个急功近利的时代，缺少的就是像李镇西老师这样的耐心与恒心了。在阅读过程中，我不断地被感动，也一次次扪心自问：我有多少耐心对待像万同这样反复无常的学生？这么一问，羞愧无比！我们也知道，后进生是不幸的，因为他们长期承受着巨大的压力，难以过着健康、快乐、自信、向上的精神生活。在一路阅读中，我又在问自己：如果万同是我的学生，我会怎么做？我相信我也是一个有爱心的老师，我也会如李镇西老师一样耐心细致地对待他，谈心，讲道理，但是我会容忍他太多的反复吗？我想我是很难做到的，一次次失望、绝望会让我放弃，并告诉自己尽人事听天命足矣。渐渐地，一个教育智者的形象跃然脑海中——教育需要爱心、耐心和信心。

　　教育需要拥有一颗爱心，真心付出。蓦然回首八年的教育人生路——教育路似乎很浅薄，幸好未来还有漫长的教育旅程可供自己去实践、思考、探索。我会以李镇西老师为镜，不断反观自己——走出浅薄、走出自满；走进学生、走进教育。教师要尊重学生的点滴成功，哪怕只有一点点的成绩，不吝啬赞美。当学生犯了过错，要细心教导，让他们感受老师是因为爱他们才教导他们的，他们也能感受到老师的一颗爱心。因为，有了爱心，让孩子努力争取、改错，会发现，这样的教育更有意义，也让人更容易接受！也就是说，我们不仅需要有颗爱人的心，更要有一颗智慧的爱心！

　　正如教育家苏霍姆林斯基说过的："教育孩子，这是一种特殊力量的奉献，教师要用美好的爱，用对人的尊敬和美好，深信的精神来塑造人。"教育需要爱，也需要激情。让我惊讶的是，李镇西老师的年龄是我的两倍，而他的激情却是我的若干个两倍——老师每天都坚持阅读、写作——记录教育生活的点点滴滴。这不是一般的老师所能做到的，正是因为李镇西老师做到了，他的梦想才会随爱一起飞翔。作为一名年轻的教师，教育之路还很漫长，在今后的教育旅途中，我会以李镇西老师为榜样，实施爱的教育，提升爱的智慧，做教育的执着追梦人。

爱不是虚拟的文字

教书育人是爱的事业，关爱每一位学生是我们教师的责任。教师的爱与众不同，它是严与爱的有机体现，是理智与热情的巧妙结合。但是，在教育教学的过程中，我们教师爱品学兼优的"尖子"学生容易——这种爱常常是自然而然的，由衷产生的，而对"后进生"或者比较调皮的学生就不那么容易爱得起来了。虽然被爱是一种幸福的感觉，但有时候老师的"爱"也会让学生喘不上气，不知不觉中我们已经变成了面目狰狞的样子。

每年教师节，我收到过鲜花、贺卡，还有其他有意思的小礼物。让我更欣慰的是往届的学生送来的礼物。今年的教师节我就意外地收到了上一届学生小昊的贺卡和杯子。一说起小昊，我想到的就是一个上课搞小动作、写作业慢慢吞吞、考试有时也没有做完题的"头疼"学生。为了这些"慢半拍"的事，他经常受到批评。没想到几年没有教他了，还能收到他的小礼物。这一瞬间令我感悟到：谁爱孩子，孩子就会爱他。甚至，学生更爱老师！学生懂得感恩，缘于老师对学生无私的爱，老师的一举一动都在影响着学生，当这些举动让学生感受到老师的那份关心、呵护，他们一定会记住。这也可以说明一个教师的教育教学对学生影响很深远。

所谓的"后进生"正是这样的学生，更需要大家的爱，因为他们有苦恼，甚至自卑。他们的心，有更多需要被人理解的东西。好的教育方法就如同一缕新鲜的空气，可以给人活力，为孩子们松绑，让他们呼吸新鲜空气，抖擞起精气神。我们在对待问题学生时一定要讲究方式、方法，让学生从心里接受你的教育，从而提高学习成绩。对待不同的学生，教育者需要讲究方式、方法，不求他和别人比，只是希望他能成为最好的自己。

霍懋征老师常说:"我们的教育不可能使每个学生都成为专家学者、部长、司长,但我们应该把学生都培养成对社会有用的好工人、好农民、好公民。"作为教师,我们要爱的并不是虚拟的文字,我们需要用心去对待不同的孩子,让他们快乐地成长!

初心如磐，不负韶华

早起的我熟练地按掉闹铃，五年后的我早已不是那个小懒虫了，现在叫醒我的不光是闹钟，更多的是热爱与责任。这十多年来，我一直心存感激，因为我从事着自己最热爱的事业——教育，我是一名光荣的人民教师。

这十多年来，从制订教学计划，不断改进教学方法到开展少先队活动，培养少先队干部，虽然每天的工作都很繁忙，但我却总能做到有条不紊，我曾经很天真地认为，我会在这里慢慢地成长，慢慢地老去，收获一季又一季的桃李满园，放飞一群又一群的雏鹰飞天。但，明天和意外有的时候真的不知道哪个会先到来，在一场寒冬，突如其来的新冠肺炎疫情肆虐全球，我知道，我不再是那个需要别人呵护的孩子了，现在该轮到我去守护世界了。

记得武汉的一名医生说：2003年的"非典"，全世界在守护90后，而2020年，换成了90后守护世界。是的，"90后"仿佛一夜之间变了样，他们不再是游戏中的"坑人队友"，也不再是朋友圈的"美颜达人"，他们成了坚守交通卡口的警察，与病毒厮杀的医护人员，而作为90后教师的我们在长达200个日日夜夜对抗新冠疫情的日子里，也是24小时随时待命，询问、登记、汇报、上课，我们是"检测员"也是"宣传员"，是"网络主播"也是"心理疏导员"……伏尔泰说过："我们所做的这一切，是何等的微不足道，但我去做这一切，却是何等的重要。"正是一个个平凡人的无私奉献，才铸就了国家防疫的伟大胜利。也正是因为每一位"逆行者"的坚守，才让祖国在疫情防控这场战役中挺起了骄傲的脊梁，侠之大者，为国为民，这一刻，这些年轻的90后如同夏花般灿烂。

面对这场突如其来的新冠肺炎疫情，我们师生不能正常回学校上课。为了不让学生的学习受影响，我们全体教师怀着极高的热情，用专业知识，为学生搭建了一个"停课不停学，停学不停教的空中课堂"。

每周一次的升旗仪式和一年一度的六一儿童节在这非同寻常的时期更是不能缺少的，我带领着少先队干部，加紧制作了十二期线。上升旗仪式视频和"在阳光下快乐成长"线。上庆六一文艺会演，通过钉钉、微信等形式传播推广。尽管没有专业的录制工具和设备，尽管没有往年的气势恢宏和掌声欢笑，尽管因任务繁重而身心疲惫，但每当想到屏幕前孩子们脸上洋溢的笑容，我就充满动力，每周一早上八点，五星红旗的准时升起，都在向学生和家长们传递我们抗击疫情的决心。而我也成了"线上升旗仪式"的主播，每当国歌响起时，我都会心潮澎湃。有如此强大的祖国，有敢于担当的人民教师，我想，我们的每一个学生都会感到自豪和心安，尽管病魔凶猛，但仍然无法阻挡我们积极工作，努力前行的脚步，因为我们生长在这个星球上最伟大的国度——中国，伟大祖国对国人生命安危负责的大爱感动着我们，更激励着我们。同人们，疫情并没有完全离我们而去，但我们始终坚信，寒冬终将过去，春天也必将如约而至。

作为一名光荣的中国少年先锋队大队辅导员，我更不会忘立德树人初心，牢记为党育人，为国育才使命，把学生培育成好孩子、"红孩子"，使之成为实现中华民族伟大复兴中国梦的先锋力量，助力他们振翅高飞，翱翔天际，让他们在自己的人生路上行稳致远。

作为青年教师，我们要有"志之所趋，无远弗届，穷山距海，不能限也"的顽强与毅力，于世界中站稳，于时代中奋进，扬起"立德"的帆，荡起"树人"的桨，做新时代的好教师，初心如磐，不负韶华。我是张燕，守初心、担使命。我奋斗，我快乐！最后，我以我对祖国和事业的热爱之情与大家共勉："此生无悔入华夏！来世还做中国人！"

老师，为何不快乐

当我看到晚上办公室的灯光，这时的其他人可能泡一杯茶坐在沙发前看着电视，可能在外面的娱乐场所玩一玩。但这时的老师可能盯着眼前的一摞厚作业在批阅，也可能在备第二天上的课，也可能会为了应对明天的各项评比而做准备。

老师，为何不快乐？

超负荷的工作，加上各种考评。无形的压力在考验你的肌体的同时，也在精神上危害着你的健康！你不愿所带的班成为倒数第一，你不愿让人说你的班是全年级比较差的，你也可能不愿让人说，你误人子弟！

老师，为何不快乐？

你为什么就连大声地说这一句话的勇气也没有呢？在办公室经常看到这样一幕：有些老师常常在课间休息时间，叫学生到办公室里去背书，少则五六人，多则十七八人，整间办公室里，读书声"哇哇"一片，把小小的办公室挤得水泄不通，其他老师进出办公室也很不方便。

心理研究表明，常做四件事可提升自我幸福感。

一是经常联系周围的人——你的家人、朋友、同事、邻居。特别是你的学生，把这些人当作你生活的基础，并且用心呵护。

二是经营好自己的个人生活空间——把节假日、双休日、晚自习还给学生和自己。一个人的职业生活图景，往往决定着一个人的生活态度、生活样式、生活情趣。经营好自己的个人生活空间，既是个人生活幸福的需要，更是职业生活幸福的重要源泉。

三是留心周围——留心那些不经意的美丽，留心季节的更替，留心学生的成长与进步，享受生活的每一刻。

四是爱心奉献、与人为善——以感恩的心态对待你生活中的人和事。与感恩相伴相生，学会宽容。感恩于学生，感恩于生活中、工作中给予自己笑脸的每一个人，给予自己各种各样服务的每一个人，给予自己各种各样帮助的每一个人。同时无论对教育、对教学、对世事、对同事、对学生，都要宽容。有了宽容，就有了对话的空间；有了宽容，就有了调适的空间；有了宽容，就有了唤醒对方的空间；有了宽容，就有了等待对方转变的空间……

梁启超说："凡职业都是有趣味的，只要你肯继续做下去，趣味自然会发生。"为什么呢？首先，因为凡是一份职业，总有许多层累、曲折，倘能身入其中，看它变化、进展的状态，最为亲切有味。再者，因为每一职业之成就，离不了奋斗；一步一步奋斗前去，从刻苦中将快乐的分量加增。从职业性质看，还要常常和同业的人齐头并进，好像赛球一般，因竞胜而得快乐。人生能从自己职业中领略出趣味，生活才有价值。如果能像孔子那样骄傲悠然地自述生平，说道："其为人也，发愤忘食，乐以忘忧，不知老之将至云尔。"那么这种生活，真算是人类理想的生活了。

愿每一位教师都能够体会到教育生活的美好与幸福，愿我们每一位教师都能够过上理想的教育生活。

教师应为哪般模样

怎样才是合格的教师？答案有很多种，而且要求还不少。比如教师的宣誓词：我志愿成为一名人民教师，忠诚党的教育事业，遵守教育法律法规，履行教书育人职责，引领学生健康成长，做到有理想信念、有道德情操、有扎实学识、有仁爱之心，为教育发展、国家繁荣和民族振兴努力奋斗！再如：忠诚教育事业、热爱学生、具有团队协作的精神、以身作则为人师表、具备教师人格素养和教师专业素养，等等。

特别是在一年一度的教师节，有关部门雷霆万钧、双管齐下。一边倡导全社会尊师重教，为教师们隆重地庆祝教师节，一边高调开展严禁教师违规收受礼金、有偿补课等专项整治。闲暇时间教师不能有抽烟、赌博等"低俗"的爱好，这个可以理解。即使是用休息时间给学生补习了也不能收费，因为人民都觉得教师不可以把金钱看得太重。把教师放在道德的最高点来要求我们要甘于清贫。教师应该是无止境地奉献自己的所有精力。教师就不是平凡人了吗？这样的要求究竟是让教师们挺起胸膛，还是让教师们夹起尾巴？于漪老师说，教师是光着屁股坐花轿，赞誉多，实惠少。这话真是教师的经典写照。

还有那句只有不会教的老师，没有教不会的学生。真的没有教不好的学生，只有不会教的老师吗？同理，没有医不好的病人，只有不懂医的医生；没有破不了的案件，只有不会破案的警察；没有抓不好的经济，只有不会抓的官员。这真的把教师贬损得很痛很惨！有的学校还把它当作治校名言，高高悬挂在学校最为醒目的位置。有的家长在对教师评价的时候也用这句话来"捆绑"教师。应该说，教育不是万能的。但是为什么教师一定是万能的呢？古人云：师父领进门，修行在个人。况且，教育需要家庭、学校、社会三位一体的教育，怎能让教师一方负全责呢？

  如此下去，教师的职业就要消失了吗？不，依然可以安安静静地教书育人。前些日子，复旦大学教师熊浩在超级演说家的舞台上，演说了陶行知先生的教育人生，让我备受鼓舞！虽然天下熙熙皆为利来，天下攘攘皆为利往，但是云山苍苍江水泱泱，先生之风山高水长。只要老师们铭记自己最初的教育梦想——教书、育人。只要我们心中时时刻刻记得陶先生为人师者的大写模样，就可以延续先生的光，把它变成隽永的亮。

做一个很"炫"的老师

作为小学生，每个学科的第一节课，对他们来说都是十分值得期待的。他们期待着新的老师，期待着新的学科知识，期待着自己的未来。而作为新接班的教师，也是一样的，新的学生，新的面孔，新的开始，如何给学生留下一个好的印象，如何把学生引进自己学科的大门，也应当是每位学科教师思考的问题，或者说是每位教师都必须细心精心设计的内容。

我们老师上的第一节课，可以把新课知识放一放，不妨"炫耀"一下。首先要"炫耀"自己。科学证明，第一印象是非常重要的，这一印象有可能是一生都不会抹去的。如何通过第一节课就让学生喜欢上自己，确实是一种能力和考验。

尤其是小学阶段，作为老师，不妨把自己最亮的地方在第一节课就展示给学生。当然这亮点是因人而异，哪个方面都可以，比如姓名、年龄、爱好、特长、教学经验、教学成绩甚至包括相貌，等等。

比如有一位数学老师喜欢音乐，第一节课一进教室，一句话也没说，便播放近期学生们最喜欢的音乐。让学生们沉浸在音乐的喜悦之中，把全班同学都调动起来，让学生记住这个爱音乐的数学老师；还有一位新毕业的老师，第一句话便是，我是某某学校的大学生，我希望你们将来成为我大学母校的学弟学妹，学生也是无不震惊；还有一位老教师，很谦虚地说，我当了多少年的教师就当了多少年的班主任；更有一位语文老师，整节课妙语连珠，成语熟语，诗词歌赋，信手拈来，让学生听得如醉如痴。

信其师，方能学其道。这样做并不是想让教师炫耀自己，主要目的是进行必要的自我推销，展示自我，吸引学生，创造好感，让学生一开始便喜欢上自己，并由喜欢老师，爱屋及乌地喜欢上自己所教的学科；同时也向学生传递一个我能行，相信我，我能把你们教好的信心；当然也有满足学生好奇心的目的。

要知道，当上课钟声响起，学科老师走进课堂的那一时刻，学生的所有注意力并没有在课本知识上，而是把所有的目光和精力全部聚焦在了新老师这个人的身上，作为学科老师，自然可以顺水推舟，满足一下学生的好奇心。

其次要"炫耀"自己所教授的学科。"炫耀"是喜欢，是热爱。试想一下，如果一名教师连自己所教授的学科都不喜欢，他怎么去影响学生喜欢自己所教的学科呢？

如果一名教师对自己所教授的学科都不感兴趣，那么他在讲授学科知识时，又怎么可能有激情呢？如果学科教师在授课过程中没有了激情，听课的学生又怎么能够不昏昏欲睡呢？

当然，我们相信，一名合格的教师，他必须首先是喜欢自己所教授的学科的，也只有如此，我们才能够去讨论如何向学生"炫耀"自己的学科。在喜欢自己学科的基础上，教师可以向学生"炫耀"学科的历史，比如数学学科的那些伟大的科学家们，让学生们充分感受到人类在这一学科上的骄傲，从而产生自豪感。更有必要"炫耀"学科的未来，比如科学学科，基因的破译前景，人类生命的未来，癌症的突破等，让学生们感受到自己甚至人类的使命，从而产生责任感。

当然，也可以向学生"炫耀"学好这一门课程，对将来就业或者深造的前景。比如将来要从事外事工作，您的英语必须出类拔萃；将来要对医药行业感兴趣，您的化学必须达到一定的程度；将来要从事文秘工作，您的语文素养必须非常地过硬；将来您要进军航天领域，就必须学好物理等。

说是"炫耀"，实际上这一做法是对学生进行必要的生涯规划教育，是每一个学科教师都必须做的，并且不仅是第一节课，同时还要求教师把这一过程贯穿到学科教学的始终。

再次，要"炫耀"自己的专业能力。一是要"炫耀"自己对三年所教知识体系的把握。一年级学什么，二年级学什么，三年级学什么，三年所学知识内容的框架是什么，联系是什么，让学生首先在宏观上对三年的学习内容有一个大概的轮廓，做到心中有数。

二是要"炫耀"学习本门学科的法宝。教无定法，但学有轨迹，任何一门学科，在学习过程中都有一定的规律。比如数学的运算定律，科学的实验法，英语单词的词根记忆法，语文的作文解读法，等等。

随着学段的变化，学生的学习能力不断提升，学习的方法也必然要有一些变化，作为教师，在多年的实践中，肯定积累了很多好的学习方法，在开学之初，非常有必要提醒学生，从而达到事半功倍的功效。

最后，也不妨"炫耀"自己的严肃性。即提出一些学习本学科的要求。比如课堂如何听讲，如何记笔记，课前如何预习，课后如何写作业，等等。看似老生常谈，但不同学段，还是很有差别的。

当然，说到底，教师的"炫耀"，实际上是交流沟通，是激发学生学习本学科的兴趣，是增强学生学习本学科的信心。任何一位优秀的教师，都会自觉地这样去做。

做一个激情四射的老师

每个教师在选择进入教师这一行业的时候，都是因为自己对这一职业充满了兴趣与向往。但是教师在日复一日的工作中感到索然无味，就会产生懈怠的情绪。如何保持教师的工作激情，克服职业倦怠呢？在这方面，笔者有这样的一些认识和实践。

一、不忘初心

有一定的理想目标是激情工作的精神支撑。虽然我们过的是平凡生活，从事的是平凡工作，但却不能平庸地去对待。只有不忘对教育的初心，才能以优质的教育水平影响孩子们未泯灭的天性，以扎实的道德引领影响孩子们内心深处最美好的品行。流年有声，岁月无痕。我的"教育梦"在深圳经过十几年的沉淀，终于变得更加深沉而厚重、真实而纯粹。我承认，刚参加工作的热情会随着年岁的日增、家庭的琐事、生活的重创而渐渐消磨，但梦想的力量就在于，当你历尽了生活的破碎与绝望后，它还能够让你重新抬起头来，仰望头顶上那片灿烂的星空！

二、劳逸结合

工作八小时之外就是生活。唱歌跳舞、好友聚餐、书法绘画，发展自己的业余爱好，会让你的生活和工作更有滋味。爱好有很多，只要你自己感兴趣，就尽力去做吧。你的所有兴趣爱好，还可以运用于我们的教育教学中，学生因此会更加佩服你，师生关系也会越来越融洽。身体是革命的本钱，"五加二""白加黑"的工作模式虽是工作的常态，但是我们不仅是人民教师，还是孩子、伴侣、父母等角色，大家与小家是不能分离的，而是相辅相成的。劳逸结合才能让身体更健康，身体健康了才能更好地提高工作效率。

三、享受课堂

享受课堂，是一种愉悦的情感与心灵迸发，快乐了自己，也愉悦了他人。对于孩子们来说，学习最好的渠道在课堂，教学的质量直接影响孩子的学习。对于教师本身，课堂教学是自己职业生涯最基本的构成。用心去写每一个教案；用心去教每一节课；用心去布置每一道题目；用自己的热情感染每个孩子，一定能享受自己的每一堂课。学生是受教育的主体，没有学生的参与、不倾听学生意见，就不利于教师的发展，也不利于学校的发展。享受教育过程是教与学的最高境界，也是教育管理的最新境界。课堂上能让学生会学、学会，让学生不断成长，对教师而言，快乐莫过于此。

四、勤写善思

特级教师李镇西能成为当代中国教育类图书的畅销书作者和最有影响力的教育家之一，坚持写教育日记是他最宝贵和最重要的成功之道。如果对教育写作认识不深刻，许多感想与心得便不可避免地随着时间的流逝而消失得无影无踪。对职业的认识不免滞留于肤浅与人云亦云。因此，教师要不断地反思总结，及时地将教学探索形成文字，使自己的教育人生变得丰富和充满乐趣。

没有激情的生活除了让额头上留下更多的皱纹之外，什么都不会留下。教师的职业激情与幸福感从来都是握在自己手里的。只要自己心中有阳光，抱着积极、平和的心态，把生活当成恋人，钟爱一生，把工作当成享受，为教书而活。牢记教书育人的宗旨，永葆为人师表的本色，勇担民族未来的重任，愿每位教师拥有激情，充满激情。

幸福，永远在路上

如果你问我：幸福是什么？我会这样告诉你：幸福就是拥有一个美满的家庭、一个健康的身体以及一份理想的工作。如今，我已经实现了自己的梦想：做了一名教师。每天，我都很早地走进教室，最后一个离开教室；课间十分钟，我和学生一起跳绳，讲故事，踢毽子；中午休息时间，我从不去宿舍休息，而是在教室与学生一同吃午饭、谈天说地；下午放学后，我陪学生走上一程，与他们谈笑风生；学生的生日，我利用班会课，和全班同学一道庆祝……这样，幸福悄无声息地绽放在出发的路上。正如我一路嗅到芬芳走来，一个个孩子，在我的深情陪伴中，悄无声息地蜕变着，我也享受着那不曾有过的幸福。

一路走来，我痴情于陪伴，用那道微不足道的光，去照亮学生前行的道路，给学生带去一些温暖，带去一些快乐，带去一些安宁。尤为可贵的是从那一个个完美蜕变的"熊孩子"身上，我学会了要用发展的眼光去看待学生，而且明白了要用感恩的心去关爱学生，更懂得了要用智慧的心去引导学生。

我也拥有了自己的教育梦想，更收获了满满的幸福。所以，教育，既是我的事业，更是我生命的全部。

教育的终极目标是成就幸福人生，在成就学生的同时，也书写着教师自身的生命传奇。而我，所追求的生命传奇就是："与学生一起看风景，也与他们成为时代风景。"这就是我一生最美的期许。记得罗曼·罗兰曾说过："生活中不是缺少美，而是缺少发现美的眼睛。"今天我要说："工作中不是缺少幸福，而是缺少创造幸福的阳光心态。"

一定意义上，教师只有在感受到生活充满希望、充满阳光时，工作过程才会是一种享受，而不是一种劳役，是自我实现而不是纯粹付出。因此，只有教师是幸福的，才能创造出幸福的课堂，教出幸福的学生。

所以，幸福原来就在这里——幸福写在学生认真的作业本上，幸福写在学生满意的答卷上，幸福堆在家长充满谢意的脸上，幸福绽放在这小小的三尺讲台上。教师的幸福是一种精神追求，感受坚持胜利的快乐；教师的幸福是一种职业荣誉，感受授业解惑的快乐；教师的幸福是一种理想实现，感受实现人生价值的快乐！

此刻，我最想说：让我们携手同行，带着教育梦想，追寻教育的一路芬芳吧！

爱出者爱返

其实，我有点害怕过教师节，在这个被物欲充斥的时代担心因接受孩子们的礼物，被推向风口浪尖，被人辱骂，教师节成了万千老师的心结，无言的痛。曾有老师竟然发出取消教师节的无奈呼吁，满腹牢骚，黯然神伤啊！

与外国人相比，中国人很不善于表达爱。如果再不趁各种节日的教育契机，学会表达爱的话，国人之间的相处会更加地冷漠。再者，"尊师重教"是我国的优良传统美德；"强国必先强教"，一个国家的繁荣昌盛，离不开教育，离不开三尺讲台上的万千教师，有了对于教师职业的热爱和无比忠诚，我们的国家才有希望。

我很庆幸，我是一名教师。做着自己理想的职业，遇到一群群可爱的天使。孩子们一声声祝福语、一朵朵鲜花、一张张小卡片、一件件小礼物，让我享受着无止境的甜蜜。这就是做教师的幸福！爱出者爱返，所以我就是喜欢晒出孩子们送给我的礼物，我就是喜欢这种感觉！

最后我想说，一个活在爱里的人，在面对挫折时，他可能会选择拿自己开个玩笑，和朋友一起运动流汗宣泄，接受家人的抚慰和鼓励……这些"应对方式"，能帮一个人迅速进入健康振奋的良性循环。因此，作为家长和教师，爱孩子并支持孩子学会表达爱是最重要的素养和能力。

用文字分享喜悦

众所周知，教育写作就是随时随地把所思、所想、所感、所悟以文字的形式记录下来，收获的不仅是专业的发展，更是那一篇篇文字，将平淡如水的教育生活定格在永恒，成为教师一生最美好的记忆。从这种意义上讲，教育写作，应该成为教师的一种生活方式，最应有的精神生活。然而，一提起教育写作，绝大多数一线教师都会发出这样的感叹：教育写作是专家的专利，而作为一名普通教师，我们的生活就是教书——且不说教育写作与我们的生活相去甚远——教育写作又能给教学带来多少实际作用呢？我们还哀叹教育写作太难。大致有以下四个方面：

一是教育写作的时间哪里来？只要走进学校，不是备课，就是批改作业，或是处理班级中各种临时性的工作……时间安排得满满当当，哪有时间去写作，综观真正的读书者，都是善于挤时间来读书的。

二是教育写作写什么？对某一教育现象的看法，课堂上一个个精彩瞬间，与学生相处的快乐时光，转化后进生的巧妙之笔，教育生活的酸甜苦辣等，都是写作的素材，哪能没有东西可写呢？

三是教育写作有什么用？大家也有这样的共识：一个喜欢读书和写作的教师，他的学生也一定会喜欢阅读，这才是我们经常听到的教师的耳濡目染和言传身教。魏书生老师也曾这样说过："教育写作不仅仅成就着教师的幸福人生，而且引领了学生的成长。"难道还会说教育写作没有用吗？

四是写作的激情哪里来？聆听一场专家报告，会满怀激情，看一篇文章，会发出无限感慨，回到单位，便信誓旦旦地一定记录教育生活的点点滴滴，但辛苦写完的文章却一次次被杂志社退稿，写作的激情被泯灭。

　　看上去教育写作困难重重，关键是自己还没有踏出写作的第一步。直到现在，我依然清楚地记得，我的《爱，要有智慧》一文刊发后，那种无以言表的兴奋与激动，让我品味着只有做教师才能品味的幸福。这是一种分享，一种幸福的分享，且只有教育写作才能带来的幸福分享。所以，教育写作应成为一线教师最应有的精神生活，用教育写作抵达心灵深处的精神之乡。

我生命中的重要人物——李镇西

"重要他人"是一个心理学名词，意思是在一个人心理和人格形成的过程中，起过巨大的影响，甚至是决定性作用的人物。认识李镇西老师，是从他的"教育在线"博客开始的。李镇西是名副其实的名师、名校长，他就是我教育教学生涯的重要他人。他究竟有哪些地方值得我们学习呢？

一、学习李镇西老师以人为本的教育思想

"让人们因我的存在而感到幸福"，这句话是李镇西老师的教育格言。在教育的过程中有成功的案例，也有失败的案例。人们在回忆的时候，总是选择"选择性遗忘"将这些回忆进行筛选，美好的留下，尴尬的忘掉。但，李老师敢于在书中、报告中承认自己在教育当中的失败。为了让每一个学生都成为真正的人，为了建立民主的师生关系，李老师一方面不动声色地引导、关心所有人，不带功利心，体现他的教育情怀；另一方面用爱打动，尊重孩子，叩问教育良知。于是，在他的教育生涯里便留下了无数温馨的回忆和难以磨灭的印迹。无论是对职场精英杨嵩的发现，对善良打工妹宁玮的尊重，还是对翻译人才周慧的赞赏，对脸上有疤的王露霖的安慰与无痕呵护，还是因为不如任安妮这个学生对别人的尊重而产生的自责，还是年轻时到各地旅游期间写给一个个同学的一封封盖着各地邮戳的"教育情书"，无一不蕴含着一个有教育良知的教育家的情怀。李镇西把更多的精力放在了那些学习有困难、品行有"瑕疵"的学生身上，他的学生中有高官，有学者，有律师，但他从未炫耀过，他更为那些平凡而普通的

学生骄傲。在他的博客首页上，他刻意"炫耀"的一项成就竟然是培养了"数以千计的合格的中学生"。看着孩子们那阳光般灿烂的笑容，我们能体会到李镇西作为教师的职业尊严和幸福。

二、学习李镇西老师，做有情感有智慧的教育

从教二十几年来，李老师和学生间的一个个故事都体现了他为人师表的尽心，超越了一般父母对子女的爱。他对学生的爱是一种真正的爱。一般的老师是难以做到的，他对学生的爱，不但爱优秀生，而且更爱差生。尤其是他从不忘记学生的生日，还在学生生日时给学生送上一份生日礼物；在课间经常和学生一起活动；在课余时间或假期中带领学生一起走进大自然；对班级中的优等生、中等生、差生坚持按号轮流家访等，李老师在教育岗位上处处闪耀着爱的火花。

《唱着歌儿向未来》，这是李镇西老师和学生们共同创作的班歌，由谷建芬作曲。这是班级凝聚力的体现，更是李老师走进学生心灵，叩击心灵之窗的当当之声。李老师尊重学生心灵的自由，喜欢和学生平等对话，宽容学生的质疑问难，于是，便有了油菜花地里的阅读课堂，有了泯江河畔的写作课堂，有了"一碗清汤荞麦面"的感恩课堂。我不禁感慨，那些作为李老师学生的人们是何其有幸啊！离休前乐山和成都的"最后一课"吸引了来自全国各地乃至世界各地的学生们纷纷赶来聆听。最后一课的感动场面也让观者动容。我想这就是为师者的最高境界！

三、学习李镇西老师做笔耕不辍的教师

李老师所生活的成都是一个慵懒而悠闲的城市。在那里茶馆林立，人们习惯于喝茶、聊天、打牌。而他仿佛是成都的"异类"，他不喜欢喝茶，更谈不上去茶馆了。如果是为了应对日常教学和学校管理工作，李镇

西老师完全可以躺在功劳簿上吃老本，可他仍像一只不知疲倦的蜜蜂，每天在繁忙的工作之余，坚持读书学习写日记写博客。李老师向大家展示了一名优秀教师不断进取，超越自我的辉煌成就，因为其善于发掘生活中的点滴小事，将其上升为教育中需要解决的科学命题，所以他教学之初便收获颇丰、成绩显著；因为他善于积累教育中的经验与心得，所以他教完第一届学生便在《班主任》杂志创刊号发表了洋洋万字的教学心得；因为他知难而上，敢于挑战自我，主动要求建立全部由后进生组成的"差生实验班"并任其班主任，用辛苦耕耘收获珍贵的劳动果实；因为他用爱心浇灌每一棵幼苗，将教育智慧建立在与学生真诚交流的基础之上，被誉为"中国苏霍姆林斯基式的教师"；因为他坚持每天读书不少于一万字，坚持写教育笔记，所以发表教育文章数百篇、出版教育著作十多部，成长为一名学者型教师。

李老师常说：教育至上，朴素最美。在今后的工作中我会向李老师多学习，学习他的教育理论，同时也学习他勇于实践的精神，不断探索，走出一条适合自己走且最终惠及学生的教育道路。

今天，我们不妨像李镇西一样做教师

曾几何时，我一直在追寻，追寻着李镇西的人生足迹……但是，如果你要问，应向李镇西学习什么？我不能给出明确的答案。前些日子，在参加李镇西研究会第五届年会期间，有幸获赠《巨人肩上的舞蹈——李镇西评传》一书，阅读之余，掩卷沉思，答案日渐清晰：像李镇西一样，做一个纯粹者、理想主义者和批判者。

一、像李镇西一样做个纯粹者

李镇西一直认为，只有童心能够唤醒爱心，只有爱心能够滋润童心。所以，李镇西始终把"做一个最富有人情味的人，一个心甘情愿'把整个心灵献给孩子'的人"作为自己教育人生的追求，向理想和事业的高峰不断攀登着……在这个物欲横流的浮躁时代，我们该做些什么？或许，李镇西老师的那句铿锵有力的"请像我一样做教师！"就是最好的答案。"用儿童的眼睛去观察，用儿童的耳朵去倾听，用儿童的大脑去思考，用儿童的兴趣去探寻，用儿童的情感去热爱！"这是教育的纯粹；"我给学生的'见面礼'——让人们因我的存在而感到幸福！"这也是教育的纯粹；"千教万教，教人求真；千学万学，学做真人"，这更是教育的纯粹。

作为一名教师，能够遵循教育常识，回归教育本真；面对眼前的一个又一个孩子，能够坚守良知与信念。能做到这些，就是一个像李镇西一样纯粹的人。

二、像李镇西一样做个理想主义者

李镇西强调,教师首先是一位理想主义者。曾任国务院总理的温家宝在《仰望星空》一诗中这样写道:"我仰望星空/它是那样壮丽而光辉/那永恒的炽热/让我心中燃起希望的烈焰、响起春雷。"我心中产生强烈共鸣:教育不仅要面对现实,还要胸怀理想;不仅要关注眼前,还要放眼未来;不仅要脚踏实地,还要仰望星空!这是一个理想主义者的呐喊。

当下,教师已经不需"燃烧自己、照亮别人"的自我毁灭,要的是"照亮别人、成就自己"的合作双赢。因此,作为一个平凡却不普通的教育者——理想主义者,要不断地扪心自问:"我的方向在哪里?""我的不足有哪些?""我要怎样的生活?"……教师只有不断自省,才能明确方向,做成自己想要做的事。其实,老师们最清楚的是:我们的飞翔无法停止,我们的追求没有终点,因为我们的理想永远在前方!让我们不断拂拭心灵之尘埃,让教育成为培养学生有积极理想的一方沃土吧!

三、像李镇西一样做个批判者

我们知道,教师的创造精神有赖于教师的批判意识。如果说,创造精神重在开辟未来,那么,批判意识就是反思与"清算"过去和现在。如果说没有创造就不能走向明天,那么没有批判就无法走出昨天与今天。任何真正意义上的发展与进步,都是建立在"昨天"与"今天"的基础上,都是在批判与传承中进行的。因此,没有批判意识,也就没有创造精神。教育需要创新,当然也需要批判。

李镇西把批判的"手术刀"伸向了整个语文体系,一针见血地指出了语文教育的种种弊端,比如教人说假话的作文教学,比如把学生当敌人对付的考试制度,比如令人揪心的学生满意度,等等。正是因为这些毫不留情的解剖,让李镇西不断对自己的教育教学进行重构,形成了"浪漫语文""训练语文""生活语文""创造语文""人格语文""民主语文"。

不难看出,正是李镇西对教育现状的不断批判,才成就李镇西为语文教育蹚出了一条全新的路子。

鲁迅先生曾这样说:其实地上本没有路,走的人多了,也便成了路。正是因为李镇西是一个纯粹的人、一个教育的理想主义者和一个教育现状的批判者,才能成为中国基础教育界的"巨人"。

教师要有自己的精神宇宙

从教十多年来，一直奋战在教育的第一线，每天面对形形色色的学生，自以为能够独当一面。而今有幸读到了李政涛老师的这本书，让自己对教育有了一个全新的认识。正所谓"开卷有益"，我想应该就是如此了。正如李政涛老师所言：认识自身宇宙的基本方式仍然是阅读。在阅读孩子的宇宙中阅读自身，在对外部一切与教育有关的有字之书与无字之书的阅读中返回自身宇宙的世界。教师宇宙世界中一切博大和丰富的诞生，一切生命的灵动与生动，都有赖于阅读的高度与效度。

作为教师，思考今日教育起点，不再是"我们要给学生什么样的教育"，而是"我们要给学生什么样的人生"。在"面向他人的教育之前"，首先要做的，是"朝向自我的教育"。教育之难，难在这种相互之间的转化生成。教师之难，也在于此；在"好为人师"之外，还需要"好为己师"。这样的教师，才是足以让人信服和尊重的教育者。

现如今的教育也变得有些功利，缺少了灵魂。教育本身意味着"一棵树摇动另一棵树，一朵云推动另一朵云，一个灵魂唤醒另一个灵魂"。真正的教育理应成为负载人类终极关怀的有信仰的教育，它的使命是引导和建立学生的终极价值体系，使他们成为有灵魂、有信仰的人，而不只是热爱学习和具有特长的准职业者。中国如今的教育，不缺少教学方法和教学设备，不缺少教育思想和教育著作，唯独缺少灵魂。但那种对生命的终极关怀，对人的自由、公正和生存尊严的追求的教育已渐行渐远，被淹没在利己主义、机械主义和实利主义的浪潮之中，确实让人为之心痛。

在教师的学习历程中，什么地方是教师的生命所在？需要什么样的载体来安放教师的求知热情？那就是"教育现场"。教师的学习能力，最重要的是现场学习力。

对教师来说，至少有四种类型的现场：教师自己每天的教学现场。我们能否把自己的教学现场作为学习反思的对象，让这样的教学日日滋养自己？同行教师的教学现场。如其他教师的公开课、研讨课、观摩现场等，我们能够从中学到什么？学校教研组、备课组日常教研活动现场。这是教师参加的最日常性的活动，包括集体备课、读书沙龙、专题研讨等多种形式，对我们的教学有多大的提升？各种培训、讲座现场。在这些现场中必须带有两种东西：一是钉子——专注力，二是钩子——捕捉力和转化力。

李政涛老师在书中提到对他影响十分巨大的一位教授——叶澜教授提出"生命自觉"。"有生命自觉"之人，至少具有三大特征：一是拥有对自我生命的自觉，即"明自我"。他能够自觉确立人生信念，自觉化解人生的困惑和困境，既能够自觉体认到自我生命的独特和与众不同，也能够清楚知晓自我生命的局限和限度。二是拥有对他人生命的自觉，即"明他人"。他具有对他人生命的敏感、尊重和敬畏，敢于主动承担对他人生命的责任。三是拥有对外在环境的自觉，即"明环境"。

培养具有"生命自觉"的人，是这个竞争异常激烈的时代给教育提出的新期待和新希望。用"生命自觉"的价值取向引领教育改革，这不仅意味着"生命自觉"被确立为教育改革的价值坐标，更意味着"生命自觉"将化为当代师生成长的内在力量，成为贯穿其一生的绵绵不绝的生命动力。

有了自身宇宙的阅读、发现和重建，有了新灵魂的灌注和扎根，教师所经历的教育时光就不再是琐碎、烦扰和平庸的代名词。而被赋予了新的内涵，打上了新的印记。

阅读是一次次修身养性

  书到我们手上，就如同去了远方。阅读的神妙之处，在于我们能够经由文字，在现实生活之外，构筑属于自己的精神生活。透过一本书，我们看到的不仅是故事与人物，也能读出作者的阅历，触摸一个人的心灵世界。

  从小我就很喜欢阅读，喜欢亲朋好友互相漂书。在我看来最好的交流方式就是分享自己喜欢的书籍和文章。我书架上的书不是很多，因为它们一直在流动。我还喜欢把自己喜欢的图文裁剪收集在一本小册里面。放在床头边每天睡觉前不停地翻阅。翻开《唐诗宋词》，扑面而来的是远古的风韵。让我在喝酒时喜欢李白；失恋、看破时喜欢李商隐；落魄时喜欢杜甫；豪情时喜欢岑参；游玩时喜欢王维。翻开《青年文摘》，那些文字，那些故事，有的悲伤，有的欢乐，有的令人浮想联翩，有的让人意气风发、斗志昂扬。每个作者投入的都是真情实感，作者的和盘托出，让人愿意当一个聆听者，分担作者各种各样的世间长情。翻开《红楼梦》，那凄凉深切的情感格调、强烈高远的思想底蕴、曲折隐晦的表现手法、独具个性的人物形象，感受中国名著的博大精深和奇光异彩。总之，每一次阅读，都是一次心灵的旅行。

  阅读可以保持我们的幸福感。在一本叫作《你可以幸福》的书中有这样的话：幸福本身就已经是奖赏，那是我们所追求、希望和所做一切背后的奖赏，幸福是一个带着其他礼物的礼物。我想这正如心灵导师埃克哈特·托利说的："对待你内心的事物，要像对外在的事物一样有兴趣。只有你内心平顺了，外在才会和谐。"阅读就是获取精神充实的最佳途径。

一本好书，就像是"众里寻他"遇到的一位怦然心动的情人。

孔子说："逝者如斯夫，不舍昼夜。"我想最好的生活方式就是阅读。因为它能使人不断地刷新自我认知，从而变得更加从容、有气质。三毛曾说："你的气质里，藏着你读过的书，走过的路和爱过的人。"气质，是一种由内心散发出的吸引力和气息，一个人有气质，就好像拥有了美好的生命四季。漂亮是表面的，是第一眼的吸引和好奇；而气质是内在的，是文化和品位做底蕴，是时光赋予的珍贵品质。

曾国藩说："人之气质，由于天生，本难改变，唯读书则可以变其气质。"

人一生很短，有时穷尽一生之力也所获寥寥。读书可以"变化气质"，正因为书可以扩展一个人的生命履历。好书都是作者的生命体验，如果我们用心进入，也可以得到相同的精神体悟。

阅读是一次次修身养性，亦是获得教养的途径。书读得多了，人会和颜悦色得多。他们在静止的文字中获得对生活的鲜活体验和了解，在与大师的对话中，顿悟那些跨越千年的心意相通。阅读，让你拥有一份书卷之气；修养，让你有一种娴静之气；阅历，让你变得从容和淡定；岁月，让你变得自信和独立。

每一次阅读，就是一次修身。无数个夜晚，我都枕着书入眠。

争做研究型的老师

邱校长经常勉励我们:"要有终身学习的理念,做一个学习型、研究型的老师。"那时我对研究型的老师定位还不太明确,直至2017年唐林英老师加入我们康艺大家庭,带领老师们做课题研究之后,才有了新的认识。

唐老师利用中午时间给我们一点一滴地讲解什么是课题,怎么做课题,做课题对师生之间的成长有什么作用……但是我对课题还是有一种"陌生而恐惧"的感觉,甚至误认为研究课题是专家们的事情,与我们普通教师相去甚远。所以,老师们积极准备课题申报材料时,我依然无动于衷。后来,学校成功申报了六项区级课题,在教育教学研究上有了重大突破,可我并没有心动。

随后,唐老师利用课间、午休、放学之后等时间,多次以谈话的形式激励我,并指导我发现教育教学过程中的实际问题。让我渐渐明白问题即课题,我们的研究也许是一个小的教学反思,一个小的论文,一篇偶然的心得,一次课堂教学的片段。作为一名一线教师,面对的群体就是学生,只有深入研究自己的学生,才能发现问题产生的原因,找出解决问题的办法,为自己的教学服务,使得我们的研究发挥实用价值。通过唐老师的耐心培训和指导,"课题"在我心中的面目变得亲切起来,开始觉得有章可循了,我决定尝试一回。

于是,我开始收集整理资料,结合学校文明礼仪教育,和唐老师拟定了《基于民办学校创建礼仪校园下的校本教材的开发研究》课题探究。在实施课题之前,学校已经开展了这方面的很多活动,因此我比较有信心。令我没想到的是，利用一个周末认真填写的课题报告不合要求被退回。原因是填写的内容空洞，不具有可操作性。我有些茫然。

这时候，又是唐老师站了出来，鼓励我要认真思考问题，就课题研究的意义、方法、步骤等方面和我交流，并提出了具体的修改意见，有些地方她甚至亲自作了标记。看到她严肃又认真的样子，我百感交集，同时也坚定了要把这项课题研究做好的决心。

我再次利用课余时间查找大量的资料来论证，不断地修改，有时候一天修改很多次，以至后来文档的标注都必须加上日期和详细的时间。在查找资料的过程中，我每次都有不同的收获，这也使得我的理论知识一步步上升，并把这些理论提炼、概括。功夫不负有心人，在经过无数次修改后，课题申请报告终于顺利通过了。回想我们在撰写课题报告过程中的点滴体会，心里就像打翻了五味瓶，苦涩、酸甜交织在一起，从思考拿什么做课题研究到课题申报表的撰写，我们一起经历了太多太多……

在接下来的日子里，我只要一有空，就全身心地投入我的课题研究之中，做问卷、做调研、访谈师生、写报告、查资料，虽然忙碌，但是充实。综观我的课题研究内容，绝大多数新知是原有知识经迁移、变化、综合而成。根据学生生活习惯和认知特点，让学生主动学，把新知通过比较等方法纳入自己的已有体系之中。在校本教材的编写中，我利用现有的教学资源，去关注学生的知识基础和一些生活经验，依据学生的个性特点，灵活多变地处理教材，在学生的灵魂深处撞击出热爱的火花，化枯燥、乏味为生动有趣，化复杂为简单，收到了意想不到的效果。

2018年春，当我把研究的思路、成果向论证专家汇报后，得到他们的充分认可，并顺利通过了课题报告。第一次发现，原来做一个研究型的老师是那么有意义。

如今，课题研究过程中所写的论文《浅谈小学礼仪教育的实践与思考》、《浅谈礼仪校本教材编写的几点思考与建议》和《让校园绽放礼仪之花》都发表在不同的刊物上。我还学会了一些具有逻辑思维的书面表达方式——关联词语的运用，比如针对……问题，发现了……现象；提出了……观点，运用了……方法；解决了……问题，构建了……体系；揭示了……规律，丰富了……理论；填补了……空白，在……范围内产生了……影响。礼仪校本教材《知书达礼》初稿已试用于课堂。我深知这些进步的背后，是课题研究赋予我的力量，因为它提高了我的专业技能，改变了我的工作状态，丰富了我的教育思想，充实了我的教育人生。

现在，对于课题研究，我不再"陌生而恐惧"了。作为一线教师，除了每天忙于繁重的日常教学事务，还要静下心来去学习和研究。现在的我发生了很大的变化：我学会了关注一些教育现象，思考一些教育问题，在试图寻求最佳解决途径的过程中，我也学会做些鉴别、比较、权衡。同时促使我养成了及时反思、及时总结的习惯。及时反思自己的教育教学困惑，及时发现教育教学中遇到的问题，也在尝试解决这些问题。

课题研究就是把我们认为高大上的教育教学理论落地生根。我想：问题即课题，我已走进了课题研究，未来我将更加努力成为一名研究型的老师。

摘掉"机械数学"的帽子

最早，我的自信是在唱歌上，可谓小有天赋。那时的我，也有一定的胆量，曾经任性地凭借自己的自信独自报名参加歌唱比赛。当时，我对唱歌也相当喜爱。这种喜欢也有小小的成绩支持，我的"好声音"也曾几次被老师推荐，还获得参赛名额，那些经历成为我童年的快乐。从小到大几乎无关文学，我是什么时候开始接触写作的呢？其实，我早在小学时期就曾经对写作有了朦胧的兴趣。但是，那种激情没有持续，昙花一现的惊喜不足以让我对写作萌生眷恋。

时间拨到2012年，我开始在意写作。有一次和我的同学聊天，她无意间说了这样一句话：你选错科目了，不应该教数学。应该教语文，因为语文老师有写作的"专利"。言外之意就是数学老师缺乏写作天赋。我知道，一个数学教师的写作，不怕起点低，就怕后天不努力。作为数学教师，我们课堂上有很多东西值得去写，就看你是否用心去发现。在教学中，数学教师需要不断通过"积累—总结—反思—提升"，把自己所做、所想的，用富有情感的文字表述出来，并不断提高自身的分析能力、逻辑思维能力、语言表达能力等，最终提升自身的素养，使自己逐渐成为具有独特教学风格的名师。我们要有坚定的信念，虽然，撰写文章不是提高学科地位的唯一途径，不是提高理论水平的唯一方法，但是，可以本着踏踏实实的工作态度，用文字记录教学中的得与失，通过自己的行动去影响身边的人学习，摘掉"机械数学"的"帽子"。

写作是一辈子的事，也是一种生活方式。作为一名"轻熟型"的教师，要学会自己逐渐成长，争取在教育教学方面取得更多的进步！以求无愧于心、无愧于学生和无愧于学校，努力做一名学生喜爱的教师。

校长乃"老师的老师"

陶行知先生曾说过:"校长是一个学校的灵魂,要想评论一个学校,先要评论他的校长。"而当下,在教育新常态下,学校需要怎样的校长?我想,应该需要有使命感的校长、有精神的校长、有情怀的校长、有智慧的校长和有勇气的校长。简言之,就是学校需要能堪称"老师的老师"的校长。邱炳辉校长,就是这样一位"老师的老师"。

好校长有强烈的使命感。每一个校长,都应有特殊的使命。那么,校长的特殊使命是什么?简言之,就是办好学校。邱炳辉校长就是一名具有鲜明时代感的校长,他把办成"为所有学生的终身发展负责"的学校作为自己的人生使命——面向全体学生,不放弃,不偏爱;以人为本,尊重学生的个体差异,正确看待每一个学生不同的能力、兴趣、爱好,因材施教,创设良好学生的教育环境,努力为每一个学生的发展打下坚实的基础。

好校长有良好的精神状态。众所周知,校长是学校的精神灵魂和支柱,校长的精神直接影响着学校师生的精神状态,校长的精神更决定着学校的教育教学质量。邱校长常说,一节好课就是给充足的时间放手让学生独立思考、合作探究,注重学生的实干能力。让学生不再"死读书、读死书",更好地发挥学生的潜能,激发学生的兴趣,真正地把课堂还给学生。他说教师每一次经历都是一次进步,不仅学生需要学习,老师也一样。从这个意义上讲,只有老师好好学习,孩子才能天天向上。

好校长有浓郁的教育情怀。我们知道,校长一定要有教育情怀,既要有仰望星空追寻教育理想的超拔,又要有脚踏实地把理想化为现实的智慧。"其身正，不令而行；其身不正，虽令不从。"邱校长非常喜欢孔子的这句教育名言。他深信，只有以身作则、率先垂范，才能带领广大教职工自觉遵守学校规章制度。所以，在他的带领下，学校里的干部和教师都积极投入教学中，教师也以师德规范自己。每学期精心挑选100多本书籍分享给老师们进行漂书活动。他常说，他是学校教师、学生们的成长共同体。的确，上次他在校外的报告会上，这一观点得到了在座的各位老师强烈的共鸣和一致的好评。

好校长有敏锐的教育智慧。要办好一所学校，校长一定要有智慧。作为校长，邱校长总是注重自身修养，自觉地学习一些文化教育知识与技能，以提高自己的人格魅力，并用人格魅力感染教师。他要求教师做到的，他首先做到，教师做不到的，他也努力坚持做到。寒来暑往，风雨无阻，他披星戴月，每天都能看到他在校园内巡视的身影。

好校长有忠于理想的勇气。校长的勇气成就一所特色的学校，在应试教育依然是学校工作主流的当下，邱校长同样注重人的发展，以"礼仪教育"为突破口，狠抓学生礼仪习惯细节的培养，开展了卓有成效的礼仪教育、国学教育、感恩教育等系列教育活动，对学生全面实行素质教育。每学期，学校都根据各个节日、纪念日的主题，开展学生喜闻乐见的活动，对学生进行爱国主义、集体主义和树立远大理想的教育，均取得了良好的效果。同时，学校还认真组织贯穿学期始终的学生日常行为量化评比活动以及"知书达礼"主题教育活动。利用国旗下的讲话、主题班会等形式倡导道德自律，引导学生自觉遵守各项行为规范、文明礼仪。自觉养成珍惜自己、关爱他人、维护社会的良好习惯。老师每天做到"三个一"：每天送给学生一个微笑，每天说一句鼓励学生的话，每天找一名学生谈话。可以说，学校的每一个人、每一项工作都围绕学生的发展所展开，他们引导学生坚信潜能，成就学业，个个成才。

苏霍姆林斯基说："校长对学校工作的领导，首先是教育思想的领导。"一所成功的学校，一定要具备前瞻性的教育思想和管理理念。思路决定出路，先进的理念就是学校的灵魂，倘若没有正确的办学理念，学校就等于没有灵魂。

校长是老师的老师。所以，凝聚力是成就优秀校长的必需条件。现代学校管理倡导"以人为本、立德树人"，许多成功的校长都在学校管理中坚持着"教师第一"的人本思路。把握住教师队伍建设的几个重要环节，不拘一格聘贤才、以人为本育英才、严格有序塑育才，抓细备课、抓获课堂、抓严辅导、抓精练习、抓实分析，尊崇精致管理，才能打造具有极强的整体战斗力的教师队伍。校长要立足管理的各个方面，强调教师团队意识，积极倡导教师之间的横向平等交流与分享，努力改善教师人际沟通的理念与技巧，让每一个教师都获得自主发展，才能使学校的教师团队人才辈出。

当老师与邱校长相遇，邱校长总是主动和老师们热情地打招呼。当学生成绩差了，任课老师来反思工作，邱校长也总是说，一次成绩不能说明什么，只要你尽了最大努力，问心无愧就好。不能全怪你，我是第一责任人！当学生意外受伤，家长来校追究责任，邱校长则说，有事找我，我是第一责任人！上级来检查教学常规，有不到位的地方，邱校长这样说：我是第一责任人，是我督促不紧，要求不严……当这一切不期而至的时候，邱校长勇敢地面对第一责任人的角色！

邱校长始终把老师们护在翅膀底下，不管前面是悬崖峭壁，还是万丈深渊，邱校长一样勇往直前，走在最前面。因此，作为邱校长手下的教师，我可以安神、安心、安宁地工作。每天上课、改作业、找学生谈心、处理偶发事件、有时间就联系家长与他们交流孩子的情况，等等，不停地穿梭于教室和办公室之间。不管大事小事，我认为只有立马完成了，才有心思去干别的事。学生比赛的选拔与培训、教师的赛课、磨课、反思、写作，等等。我的心里装满了事，我的生活忙而不乱。静下心来细想，我觉得自己忙得充实，忙得幸福。正如邱校长常说的，教育者本身就是在受教育，与学生共成长才是教育最美好的景象。如今的我，沐浴在康艺学校的幸福荣光里，而这些，都是学校给了我肥沃的土壤。

人往高处走，水往低处流。作为一名年轻的教师，跳槽是常事，但是对于伸来的橄榄枝，我依然坚定选择留在康艺学校，继续着我的幸福教育生活。原因何在？也如《进德录》中说："人好刚，吾以柔胜之；人用术，吾以诚感之；人使气，吾以理屈之，则天下无难处之人矣。"邱炳辉校长既有企业家的精明强干，又有诲人不倦的教师情怀；既有文道结合的教育思想，又有与时俱进的创新精神；既有精细管理的坚韧耐性，又有统筹兼备的博大胸怀。在邱校长的一路指引和帮助下，我的教师专业成长越来越快速，这中间也有很多洞察、疗愈、成长、蜕变，像坐过山车一样，生命经历了跌宕起伏的穿越，在穿越中，灵魂变得越来越晶莹剔透，整个人变得越来越有职业的方向感！谢谢你！邱校长！谢谢你的引领，谢谢你给予我成长的机会！

愿教育战线涌现出更多像邱炳辉这样的"老师的老师"，我们的教育将是风景这边独好！

老师亦是家长，家长亦是老师

作为一位从教十几年的一线教师、班主任，我也担任着"家长"这个主要的角色。特殊的双重身份，让我们在如何结合好学校教育和家庭教育的问题上多思考了一点，时常为学生家庭教育的缺失而头疼，也苦于没有分身术，无法同时当好学生的家长和老师，致使孩子的成长出现了这样那样的问题。

我们常常说学生没有责任心，其实是因为我们从来就没有赋予过孩子责任，老是担心孩子做不好，事事包办。有的家长不但从不让孩子干家务，甚至连饭菜都端到面前。正是这样才扼杀了孩子的积极性。实际上孩子很希望得到大人的认可，很愿意尽自己的能力完成一些任务。日常家庭中的一些事务，可以让孩子帮忙去做，并不吝于表扬，让孩子有成就感，培养对家庭的责任感。

作为家长，我们应该赋予孩子责任感；抓住日常生活中每一个教育的机会；在充分尊重孩子的天性的同时培养孩子协调学习与休息之间的关系；不要吝啬自己的夸奖，要时时事事肯定孩子的努力；也要多与孩子交流，多听听他的想法。充分尊重孩子的天性，让他们学会休息和调整。好奇心、丰富的想象力和争强好胜是孩子成长的三大要素。因为孩子还小，天性好玩，在这方面就要保证孩子有充裕的机动时间去玩和放松，去做自己喜欢的事。

"好孩子是夸出来的"我很相信这句话，每当我儿子有一点点的进步时，我都会及时地表扬他，让他有成就感，促使他再接再厉，有时他考试成绩不是很理想，回到家垂头丧气，我总是给他安慰，鼓励他下次争取考得好些，而不是一味地去指责批评他，也不要拿自己孩子的短处和别的孩子相比，我们只有不断地去鼓励孩子，这样孩子才会有自信，要是父母常常因为孩子一点点的过错就去责骂甚至动粗，久而久之，孩子就会感到自卑，对学习也就会失去兴趣。

如果说，孩子的成功是人一生最大的成功，那么家长这项事业就是一项关系自身幸福及子孙幸福的宏伟事业。"望子成龙，盼女成凤"是我们每个家长的愿望，"青出于蓝而胜于蓝"是每个老师对学生的殷切希望。因此，要想我们的孩子安全、健康地成长，离不开学校这片沃土，离不开园丁的辛勤培育，更不能缺少家庭的关怀。只有家校携手，才能共同托起明天的太阳。

老师们聚在一起，一般讨论的永恒话题就是"家校共育"，大家共同的感觉是，自己的生命力真正用在孩子身上的极少，更多的是面对家长。大家都感到痛苦的是，所有的老师，尤其是非传统教育理念下的老师，他们几乎全是因为爱孩子、爱这份事业才从事的这项工作，而不是为了简单地拥有一份糊口的工作而选择做老师。他们也几乎全知道，唯有爱，唯有接纳，才能和孩子一起走下去。

老师需要理解和接纳家长，家长也同样要理解老师也正走在成长的路上——家长要理解和接受这一点。老师非常需要被理解、关心、照顾和爱——这样他才能真正地做到用自己的生命力滋养到孩子，这样他才可能把全部的精力放在爱你们的孩子的身上。照顾你孩子的老师，其实就是在照顾你自己的孩子；支持你孩子的老师，其实是在支持你孩子的成长；爱你孩子的老师，其实就是爱你自己的孩子；接纳你孩子的老师，其实也是在爱你自己的孩子。

在家长眼里，孩子就是自己的宝，是自己的一切，孩子的每一个笑容或眼神都能牵动家长的所有神经，为了孩子，家长能付出一切，这就是父母心。

所以，做老师的要能理解家长的心情，有时说话语气不好听，也是情有可原的，只要你能真心对待他的孩子，我想家长肯定会支持你的工作的。反过来，在老师眼里，有的是全班的学生，对待每一个学生都应该一视同仁，不能因为你家富有或你送了礼，就额外地把你孩子捧在手里，家长们也不要苛求老师把所有的爱给你的孩子，请家长记住：如果班上有五十个学生，那你的孩子只能得到五十分之一的爱。

相互配合，相互理解，相互信任，才是成功的基础。家长和老师的相遇，其实就是家长支持老师，老师支持孩子，大家共同完成呵护孩子童年的任务！这是一场因为爱和信任而引发的相遇，让彼此之间的爱流淌起来吧！

我的未来不是梦

梦，是少年独上西楼的寻觅；梦，是伊人在水一方的思绪；梦，是被风初始化的某种风格；梦，是带着茉莉花香的咖啡；梦，是一首清亮而耐人寻味的童年歌谣。

一个人要有梦想，没有梦想的人，难成大器；一个民族也要有梦想，没有梦想的民族，行之不远！

在学生时代，我就慢慢地领悟到：当一名老师会使心灵变得美，让自己变得圣洁起来！就这样，理想的种子在我心中发芽了：当一名教师，我会感到无比自豪！有了梦想，我就一步步走向成功之路——当我告别大学来到深圳，我深知我的梦想已经起航！

为了做一名人人喜爱的好老师，从走上讲台的那天一刻起，我把爱国守法、爱岗敬业、为人师表作为自己的最高行为准则！

为了梦想成真，我不断学习，提高自身；我奉献爱心，善待每一个学生；我努力工作，不断提升教育质量；我勇于创新，在新课堂教学中有自己的立足之地！

前不久，我一年级的学生手捧着一张卡片来到我身边，眼里满是认真："老师，我送您一张心愿卡片，请把您的梦想写下来，贴在我们的心愿墙上吧！"就在那一瞬间，我的心中充满了感动——这一刻，我又回到了起点，回到了我梦想诞生的地方。我想告诉那个纯真的孩子：因为老师有梦想，所以成了他的老师！如果他有梦想，他也会成为自己心中的雄鹰！

也许我的爱和智慧还不能让孩子们的眼睛里铺满阳光，但我会努力。

我相信，我和我的同伴们会用信心点亮火把，照亮孩子们前行的路——让他们在爱的雨露和阳光中，信心满满地走向未来！

教师是智慧的使者，老师的肩上都有沉甸甸的责任。我将用一生的汗水和辛勤铸就一个精彩的人生，一步步让"梦"成为现实，谱写属于自己人生的华丽篇章！

我的未来不是梦，我的未来，我做主。有梦谁都了不起！我一定会成为大家喜爱的好老师！因为：我相信，我的梦想一定会和"伟大的中国梦"一样成为现实！

诀 别

奶奶一生勤俭是出了名的，她算计着一切花销，从来不肯枉费一分钱、一粒粮食，她甚至节俭得有些过度，让人觉得"小气"。村上有谁家浪费钱财、不善持家，就会拿她打比方，说：你看人家是多么会过日子，能把凉水攥出油来。

我猜测，奶奶的勤俭与爷爷走得早有关，她过了一辈子苦日子，还要自己把五个孩子拉扯大，因此更加知道每一分钱、每一粒粮食的来之不易。

记得小时候，天天在奶奶家蹭饭吃，奶奶从来不嫌弃，有好吃的好喝的都要留着给我，至今我还记忆犹新。奶奶不笑的时候有些严肃，一旦笑起来却是很好听的，那种"咯咯"的声音好清脆。有人说，笑的声音清亮的人是会长寿的。所以我一直坚信我的奶奶一定会长命百岁。

9月23日周六晚上，妈妈打电话说："阿燕，上个星期你的奶奶嘴里还念着你，但是现在已经三天没有睁开眼睛，也没有吃东西了……"

"我明天早上回家"，我已经听不下去了，直接打断了妈妈的话。紧接着就网约到了周日早上六点的车。到家之后直奔奶奶房间，看到奶奶干枯的身体我却不敢靠近。心里想着能干的奶奶一直都会挑水、种菜，身体一直都是那么的硬朗，如今瘦到只有60斤，难以想象这些日子里她忍受了多少痛苦。又回想起妈妈说上个星期奶奶嘴里还念着我的名字，我又紧握着奶奶的手，不停地问："奶奶啊，你是不是有什么话要对我讲啊！你快说啊！你快说啊！"但是，奶奶却睁不开眼睛，也说不出话来。当我要离开房间的时候，看到奶奶专用的镜子上夹着两张我和儿子的照片，再次泪如泉涌！

因为要上班，我不得不带着沉重的心情又赶回深圳。每到晚上，我的脑海里都重复播放着奶奶的点点滴滴，辗转反侧，难以入眠。

得到奶奶去世的噩耗是9月26日上午九点多。我虽然早有预感，但还是难以接受这个现实，躲在无人的角落里泪如雨下。

9月27日中午，家里人早早就为我准备好了进门面。我身穿孝衣，走进灵棚。小伯伯说我奶奶去的是好时候，是奶奶专等了好时机，让亲朋好友来见见她。我们这些在天南海北的晚辈们都回家了，有缘见到可亲可敬的老人最后一面，这是最大的造化。是的，我们几个弟弟妹妹还年轻，要么在外面求学，要么忙着生计，平时忙忙碌碌，来见奶奶的机会很少，即使在她生病卧床不起的时候，我们都很少来看望她。我们的内心深感愧疚，觉得对不起老人家。令人欣慰的是，这时候我们都回来了，一个都不少。我们虽有机会给奶奶送别，却再也没有机会尽孝道，心里万分悲怆。

奶奶的葬礼简朴而隆重，灵棚正中挂着她的遗像，一副挽幛写着"瑶池添座"四个大字，庄严而肃穆。村里很多人来为她送葬，流着泪诉说她的好，她的善良。男女老少站在周围，在人群里擦拭着眼泪，也许大家是叹息逝者过往的不易。我跪在奶奶的遗像旁边，已无力抬头，只感觉周围晃来晃去的都是奶奶的身影。

白事出场的民间乐队，乐器以喇叭、锣鼓为主。琴瑟齐鸣、锣鼓喧天，一起响起的还有女伶人的催泪唱腔。往葬车上送棺的时候，锣鼓声、鞭炮声、哭喊声响彻整个村庄的上空。我再次禁不住号啕大哭，我善良温存的奶奶啊，我再也不能聆听你的教诲，不能享受你的慈爱，从此阴阳两相隔！撕心裂肺的儿女至亲们，被众人伸手拦阻，不再西追。祖坟所在的田野已有长眠于地下的爷爷，在爷爷的坟头一侧已经掘好待填的墓坑，那里就是奶奶最终的归宿。

桃花谢了，有再开的时候；燕子去了，有再来的时候；我的奶奶，你呢？

后记　从心出发　呵护成长

工作的十余年里，一直担任班主任工作，早已完成了从一年级到六年级的教学大循环，积累了丰富的教育教学经验，对不同年龄段孩子的心理特点了如指掌。根据自身喜欢读书、细心温柔等特点，张燕老师形成了深入浅出讲理、缜密思维预见、和谐互助氛围、爱心高效管理的班集体模式，她从"心"出发，用爱心、耐心、恒心，呵护孩子们的健康成长。

一、以"爱心"为起点陪伴成长

陪伴是给孩子们最好的爱。早上迎接，课堂课间交流，午休照顾，下午放学目送，一天天，一周周，一月月，一年年，张燕老师一直陪伴在孩子们身边。她还根据不同年龄段孩子的特点，每学年为孩子们量身打造学年目标，一年级是"我们快乐，我们读书"，二年级是"坚持就是胜利"……师生在日常学习活动中努力实现定下的目标。曾经有一个性格倔强、争强好胜的孩子，与同学相处极不融洽，她根据这个孩子爱辩论、喜阅读的特点，独创了辩论教育法，陪伴孩子看书，看后师生交流感悟，每次老师都旁征博引并取得辩论的胜利。孩子不服，再看再战，两学期下来，循环往复，孩子渐渐变得文明有礼了。和孩子相处，张燕老师必以爱动其情，以严导其行，严而不苛，宽而不纵！

二、以"耐心"为支点发现成长

阿基米德说:"给我一个支点,我将撬动整个地球!"在教育教学的过程中,"耐心"就是那个支点。张燕老师依据多年的经验,想方设法地去创设适合每一个孩子的情境,与孩子交朋友,细心地等待那个可以改变孩子的契机,发现每个孩子的进步,她都会大力地在班级、在家长群表扬。"良言一句三冬暖",她始终觉得教育的可贵在于向孩子传达真正的价值,让优秀的传统文化伴随孩子的成长,让孩子的学习找到更便捷的途径,让孩子在课堂中体验生命的狂欢,助力他们成长为大写的"人"!

三、以"恒心"为终点呵护成长

张燕老师深深地懂得,丰富自己才能给学生指引方向。一路走来,虽很坎坷,但她并未气馁。恒心相对于张燕老师来说,也是十余年来早出晚归的勤奋努力,是十余年来全心全意地热爱孩子,是十余年来对待每一个孩子的不抛弃不放弃,更是十余年来对待孩子们的微笑和鼓励。她认为,班主任虽然不能做到让全班的孩子一样优秀,但要努力让孩子们和睦相处、互帮互助、共同提高,她时时像对朋友一样和孩子们促膝相对,像对子女一样洞察他们的内心,让教育成为孩子们自信、快乐和幸福的源泉。

十余年的教育教学,十余年的早出晚归,张老师希望永远做一名普通的"撑篙人",将满船的星辉送给孩子们,他们的开放需要时间,他们的成长需要过程,但有老师的信赖与尊重,每个孩子定会绽放灿烂的微笑,每个孩子璀璨的生命一定会在星辉斑斓里放歌!

(本文作者:深圳市龙岗区德琳学校小初部校长　魏明玉)